铸剑

ZHU JIAN

——国防科技大学自主创新纪实

◎龚盛辉 / 著

湖南科学技术出版社

图书在版编目（CIP）数据

铸剑 ——国防科技大学自主创新纪实/ 龚盛辉著.
-- 长沙 ：湖南科学技术出版社，2012.3

ISBN 978-7-5357-7058-5

Ⅰ. ①铸… Ⅱ. ①龚… Ⅲ. ①纪实文学－中国－当代
Ⅳ. ①I25

中国版本图书馆 CIP 数据核字(2011)第 281913 号

铸剑 ——国防科技大学自主创新纪实

著　　者：龚盛辉

策划/责任编辑：林澧波　王　斌

主 摄 影：何书远

出版发行：湖南科学技术出版社

社　　址：长沙市湘雅路 276 号

http://www.hnstp.com

邮购联系：本社直销科　0731—84375808

印　　刷：长沙超峰印刷有限公司

（印装质量问题请直接与本厂联系）

厂　　址：宁乡县金洲新区泉洲北路 100 号

邮　　编：410600

出版日期：2014 年 6 月第 1 版第 3 次

开　　本：710mm×1020mm　1/16

印　　张：20.5

字　　数：275000

印　　数：30001-35000

书　　号：ISBN 978-7-5357-7058-5

定　　价：38.00 元

前言

1945年8月6日，一朵硕大无比的蘑菇云在日本广岛冲天而起，它那惊天动地的巨响、所向披靡的冲击波，加速了日本军国主义的灭亡，也把世界带进了以核威胁、核对峙为特征的“冷战时期”。

四个月后，由美国宾夕法尼亚大学莫奇利、埃克特领导的研究小组，研制成功世界上第一台真正用于科学计算的电子计算机“埃尼阿克”。它的问世，虽然当时就像初生婴儿在产房里的两声啼哭，并不像原子弹爆炸那样让人惊心动魄，但它对未来的影响却丝毫不亚于原子弹，它拉开了人类科学的新纪元——“信息时代”的序幕。从此，科学计算就像一场飘飘洒洒的春雨，悄无声息却锲而不舍地撒向人类科学的广袤大地，信息技术、微电子技术、自动控制技术、航天技术、生物技术、新材料技术、新能源技术……一大批新兴学科如雨后春笋，在它的滋润下竞相破土。

“信息时代”的暖流与“冷战时期”的冷锋邂逅交汇后，迅速催生一系列军事高科技：精确制导技术、先进侦察与监视技术、指挥自动化技术、电子对抗技术、隐形与反隐形技术、定向能技术、作战模拟与仿真技术、军用人工智能技术……它们就像狂风暴雨，掀起了一场以信息化为主要特征的军事技术革命浪潮。

在抗美援朝战争中诞生的“哈军工”(1978年改为国防科技大学)，作为强军兴国的急先锋，积极投身军事技术革命洪峰激流，立足国家建设大局，针对我军现代化紧迫需求，从航天与材料工程、机电工程与自动化、电子科学与工程、信息系统与管理、计算机、光电科学与工程等学科方向，展开了宽正面、大纵深的攻坚克难，创造了一系列科学奇迹：

中国第一台每秒亿次巨型计算机；

中国第一台每秒10亿次巨型计算机；

中国第一台每秒100亿次巨型计算机；

中国第一台每秒千万亿次超级计算机；

中国第一个雷达自动目标识别系统；

中国第一台全内腔环形激光器；

中国第一台两足步行机器人；

中国第一台类人型机器人；

中国第一台高速信息示范网核心路由器；

中国第一条磁悬浮列车试验线；

中国超精加工最高纳米精度；

世界最高时速无人车；

……

仅改革开放以来，就取得了5000多项引不进、买不来的重大科技成果，为国家、国防和军队现代化建设提供了强大技术支撑！

国防科技大学的自主创新历程，是我国跌宕起伏的国防科技发展和我军波澜壮阔的现代化建设在高科技领域与世界强国殊死抗争的缩影！

目录

有人说："国产电子元器件质量差，不可能研制出高水平计算机。"慈云桂说："用小梁照样能建大房子！"

邓小平指示：把"银河-Ⅰ"巨型机研制任务交给国防科大。慈云桂立下"军令状"："6 年时间，一天不拖！每秒 1 亿次，一次不少！预算经费，一分不超！"

"银河-Ⅱ"总设计师周兴铭在美国考察时，想要一枚针阀作纪念。美国公司工作人员断然拒绝："NO!" 4 年后，李鹏总理自豪地向世界宣告：中国有了自己的每秒 10 亿次巨型机！

美国等西方强国把核竞赛演变为超级计算机技术竞争。年仅 31 岁的总设计师杨学军，率领创新团队实现向量并行计算到大规模并行处理重大跨越，研制出中国第一台每秒 100 亿次巨型机。

20 世纪 80 年代，美国的计算机专家说："把所有巨型机元件交给中国人，他们能组装起来，也是头号新闻。"21 世纪初，中国人登上了世界超级计算机技术竞赛最高领奖台！

2007年，世界第一台每秒1000万亿次超级计算机问世。大规模并行计算技术路线遇到难以逾越的鸿沟巨壑。

中国与美国、日本等世界超级计算机强国站在同一起跑线上。国防科技大学摆开与它们决战战场。

外国权威专家认为GPU只能用于图像处理。杨学军却开辟了“CPU+GPU”技术路线。

2009年，“天河一号”每秒1000万亿次超级计算机诞生，跃居亚洲第一。2010年，“天河一号”二期系统计算峰值达到4700万亿次，名列世界第一！

雷达自动目标识别技术，在20世纪70年代，人们“想都不敢想”。郭桂蓉不仅想了，而且把它变成了现实，让我军现代化武器装备有了“智慧的眼睛”、“灵敏的大脑”。

西方国家运用GPS技术恐吓、欺负发展中国家。中国自己的“北斗”卫星导航工程，因为某地面接收系统关键技术久攻不破而陷入困境。庄钊文说：“我们来拿下这只‘拦路虎’！”2011年12月28日，中国“北斗”卫星导航系统开始向世界提供全球导航服务。

1992 年，世界权威专家预言：“数十年内，人类在雷达极化问题上很难有所作为。”六年后，王雪松突破“经典极化”理论，建立了崭新的“瞬态极化”理论体系。

国防科技大学集合着一批用生命关注太空的科学家。变推力火箭发动机、新光测技术、气象火箭、探空火箭……一系列“中国第一”，在这里孕育。中国载人航天工程、“嫦娥”探月工程十余名总指挥、副总指挥、总设计师、副总设计师从这里出发！

20 世纪末，中国的光测技术比别人落后 40 年。于起峰率领创新团队，仅用数年便把中国光测技术带进世界先进行列！

20 世纪 70 年代，日本研制出碳化硅纤维并建成第一条生产线，所有产品被美国据为己有，造出隐形飞机等一系列先进武器装备。80 年代，国防科技大学“纺”出“中国第一丝”。

2011 年 4 月的一天早晨，美军一架全球鹰无人机，在阿富汗与巴基斯坦接壤的山区上空盘旋，执行搜索本·拉登的任务。4月10日的清晨，中国的无人车跑出了“世界无人车第一速度”。

德国、日本研制出磁悬浮列车。常文森说：“我一定要造出中国的磁悬浮列车！”钱学森说：“到了那一天，我一定去坐！”

美国的机器人获得了“里根总统奖”，日本的机器人被冠以“日本公民最高奖”。张良起说：“中国也必须有自己的机器人！”

美国运用世界最高纳米精度技术，造出了世界最好的CPU、线宽最小的集成电路。李圣怡、戴一凡率领创新团队，创造了具有中国标记的世界纳米精度。

C^3I指挥系统，在第一次海湾战争首次投入使用，便发挥出巨大威力。张维明说：我们中国军队也要有C^3I。

指挥信息系统指挥所设备，别人不卖。老松杨说：别人不卖的东西，我偏做出来给别人看看！

北京奥运会开幕式参演演员数万名、保障岗位上千个，导演还像过去那样用喇叭喊吗？张教授巧妙地把音乐变成开幕式现场“导演”。

第七章　人类文明链上的结点

昨天的基础研究，今天的科学“胚胎”，明天的新兴技术。

一个数学公式，改变一个兵种的战斗力生成模式；一个数学公式，挽救一种重大型号武器装备；一个数学公式，挽回一次重大空间飞行器试验……这不是神话。它是国防科技大学数据分析技术创新团队创造的科学奇迹！

第八章　柔软而坚硬的光

美国人发明了激光，引发了一场国际竞赛。

20 世纪 60 年代，中国向激光技术发起了声势浩大的进军，但十几年未能突破关键技术，被迫下马。80 年代，赵伊君带领创新团队向强激光技术发起新的冲刺！

环形激光器能让我们的飞机、舰艇保持正确的航向，能引导我们的火箭完成使命任务。高伯龙带领创新团队 30 年卧薪尝胆，研制出我国第一个环形激光器，使中国成为第三个掌握这一技术的国家。

高功率微波技术，是属于未来的技术。李传胪和钟教授在近乎一无所有的情况下，把中国高功率微波技术领进了世界先进行列。

DIYIZHANG

第一章

小梁亦能扶栋宇

ZHUJIAN

有人说:“国产电子元器件质量差，不可能研制出高水平计算机”。慈云桂说:“用小梁照样能建大房子!”

邓小平指示：把“银河－Ⅰ”巨型机研制任务交给国防科大。慈云桂立下“军令状”:“6年时间，一天不拖！每秒1亿次，一次不少！预算经费，一分不超!”

“银河－Ⅱ”总设计师周兴铭在美国考察时，想要一枚针阀作纪念。美国公司工作人员断然拒绝：“NO!”4年后，李鹏总理自豪地向世界宣告：中国有了自己的每秒10亿次巨型机!

美国等西方强国把核竞赛演变为超级计算机技术竞争。年仅31岁的总设计师杨学军，率领创新团队实现向量并行计算到大规模并行处理重大跨越，研制出中国第一台每秒100亿次巨型机。

20世纪80年代，美国的计算机专家说：把所有巨型机元件交给中国人，他们能组装起来，也是头号新闻。21世纪初，中国人登上了世界超级计算机技术竞赛最高领奖台!

1 “天河一号”超算“一哥”

“天河一号”登上世界超级计算机500强排名榜榜首。美国总统奥巴马说：“这是中国在为未来投资！”

濒临墨西哥湾的美国第二大港口城市新奥尔良市的初冬，天高云淡，海风拂面，到了晚上，节奏舒缓的爵士乐，在街巷里随风飘扬。

2010年11月，温暖的新奥尔良迎来了世界计算机界的盛会——世界超级计算机500强（TOP500）颁奖大会。

会上，国际计算机领域著名专家将分析当今超级计算机整体技术情况，并预测未来发展趋势，介绍年度世界超级计算机前几名计算机的基本情况，并为世界排名前三位的计算机研制单位颁奖。

TOP500排名，是由德国曼海姆大学汉斯教授和埃里克教授等于1993年发起创建的全球超级计算机排名榜。目前由德国曼海姆大学、美国田纳西大学、美国能源研究科学计算中心以及劳伦斯伯克利国家实验室联合发布，它以超级计算机的持续速度（LINPACK实测值）为基准，每年排名两次，是全世界最具权威的超级计算机排名榜，也是衡量各国超级计算水平的最重要的参考依据，在一定程度上代表着一个国家在信息领域的科技创新能力和综合实力。

因此，TOP500颁奖大会被誉为“世界计算机奥林匹克”。

TOP500创建后举行的30余次颁奖大会上，荣膺前三名的全是美国、英国、法国、德国、日本等传统计算机强国的公司，而冠军头衔则几乎被美国囊括。

11月16日下午5点30分，颁奖大会拉开序幕。著名计算机专家、德国曼海姆大学教授、TOP500创始人汉斯·莫尔，在众人目光和摄影镜头聚焦下，迈着沉稳的步伐走上讲台，宣布TOP500前三名分别是：中国国防科技大学研制的“天河一号”、美国橡树岭国家实验室研制的“美洲虎”、中国曙光研制的“曙光星云”。

TOP500组织专家对“天河一号”现场评测的性能是：峰值速度4700万亿次、持续速度2566万亿次每秒浮点运算。它运算一小时，相当于中国13亿人同时计算340年；运算一天，相当于一台双核高档桌面电脑运算620年；总存储量可容纳1000万亿汉字，相当于一个10亿册100万字书籍的巨大图书馆。

“天河一号”峰值速度是排名第二的“美洲虎”的两倍多。

这无疑是世界计算机技术史上爆出的最大冷门。这也是自鸦片战争以来，中国人第一次登上世界科技竞赛最高领奖台。

仿佛天上掉下一块大陨石，砸进了本就喜欢兴风作浪的世界媒体大湖里，立刻激起层层波澜。

国内媒体一片欢天喜地。《人民日报》一天之内发表了以《“天河一号”运算速度创纪录》、《中国速度震惊美国》、《“天河一号”，全球超算“一哥”》为题的3篇消息、通讯；《解放军报》先后推出《“天河一号”运算性能跃上世界之巅》、《超越之路》等5篇文章；新华社3天内向全国媒体发出《“天河一号”超级计算机二期系统性能世界领先》、《中国在高科技领域迈向世界一流水平》、《中国科技迅猛发展重要标志》等12篇通稿；中央电视台以《国际超级计算机500强发布，中国“天河一号”夺魁》为题，在11月17日《新闻联播》头条推出，并在当日《新闻30分》、新闻频道《新闻直播间》、军事频道《军事报道》等栏目滚动播出……从国内权威媒体快节奏、高密度的报道和那一个个醒目的标题里，不难体会这个消息给国人带来了怎样的心情。

当天，世界各大媒体无一例外报道了这一消息，其中美国媒体的反应很

是耐人寻味。《华尔街日报》在《超级计算机给竞争火上浇油》一文中，引用计算机专家的话说："这台机器毫无疑问是高性能计算领域游戏规则改变者，这是一个转折，标志着经济竞争力从西方转向东方。"美国《技术评论》发表题为《为什么说中国的最新超级计算机仅在技术意义上是全世界最快的》文章，质疑"天河一号"榜首地位；多家媒体直呼"'天河一号'登上榜首让美国不安"、"美国绝不会让中国成为常胜将军"；一位美国记者在颁奖大会上，公然对 TOP500 组织当前采用 LINPACK 测试结果表示不满……可谓酸咸涩苦辣，五味杂陈。

世界各国专家也纷纷就此发表评论。

英国爱丁堡大学并行计算中心主任阿瑟·特鲁教授在接受记者采访时说："这是一个有趣的变化。许多年来，美国以拥有世界上运算最快的超级计算机为荣，但现在中国成为这一荣誉的拥有者。"

美国弗吉尼亚理工学院一位计算机专家称：这意味着美国在这一技术领域的支配权已经动摇。这甚至可能会对美国经济前景产生冲击性影响。

法国原子能委员会数字与模拟信息项目主任让·戈诺尔认为："天河一号"运算速度达到世界领先水平，其意义远远超过计算机本身。这意味着中国科技水平向前迈进了一大步，也表明中国经济竞争力的增强。

日本东京理工大学副教授平塚三好认为"'天河一号'是一个标志"，说明中国能够开发电子学领域最尖端的关键技术。

德国《明境》周刊评论说：中国在技术研发方面，常被西方扣上"拷贝"的标签，但中国目前已经是个创新型国家。

……

"天河一号"的横空出世，连美国总统奥巴马都感到震惊。他在两天后的一次演讲中讲到科技问题时，用手指着东方说："不久前，中国造出了世界上速度最快的高速列车，现在中国又造出了世界上计算速度最快的超级计算机。"几天后，他在一次新闻发布会上再次提起"天河一号"。

2011年1月25日，奥巴马发表国情咨文时说：世界上计算速度最快的超级计算机“天河一号”，是中国国防科技大学制造的，这是中国在为未来投资。

奥巴马对“天河一号”刻骨铭心、念念不忘，是有充分理由的。当今时代，理论、实验和计算，是支撑现代科技大厦的三大支柱。美国总统顾问委员会曾在写给总统的报告中指出，计算科学是确保美国21世纪战略地位的重要手段，而超级计算机是实现计算科学的最重要的载体。

关于超级计算机的地位和作用，国际TOP500排行榜编撰人之一、美国田纳西大学杰克·唐纳西教授诠释得很明确：“全球研制运算最快超级计算机的竞争，与国家荣誉密切相关。因为这种超级计算机在处理与国家利益密切相关的国防、经济、能源、财政与科学等领域，发挥着巨大的作用。”

如今，超级计算机作为国家创新体系的重要基础，在科学研究和经济社会发展中不可或缺，石油勘探数据处理、生物医药研究、航空航天装备研制、资源勘测和卫星遥感数据处理、金融工程数据分析、气象预报、气候预测、海洋环境数值模拟、地震预报、新材料开发与设计、土木工程设计、基础科学理论计算等领域，都有赖于超级计算机的帮助。比如，美国波音公司60％～70％的新型飞机研发工作，就是通过超级计算机的科学计算完成的。

超级计算机还被誉为人类探索自然奥秘的“天文望远镜”。它可以帮助人类更好地理解自然规律、发现自然规律、掌握自然规律，推动科技进步。德国科学家彼德·格林贝格尔借助超级计算机发现了“巨磁电阻”效应，使得小型大容量硬盘的问世成为可能，获得了2007年诺贝尔物理学奖。

而美国的超级计算机，主要是用于国防领域，尤其是核模拟试验。

众所周知，现在采用核试爆方法研制核武器，会造成很大破坏并面临巨大的国际压力，运用超级计算机进行核模拟试验，已成为研制核武器的主要途径。比如前些年美国在内华达州地下300米处实施的一次亚临界核试验，就是将这种实验室里得出的数据和以前很多次核试爆得出的数据综合起来，

运用数学模型进行分析，得出的参数与通过核试爆的效果基本相同。从这个意义上说，他们的超级计算机的水平有多高，核武器研制水平就有多高。

超级计算机还可以进行精密的作战模拟，比如可以根据现实情况预设成千上万种作战方案，然后通过计算和分析得出最优化的方案。运算能力越强，可以预设的作战方案越多，计算也就越快，分析结果也就越接近实战参数。

因此，超级计算机被称为“科技战略制高点”。

国防科技大学的“天河一号”，成功抢占了这一“制高点”，也同样引起了共和国领袖们的高度关注。

2010 年 9 月 12 日，温家宝兴致勃勃地走进国防科技大学与天津滨海新区合作建设的天津超级计算中心视察“天河一号”。

学校领导告诉温总理：“‘天河一号’创新性地采用了 CPU＋GPU 异构融合体系结构，并加入了我们学校自主研制的‘飞腾-1000’高性能 CPU。”

温总理非常高兴地说：“我为你们骄傲!”

2011 年 4 月 30 日下午，胡锦涛主席高兴地来到国家超级计算天津中心，视察“天河一号”系统。胡锦涛仔细听取了学校领导关于“天河一号”系统的情况汇报，十分关切地询问了系统采用的 CPU、操作系统、高速互联通信系统等关键技术的自主性、安全性和系统应用情况。

胡主席深情地对学校领导说，“天河一号”研制成功，使我国在超级计算机领域跨入了世界领先行列，具有重要战略意义。希望同志们搞好“天河一号”的运营管理，进一步提高服务质量，为推动我国经济社会又好又快发展发挥更大作用。国防科大要做好超级计算机领域的基础研究工作，保持先进水平，努力攀登新的世界高峰。我们中国人应该有这样的志气，要保持我们应有的一些自立。

振兴民族科技，为强军兴国多作贡献、作大贡献，是共和国领袖们对国防科技大学的深情厚望。

2 十年傲霜铸“百万”

“远望”号远洋测量船中心计算机论证会上，承研方说只能研制出每秒50万次计算机。正在接受审查的“特嫌”慈云桂却认为能研制出每秒100万次计算机，并把别人的研制任务“抢”到国防科技大学计算机研究所。

20世纪60年代末，为粉碎超级大国的核武器威胁，中国启动了运载火箭工程。研制“远望”号远洋测量船也随之成为燃眉之急。

测量船中心计算机，是直接关系到能否完成测量任务的关键部件。为此，1969年11月，国防科委特意在北京召开专题听证会。当时，这只是一次平常的科研例会。可现在看来，这却是一次具有里程碑意义的学术会议，它不仅对完成运载火箭工程有着重大意义，而且直接影响着国防科技大学未来的学科走向，并在一定意义上改变了中国计算机事业的发展进程。

这次听证会之所以意义如此重大，与一个人——我国著名科学家慈云桂密切相关。

不过，慈云桂那时还不是中国科学院学部委员和“中国巨型机之父”，而是一名被关进“牛棚”、白天下地“劳动改造”、晚上接受“专案审查”的“特嫌分子”。

那天，正在地里刨冻土的慈云桂，突然接到国防科委让他进京参加“远望”号远洋测量船中心计算机研制听证会的通知。

起初，专案组不让去。后来迫于上级压力，同意了。但规定他进会场时只能带耳朵、不能带嘴巴——只能听不能讲，而且还派了一个人跟着他与会。

临行时，妻子也嘱咐他：会上，你不要点头，也不要摇头。

听证会上，使用方和承研方围绕机器性能指标发生了激烈的争辩。

使用方说："一定要上每秒100万次的计算机。"

承研方说："我们只能搞出每秒50万次的机器。"

使用方说："跟踪运载火箭，情况瞬息万变，信息量大，对中心处理机要求高，50万次绝对不够用。"

承研方说："现在国产集成电路不过关，进口又没门，能搞出50万次就不错了。"

慈云桂听不下去了。科研的目光怎能不向高看而专往低瞅呢？爬坡固然比走平地难，可不难还叫攻关吗？他站起来，想说话，但见那个陪会的正瞪着自己，又叹口气坐下了。

争辩在继续，而且越争越激烈。会开不下去了，主持会议的国防科委领导望着慈云桂说："慈教授，你的意见呢？"

慈云桂不再看专案组成员的眼色了，"呼"地站起来说："一定要上100万次的。"

国防科委领导用赞许的目光看着他，问："用国产元器件能搞出来吗？"

"没问题。"慈云桂说，"国产元器件质量差，可以通过系统的优化、工艺上的严格把关来弥补。好比建大房子，小梁也同样能派上大用场，一根太细，把两根捆在一起不就粗了吗？"

言之有理。领导轻轻点头。

但这话让有些人不高兴了，小声嘀咕起来。

"他坐着说话腰不疼。"

"是啊，这'房子'又不是他去建。"

慈云桂没理会那些人，把目光转向国防科委领导："这个任务我们研究所干，你们给不给？"

"为什么不给？"国防科委领导喜上眉梢，当即拍板，"这100万次计算机就交给你们了！”

“我们保证完成任务！”

慈云桂的底气和信心，源自于他超群的智慧和丰富的科研经历。

1917 年 10 月，慈云桂出生于安徽桐城一个农村知识分子家庭。他的故乡——外坂村，南望一汪清澈的湖水，北倚起伏的山冈，东临一条滔滔大河，是一个风景秀丽的鱼米之乡。

慈家门前的两棵梧桐，笔直挺拔，树高参天，根须如龙卧地，冠似巨伞庇阴，树上长年喜鹊驻窝。因此，周围人家都说慈家风水佳、门庭好，将来要出名人、发大财。

慈云桂的祖父是清末秀才，父亲虽然只念了四年私塾，此后终身务农，但他一生好学，深受村人敬重。贤淑的母亲，待人温厚，遇事克己，教子上进，对慈云桂影响很大。

慈云桂自幼聪颖，5 岁读私塾，7 岁会写文章，8 岁能作诗。他记忆力超人，《滕王阁序》教读一遍，便能一字不差背诵下来。9 岁上小学后，直至高中毕业，每次考试名列榜首。1938 年，他考上西南联大航空系，依然出类拔萃，每学期期终考试，英文、数学第一名非他莫属。1942 年大学毕业后，他又以优异成绩考入清华大学研究院攻读硕士学位，方向是微波理论与雷达技术。

1953 年“哈军工”成立后，他被任命为海军工程系副主任。

1958 年，在一个很偶然的机会，慈云桂看到一篇介绍数字计算机的文章。不久，他便带着 9 名年轻教员拉开了研制中国第一台电子计算机的序幕。

当时，我国经济基础还十分薄弱，加之帝国主义的经济封锁和军事恐吓，他们不仅没有原材料，没有设备，甚至没有任何有关资料，绝大部分参研人员对计算机知识的了解，近乎一片空白，连“二进制”的运算法则都得从头学起。

然而压力催人奋进，困难促人崛起。没资料，他把学院图书馆和哈尔滨所有院校图书馆的有关计算机的书都借来，然后一手捧着书本，一手拿着万能表，边学边干。没设备和材料，慈云桂派人住进中国科学院计算所，既借“窝”——实验室、住房，又借“鸡”——研制设备，还借“米”——原料。凭着这样一股艰苦创业、顽强拼搏的精神，仅用一年时间，他们就向年轻的共和国献上了一份厚礼——第一台电子管专用计算机。

紧接着，慈云桂又带领大伙研制大型电子管通用计算机，而且研制工作进展神速。设计试验，制作样机，很快就完成了。

20 世纪 60 年代初，慈云桂随中国电子学会计算机代表团出访英国，发现国外已经推出了第二代计算机——晶体管计算机。他回国后立刻带领大伙研制 441B 晶体管计算机。

当时，国产晶体管性能极不稳定。他们为了从众多质量参差不齐的晶体管中筛选出性能相对稳定的产品，在温控室一天要度过春、夏、秋、冬四个季节。上午，温控室温度 40 多摄氏度，如一只大蒸笼，热气腾腾，只穿一条裤衩，还是汗流浃背；下午，温控室骤然降至零下 20 多摄氏度，活似一个大冰窟。上午的热气在墙上就变成了白花花的冰凌子，穿上棉衣、皮夹克，再加上毛皮大衣，身体还是一个劲地打哆嗦。最终，他们用常人难以想象的艰辛，用国产晶体管创造了常人难以想象的奇迹，发明了推拉触发器，仅用三年时间，在我国原子弹、氢弹爆炸前夕，成功研制出“441B”晶体管通用计算机，猛然间把我国落后的计算机科学事业推向了世界先进行列——相当于日、英、法等国的水平。

慈云桂把每秒 100 万次计算机研制任务，从“别人锅里舀进了自己碗里”，也把困难与艰辛揽到了自己身上。

为了避开那个时代喧嚣的政治风云，慈云桂带着 20 多名科研人员外出调研，然后躲在上海嘉定一个偏僻的旅馆，艰苦奋战两个多月，完成了总体设计。

接着，又于1970年随校南迁长沙，住进郊区一所农校的一排没电没水、臭气熏天的养鸭棚。在这里，几十个科学家和他们的家属住了几年，搞了几年的科研，完成了各种试验模型和图纸设计。

然后，慈云桂又带着大家北上京城，在郊区某厂家监制机器。厂家住房很紧张，一间住房也腾不出。他们就到建材商店买来一些油毛毡，再到木工厂拉来一批边角料，在空地上搭起一排窝棚住下了。在那个买啥都要凭票的年代，对于这些“客居他乡”的科学家们来说，难以解决的还有吃饭问题。他们在北京买不到平价的粮油，黑市粮油又吃不起。于是大家每次回家时，都要扛回来一包大米，多则五六十斤，少则三四十斤，还有一大瓶油水稍重的咸菜。

那年冬天，北京奇寒。一入冬，凄厉的西北风就掠向华北大地，扬起漫天尘土。白天的太阳长出了长长的绒毛，晚上的月亮失去了皎洁的光泽。早晨，地上泛起一层厚厚的白霜，把枯草冻得硬硬的，把树枝冻得僵僵的，直直地指向天空。

那年头，煤也要凭票。这玩意，不可能也从家里背来吧。结果，冬天一来就遭罪了，“呼呼”的西北风从板缝钻进来，室内、室外的温度相差无几。白天，零下七八摄氏度，晚上零下二三十摄氏度，身上压着厚厚的棉被，再加一件军大衣，依然浑身打寒战。在这样的环境里，不说干活，睡觉都成问题。

从不在困难面前唉声叹气的慈云桂，这回抑不住叹了一口气，说：“没办法了，我厚着脸皮去当‘叫花子’。”第二天一上班，这位老科学家第一个走进厂长办公室。

厂长见大教授来了，忙请坐、上茶。

慈云桂说：“厂长，不好意思啊，我是给你添麻烦来的。”

厂长爽快地说：“慈教授，有什么困难，您直说。”

慈云桂说：“能不能给我们一点煤，在屋子里烧个炉子，这天气太冷，

我们这些南方人扛不住。”

厂长一下子愣了，起身握着慈云桂的手说：“慈教授，该说对不起的是我们呀。我们工作没做好，让你们这些大科学家受冻了。”当即给他们批了几吨煤。

在那个漫长的冬天里，平时很少喝水的科学家们，一个个突然变成了“开水瓶”。多喝水，一则暖身子，二则晚上多起来小解，顺便往炉里添块煤。

项目运控组组长钟士熙感冒了。大伙让他去医院看看。他拍着结实的胸脯说：“小感冒，小意思。”

他的身体确实很棒，魁梧，健壮，人称“坦克”。他在工作台上放一条毛巾，工作一阵擤一下鼻子，把鼻子擤成一只红辣椒。同事去城里办事，到药铺给他买了一盒牛黄解毒丸。他说我过去感冒从不吃药，挺几天就好了。把药往边上一搁，一粒也没吃。

但这回他的感冒拖了两个月也不见好，而且越来越严重，人也一天比一天消瘦，还时常眼冒金星，耳鸣。他这才觉得不对劲，赶紧上医院。

这时，小病已酿成大病，血压升到了130～200毫米汞柱。医生说，病到这份上，光吃药不行了，得住院休息，中西药结合慢慢调养才行。领导找他谈话，准备让他回长沙治疗。他也知道，这病不治不行了，但他更知道，他走了就要影响任务进程。任务组的同志，一个萝卜一个坑，他的任务谁来接？再说，即使有人接，情况不熟，一时半会也接不上。国家运载火箭工程箭在弦上，等不起啊！

他谢绝了领导的关心。领导耐着性子找他谈，他不听。领导强行指定了一个接替他工作的同志，他死活不肯交任务、交资料。领导只好让他留下了。

这回他老老实实吃药了，不仅坚持吃西药，还坚持吃中药。他特意到市里买了一只药罐子，每周去抓一次药，每天去附近林子里拾一把干柴，在棚室门口摆上三块砖头，架上药罐子熬中药。嗜好喝茶的他，也不喝茶了，改成喝中药。但工作还是跟没生病时一样，每天天一亮就干，晚上不过 12 点不睡，和大伙一样没有星期天、节假日。

这样熬了一年，任务熬得差不多了，但他的病也熬得更重了，整天眼花耳鸣，头疼欲裂，腹部开始出现阵阵绞痛，有时连腰都直不起来。

这时，他们已从北京回到长沙，任务攻关接近尾声，只剩最后考机了。领导再次动员他住院。

他动情地说："几年我都挺过来了，还挺不过这几天？让我参加完鉴定，再高高兴兴地走吧。"

那是考机的最后一天，他和战友们聚集在机房。最后一道考题输入机器后，大伙的目光一会儿投向输出系统，一会儿投向墙上的壁钟。

终于，输出系统提前响起了悦耳的声音。

"成功了!"大伙儿热烈欢呼、拥抱。

钟士熙也高兴地从椅子上跳起来，张开双臂向大家跑去。但突然一个趔趄，他重重地倒下了。

钟士熙没等到参加鉴定会，就被战友们抬进了医院。从此，他再也没有离开过病房。医院组织最好的专家为他会诊，也没能让他的生命走出严冬、重返春天。他的病情继续恶化，一步步走向生命的尽头。

这晚，他听说校俱乐部要放映我国发射运载火箭的纪录片，便跟妻子说："我想去看看，你让孩子背我去吧。"

妻子说："你都病成这样，还去看电影?"

他说："我们研制的那台机器，就是用于这枚火箭发射的。"

妻子理解他，让孩子把他背进了俱乐部。

银幕上，火箭腾空而起，直冲云霄。"远望"号远洋测量船在茫茫大海上劈波斩浪。他和战友们研制的机器荧光闪烁。运载火箭准确落入靶区，溅起一朵高高的浪花……

他附在妻子耳畔，轻声地说：“我们的机器派上了大用场，这辈子值了。”

钟士熙含笑走完了 46 年生命历程的最后一段，去世时，年仅 46 岁。

现在，北京人说起 1976 年唐山大地震，仍心有余悸。那次地震不仅来势凶猛，而且余震持续半年。这期间，机关疏散，工厂停工，学校放假，家家户户都住进了户外的防震棚。而慈云桂和他的战友们，这时却从户外搬进了工厂车间做实验，楼房每几分钟就摇晃一次，尘土沙沙往下掉。他们一次也没撤离，拿块薄膜给机器挡住灰尘，日夜不停地调试机器。

即使钟士熙和战友们废寝忘食地工作，即使把地震时间也用上，他们还是用了整整十年，才完成了每秒 100 万次计算机的研制任务。

10 年，慈云桂的头发熬白了。

10 年，的确太漫长。国际上每 5～6 年就更新一代计算机。

不用多说，大家都明白漫长的原因。

3 用生命礼赞“每秒亿次”

“银河人”用智慧、心血乃至生命研制出中国第一台每秒亿次巨型机。总设计师慈云桂痛心地说：“将来我去见了马克思，都可以在地下再组建起一支巨型机攻关队伍啊。”

“718”每秒100万次计算机研制，虽然艰难而漫长，但它的诞生依然大大缩小了中国与发达国家计算机技术的距离。它是那个风雨飘摇的政治年代鲜见的科学奇葩。

1977年7月，邓小平同志在正式复出工作的第一天接见了长沙工学院（国防科技大学前身）负责人张文峰和高勇。当他得知学校研制出每秒百万次计算机时，非常高兴，指示学校要继续研制速度更快的计算机，而且体积要小一点。

改革开放总设计师邓小平对计算机技术的高度重视，源于他对世界科技的敏锐洞察和对国家建设发展的高瞻远瞩。

1946年世界第一台计算机在美国诞生后，它便以每年计算速度飙升两倍、五年实现一次更新换代的惊人速度迅猛发展。

20世纪70年代中期，世界上第一台每秒亿次巨型计算机“克雷一号”，在美国问世，立刻引起轰动。

它之所以令人瞩目，是因为巨型计算机有着惊人的科学计算能力，在国家政治、经济活动中有着十分重要的地位和作用。

每秒亿次巨型机在1秒内完成的科学计算，相当于一个人使用计算器每秒做一次运算，一天24小时、一年365天连续不断地工作31709年完成的工作量。如战斗机气动外形设计，如果运用每秒100万次计算机进行辅助计

算，需要5年甚至更长时间才能完成，而运用每秒亿次巨型机进行科学计算，只需几个月便可完成。再比如石油勘探，要探明地层中是否有石油、有多大储量、能否开采，运用传统勘探技术非常艰难，而借助计算机构建数字地质模型，就可以迅速得到准确答案。

它在军事上用途更大。第一次海湾战争中，伊拉克发射的“飞毛腿”导弹，飞到沙特阿拉伯首府利雅德上空时，被美军“爱国者”导弹成功拦截，在空中炸成一团火花。人们惊叹不已：“美国导弹兵瞄得真准啊，像给导弹长了眼睛似的。”其实，那不是美国兵瞄得准，那是巨型机算得快、算得准。“飞毛腿”导弹在伊拉克本土一升空，美国部署在伊拉克上空的卫星便能立刻把有关信息传到五角大楼科学计算中心。那里的巨型计算机只需1分钟便可计算出它的飞行轨道、途经路线、到达目标时间，以及部署在利雅德的“爱国者”导弹拦截轨道、发射时间。利雅德“爱国者”导弹基地的美国兵，只需按照巨型机提供的信息操作“爱国者”，“飞毛腿”就很难逃出“爱国者”的掌心。

每秒千万亿次超级计算机就更是令人称奇，它1秒钟的计算量，相当于地球上60亿人每周7天、每天24小时不吃不喝用计算器算46年！随着它的问世，设计大飞机气动外形只需要十几天，建立一个复杂地质模型仅用数天，很多科学难题也随之迎刃而解……

当今时代的核技术研究、石油勘探、生物研究、航空航天、生命科学、气象预报、海洋研究、地震预测、新材料研究、土木工程设计等诸多事关国家前途命运的高端领域的深入研究，都有赖于计算机技术的不断突破。

从一定意义上说，一个国家的高性能科学计算水平代表着一个国家科学、经济和国防建设的水平。

因此，有人把超级计算机技术喻为科学领域的“战略制高点”。

谁占领了这一科学技术的“珠峰”，谁就可以俯视世界。

那年，我国中原某地质勘探局，急于运用高性能计算机构建某地区数字地质模型，向美国公司提出进口“克雷一号”请求。

美国公司答复，进口不行，租用可以，还必须满足三个条件：

一、为“克雷一号”修建一栋专门的机房；

二、“克雷一号”的使用、维修人员，均由美国公司派遣；

三、中方人员到机房计算各种数据时，在机房门外把数据交给美方人员，一律不许进入机房。

这无异于对你说：我要窃取你的机密，你还得感谢我、还得给我钱，而我的机器你看一眼都没门。这条件够苛刻、够霸道吧。但中原某地质勘探局却不得不答应。因为你急着用，而你自己又没有。

要想赢得别人平视的目光，你就必须站在和别人同样的高度上。

刚刚走出动荡岁月的共和国，急需突破世界强国的技术封锁!

刚刚开启改革开放大业的共和国，急需科学技术提速助推国防建设、经济发展!

1978 年，改革开放总设计师邓小平，在全国科学大会上以振聋发聩的声音指出：“中国要搞四个现代化，不能没有巨型机!”

当年，党中央、国务院为给我国经济、国防和军队建设提供战略技术支撑，果断决策：跳过每秒千万次级，直接启动每秒亿次巨型机工程。

一位文学家曾这样形象地评价我国亿次巨型机项目上马的意义：“如果说，把中国突破世界强国技术封锁比作是解放战争，那么亿次巨型机研制就是孟良崮战役，只有不惜血本，夺下主峰，才能扭转战局，赢得主动。如果把中国改革开放后的经济、国防建设喻为一次艰难的长征，那么巨型机研制则是湘江战役，再大的流血牺牲，也要把它拿下，否则永远摆脱不了敌人的围追堵截，长征将永无出路!”

谁来担此重任?

邓小平亲自点将。他对国防科委主任张爱萍说：“每秒 100 万次计算机，是国防科技大学计算机研究所干出来的，这是一支能打硬仗的队伍，可以把

巨型机研制任务交给他们，但要他们立下军令状。”

慈云桂上北京接受任务。张爱萍将军亲自找他谈话。

张爱萍说：“慈教授，你知道小平同志为什么点你们的将吗？”

慈云桂说：“感谢党中央的信任！”

张爱萍说：“你们的任务很艰巨呀，现在国际上五六年就更新一代计算机。”

慈云桂说：“我们绝不辜负党中央期望，保证完成任务！”

张爱萍说：“你敢立军令状吗？”

慈云桂说：“好！我立军令状！”

慈云桂郑重地向党中央发誓：

6 年时间，一天不拖！

每秒 1 亿次，一次不少！

预算经费，一分不超！

项目启动动员会上，慈云桂激情满怀地对大家说：“有人说，这是一场大战、恶战。但我们只许成功，不许失败。因为我们中国在世界巨型机领域能否占有一席之地，就看我们的啦！我们一定以背水一战、慷慨赴难的决心，打好这一仗。我今年刚好 60 岁，就是豁出这条老命，也要带着大家把我国的巨型机搞出来！”

慈云桂马上组织研究总体方案、外出调研、联系外协单位、赶建大型实验室，摆开了攻关的战场。一大堆难题也随之呼啦啦涌到他面前，那天他在碰头会上简单数了数，双手的指头就弯了四遍，整整 40 个。

有些难题还真把他难住了。他权力太小。

国防科工委张震寰副主任，亲自来到学校坐镇指挥这场攻坚战。他拍拍慈云桂肩膀说：“你解决不了的问题，我给你解决，我的权力比你大。”

慈云桂说：“我的人太少，尤其是科研骨干。”

张震寰说：“你给我列个名单，我给你调。”

两个月内，70 多名计算机技术骨干，从国防科工委各基地、从七机部、从大专院校……汇集到长沙。

慈云桂说："用电问题很难解决，电压太低，影响研究。"

张震寰说："我给你开协调会。"

一个通知下去，学校绝大部分部门领导都来了，只有一个部门来了一个办事员。

张震寰把那名办事员叫到面前问："你能拍板吗？"

办事员说："不能，领导让我来听一听。"

张震寰火了。但他没把火气往办事员身上发："这里不需要旁听的，你回去叫你们领导马上来开会。"

办事员走了。

办事员的领导来了。

解决方案也很快就商定了。张震寰对那名领导说："你马上去落实，明天上午 10 点我去检查。"

接着，他对大家说："你们要我办的事办不好，你们批评我、骂我都行；我要你们办的事，办不好，也别怪我对你们不客气。"

快刀斩乱麻，一个个难题迎刃而解。

张震寰要回北京了。临别时，他又拍拍慈云桂的肩膀："技术问题，我就帮不了你的忙了。"

慈云桂拍着胸脯说："技术攻关看我们的！"

研制时间 6 年——与世界计算机更新换代一样的周期，也是美国"克雷一号"的研制时间。

但技术储备不一样、研制条件不一样，是一场不平等的竞赛。

比如经费，别人先后投入数亿美元，我们还不到别人的十分之一；

比如研制设备，别人已经用上 CAD 设计系统，我们却只有铅笔、绘图板等一些手工工具；

比如加工工艺，别人已经达到微米级水平，而我们比别人几乎相差一个数量级；

比如元器件，我们只有别人 20 年前的水平；

……

这就像一场马拉松赛跑，别人在宽敞平坦的柏油路上奔跑，我们在沼泽地里跋涉。

站在落后的起跑线上，沿着比别人艰难得多的道路，要在同样的时间冲过同样的终点，唯一的方法是：

别人跑累了坐在路旁喘口气时，你还得继续跑！

别人跑着跑着，觉得口渴了走进小亭喝口咖啡时，你还得继续跑！

别人不慎把脚扭伤了，或是突然患病了，可以爬上救护车，去医院包扎、吃药、打针，把伤病治好了再来跑，而你只能忍着病痛，咬紧牙关向前冲！

只要你心脏还在跳动，就得不停地冲！冲！冲！

整台机器底板有 2.5 万条绕接线，12 万个绕接点，他们检查了 8 遍；全机 800 多块多层电路板，每块电路板上有 5000 多个金属孔，每个金属孔要进行孔壁检查、孔导测试和绝缘测试；全机 600 多个插件板，每块有 4000 个焊点，共达 240 多万个焊点，他们创造了无一虚焊的奇迹。

为了创造这个奇迹，那些年里，参加该项设计、加工和检测的科研人员和工厂职工，每年 365 天，几乎天天泡在实验室和工厂里，每天天不亮起床，忙到午夜回家，大家一手拿着放大镜，一手拿着万能表，像姑娘绣花似的一个点一个点地测试，一干几个小时不休息，几年干下来，不少人落下了眼疾，有些同志还耽误了孩子上学的事。

一个主任设计师的儿子就要高考了。这天晚上，他刚放下饭碗又要去实验室加班。

这时，在一旁复习功课的儿子拉住他的衣襟说："爸爸，我数学不够好，老师说您是搞计算机的，数学很厉害，让你给我补补数学课。”

他很想腾出几天时间给儿子辅导一下，儿子高中都要毕业了，他还从未辅导过儿子。但工程研制任务实在太紧，大家都恨不能一天当做两天用。

思前想后，他还是硬着心肠去加班了。

一个月后，高考成绩公布了：儿子离录取分数只差1分。

儿子把成绩单往他手上一塞，流着泪说：“就怪你！要是你能辅导我几次，我就可以上大学了！”

他愣愣地捏着儿子的成绩单，流出了愧疚的泪水。

这个星期天，张讲师又要去加班。临出门时，五岁的儿子一把抱住她大腿：“妈妈，你走了，我跟谁玩？”平时儿子都是婆婆带，可这两天婆婆因老家有事回去了。怎么办？有几块电路板，正急着要检测。她找出一大堆玩具，对儿子说：“妈妈今天要加班，你一个人在家玩吧。”儿子听话地点点头。她嘱咐儿子：“你千万不要出去，妈妈一会就回来。”为防儿子走丢，出门时她把房门反锁了。哪知，她中午回来时，远远就看见儿子坐在四楼的窗台上，两只小腿还吊在窗台外面呢。她的心一下子悬了起来，急奔回家把儿子从窗台上抱下来，紧紧搂在怀里，心疼得泪水哗哗往下流。

为了提高巨型机设计质量，加快设计速度，巨型机工程总师组决定到日本引进CAD设计技术。这一任务落到了李思昆的肩上，而当时他老父亲重病在床，妻子也患病急需手术。

临行前，李思昆握着妻子的手，轻轻地抚摸着：“丁军，我一定尽快赶回来。”

他惦念着病中的妻子，原计划要两个月才能完成的任务，他一个月就完成了。可前脚刚跨进家门，科工委首长就派人来找他，要和他谈话。

科工委首长给他下了个“死命令”：“你必须马上投入CAD的开发工作，一年之内‘银河-Ⅰ’每秒亿次巨型机研制必须用上CAD技术。”

他听了一怔，小声对首长说：“一年恐怕不行，能不能……”

“不行!”首长大声打断他的话,“一年内完不成CAD开发任务,你就脱军装走人!”

这太不近人情了,他感到有些委屈。但军令如山,他没再辩解。默默地走出首长的办公室,他一头扎进了机房,一直干到深夜才回家。此后,他每天清晨进机房,深夜回家,有时甚至不回家,在沙发上眯一会接着干。没出差也和出差一样没时间顾家,一样没时间陪妻子去医院动手术。

一直拖了半年。

这天,她觉得再也撑不下去了,拄着拐杖爬上公共汽车,到医院一查,发现血色素仅4.5克,比健康人少了一半,病情已危及心脏。医生不让她再离开医院,一次就给她输了600毫升血。

李思昆接到电话通知后,心里很着急,也很内疚,却不能去医院陪她。CAD的开发已经制订了周密细致的计划,一年365天,天天都有任务安排。科工委首长天天打电话来问情况,催进度。她住院14天,他一直没时间去医院打个照面。第15天傍晚,医院把电话打到他的机房,说她第二天要动手术,让他去签字,他才赶紧离开机房,蹬着自行车往医院奔。

在手术单上签完字,他坐到妻子的病床边,用柔柔的目光爱抚着她憔悴的脸庞,轻握着她单薄的手心:“丁军,我真对不起你,这么久……”

“思昆,我知道你很忙。”她理解丈夫。

“丁军,明天我……”他突然失去了把话说完的勇气。一日夫妻百日恩,她病成这副模样,明天就要上手术台,作为十几年的夫妻,这话他怎能说得出口啊!

“思昆,明天你忙去吧。”她知道他没说出的那句话。两行泪水抑不住溢出了眼眶,滑落在苍白的双颊上。

他掏出手绢给她擦去泪水,骑自行车回到学校,一头扎进机房,熬了一个通宵提前干完第二天的工作,到菜市场给家里的一老一小买回一天的菜,骑车往医院赶,把妻子送进手术室。然后,整日守候在手术室门口,待她顺利做完手术，他又寸步不离地守护在她的病床前，给她服药、掖紧被角，倒痰盂尿罐。直至次日凌晨5点多，他才离开医院，在一家路边店吃了两大碗面条，又径直走进了机房……

此后，他又是连续一个多月抽不开身去看她。

手术后的妻子是多么需要他在身边呀。她这次动的是大手术，刀口缝了12针，在床上一动不动地躺了十几天。医生说，再这样躺下去就有大肠粘连的危险，到时又得开刀做手术。虽然病友们同情她，一边骂他没良心，一边帮她翻身，扶她到外边走走，但体力的扶持无法替代亲情的抚慰啊。她知道他任务紧，却还是天天盼着他来，等着他来，哪怕他只在病床前站一会，看她一眼，叫一声"丁军"，她也心满意足啊。

她期待的目光天天守候在病房门口。一天天，病友们的亲人一次次走进来，带来一兜兜水果，一声声暖人的问候，而她却一天又一天看不见丈夫的身影。

这晚，天气陡变。天空似笼罩了一口黑锅，一会儿便雷声滚滚，张牙舞爪的闪电把夜空撕成一块块碎片，狂风卷着倾盆大雨铺天盖地而来，砸得玻璃窗噼啪作响。

这晚，她的目光没有守候在病房门口。这样的天气，他不会来，她也不希望他来。但听着窗外的风雨声，往日的委屈就抑不住涌上心头。她哭了，蒙着被子低声抽泣……

有人轻轻掀开了她的被头，轻轻地替她擦着脸上的泪花。

她睁眼一看，怔住了。

是他！

天晴的日子，天天盼他，他不来。这雷雨交加的夜晚，她不盼他，他却来了，在倾盆大雨中蹬了两个小时自行车，全身被雨水浇透，就像一只落汤鸡，嘴唇发乌，脸色苍白，牙齿"咯咯"响，身体瑟瑟发抖。

他不来的日子，她怨他。现在他来了，她还是怨，一手推开他："谁让

你来的?”

他怔怔地站在床前:“丁军,我知道你怨我,恨我。我对不起你,只能请你原谅……”

她再也忍不住了,一头扑进他湿淋淋的怀里,泪水再次夺眶而出:“思昆,你明天再来也不迟呀,为什么非要今天来,看把你淋成这样,冻坏身体怎么办?”

他紧搂着她颤抖的肩头说:“今晚学校的变压器被雷电击坏了,停电,加不成班,我就踩着自行车来了。不然等明天修好了变压器,又没时间了。丁军,我也很想来守着你呀。”

她一听,更紧地抱着他,哭得更伤心了。

其实他也是个病人呀,胃溃疡已好长时间了,经常便血,医生叫他做胃镜,可他一直没时间做。现在他工作压力又那么大,她住院后,他还要照顾家中的一老一小。她真担心哪一天他会累垮呀。

她在医院里住不下去了,未等痊愈便提前出院了。

不久,她的担心便成了现实。那几天,他觉得手软腿软,浑身无力。过去吃啥都香,突然间啥都不想吃,闻着油味就想呕,一坐下就想睡。一检查,结果把他吓了一跳——急性黄疸型肝炎。

他急了,央求医生:“你给我多开些药吧,我带回去吃。”

医生说:“不用带回去了,住院。”

他更着急了:“我不能住院啊,我那个课题一天也耽搁不起呀。”

医生的脸色严肃起来:“你患的是有生命危险的传染病,你不仅要对自己负责,更要对你周围的人负责。”

他只好在医院住下。

但科研不能停止,他把实验室里的书和资料搬进病房。晚上看资料,想方案;白天和同事研究问题,辅导学生。因此,自他住院后,往日门可罗雀的传染科病房忽然热闹起来,护士办公室的那部电话也整日响个不停,绝大部分是找他的。没几天，同病房的病号都不愿跟他住一块了，先后搬到别的病房。原因明摆着：跟他住一块，休息不好。六张床位的大病房只剩他一个病号，他索性把空病床往墙角上一推，再让学生把办公桌、微机搬到医院，病房变成了名副其实的办公室、实验室。他毫无顾忌地干开了，经常深夜不眠。

大病初愈的妻子也跟着他一块忙。除了上班，招呼家中一老一小，还要想方设法照顾他。他爱吃面食，她天天给他做饺子、包子、馄饨，一餐一个花样。肝炎病人尤其需要注意休息，起初她藏他的书和资料，可藏了这本，他又拿起那本。后来，她又藏他的棉衣棉裤。她想，肝炎病人都怕冷，他找不到棉衣棉裤，就会乖乖地躺在床上休息。哪知他不穿棉衣，冻得浑身哆嗦也照样干，让她好一阵心疼，赶紧又把棉衣披到他身上。无奈，她只好向医院的电工师傅求情，请他到晚上 10 点就悄悄把那间病房的电断开。

一个月后，他的病痊愈了。

她却又累病了，再次住进了医院。

即使生活如此艰难，任务如此艰巨，李思昆一天没拖，一年后让巨型机研制用上了 CAD 设计技术。

软件研究室副主任蹇贤福，几年前就觉得肝部有些隐隐作痛，去医院一查，医生说是肝大，给他开了些药，他吃过后好了许多。此后，每逢肝部疼痛时，他就吃这些药。

后来，疼痛越来越频繁，越来越厉害。大家让他去医院仔细检查一下病情。他说："几年前就查过了，肝大，不打紧的。"继续吃那些药，实在疼得不行时，就用枕头顶着肝部继续工作，直至干完自己承担的软件设计任务，才去医院检查病情。

结果让人大吃一惊：肝癌晚期！

妻子一听到这四个字，泪水一下子就滚下来，大声埋怨他："早让你上

医院，你不去，现在都到晚期了，该怎么办啊？”

同事们也替他着急起来，有的给他联系专科医院，有的给他找名医，有的为他四处打听治疗癌症的偏方……

但蹇贤福自己却显得十分镇静：“我早就怀疑是这病了。我知道，一旦查出来，大家就不让我干了。而查出来，又治不好，还不如不查，等把这台机器研制出来再说。”

蹇贤福住进了医院，也把专业书籍和科研资料带到了病床上，每天服完镇痛药后，倚在床上整理科研经验。

医生说：“蹇教授，你这哪像治病？你都把我们病房当实验室了。”

他说：“你们不是说，愉快的心情，是治病的良药吗？我做这些事很快乐。”

妻子更是担心：“你这样不注意休息，怎么能养好病啊。”

他幽默地安慰妻子：“你放心吧，阎王老爷不是我的对手，他一年两年拉不走我。”

几个月后，他把在病床上整理完成的几十万字教材，交给前来看望的领导，说：“这是我几十年的科研经验和成果，留给年轻人吧，兴许对他们有帮助。”

不久，巨型机研制完成了。同事们特意跑到医院向他报喜。他紧紧握着同事们的手说：“研制下台机器的时候，你们一定要通知我一声，我还要参加！”

弥留之际，他把年幼的儿子叫到面前，充满自豪地说：“你爸爸研制了一辈子计算机，为中国第一台巨型机作出了贡献，你以后也要干科研。”

儿子听话地向他点点头。儿子没有辜负他的期望，现在是我军一名科技工作者，中校军衔。

往日，起床号一响，俞午龙就会一骨碌爬起来。但今天脑袋沉得像坨铁，身子软得似团棉，怎么也直不起身子。

“午龙，你怎么啦?”妻子伸手摸了摸他额头。“你发烧了!”

“可能感冒了。”他说着，强撑着起了床，和往常一样要去实验室。

妻子说：“病成这样还去上班哪，就不能在家休息两天呀?”

他说：“不行哪，手上那些活一天也拖不起。”

妻子责怪道：“又不是上战场，有那么紧急吗?”

她哪知道呢，他们就是上战场——一个没有硝烟的战场。从某种意义上说，它比硝烟战场更紧迫，影响更大，也更残酷。谁在这个战场上赢得了主动，谁就可以远离硝烟战场，否则，强盗的铁蹄随时都可能踏破你的国门，这已经被我们的历史反复证明：鸦片战争是这样发生的，甲午战争是这样发生的，八国联军侵华战争是这样发生的，日本侵华战争是这样发生的……中国在这个没有硝烟的战场上如不能迅速摆脱被动局面，这样的历史随时都可能重演。

那是一段灾难深重、不堪回首的历史，是中华民族的奇耻大辱!

改革开放总设计师邓小平为什么要国防科技大学立“军令状”?

每秒亿次巨型机总设计师慈云桂又为什么勇立“军令状”?

就因为这个战场太重要!巨型机太重要!

“军令状”对于一名军人来说，那是不惜流尽最后一滴血也要完成的使命任务!

“6 年时间，一天不超!”

为了兑现对党和人民的庄严承诺，总师组把任务细化为数十个阶段，规定了每个阶段任务完成的时间节点，然后慈云桂在动员大会上丢给大家一句狠话——

“我们哪怕不吃不喝不睡，也要按时间节点完成任务!同志们能做到吗?”

“能!”

“有没有信心?”

“有!”

台下的回答气壮山河。其中就有他俞午龙坚定的声音。

俞午龙不仅照常去上班，而且又是干到午夜过后才回家。

妻子关切地问：“感冒好些没?”

他说：“不要紧。”

她说：“肚子饿了吧？我去给你做碗面条。”

他说：“我不想吃，只想睡觉。”

他一头倒在床上，连衣服都来不及脱，便呼呼入睡了。她心疼地摇了摇头，给他轻轻地盖上被子。

第二天、第三天，他依然发着高热，照旧早上去上班，午夜后回家，回家后倒头便睡。

第四天下班前，领导找到他说：“现在，安徽那边的部件已加工完成，你马上赶过去检测验收运回来，最好明天就走。”

那个部件是他负责的系统设备，一个月前就该投入使用，现在已经影响了任务进程，一天也不能再拖了。

俞午龙答应道：“好，我赶明天的火车走。”刚说完，又想起了什么，“我手头的这个程序，还有些没写完。”

领导说：“还有多少?”

俞午龙说：“就一两百行，明天上午就能写完。”

领导说：“你回来再写吧。”

俞午龙说：“不成啊，大系统一周后要组织各系统合成，我去那边检测验收，再把设备带回来，起码十几天，回来再写可就误大事了。”

领导说：“那你把它交给我，我让别的同志干吧。”

俞午龙笑着说：“主任，不是我不信任大家，这个事大伙还真干不了。”

巨型机各分系统、小系统之间，虽然紧密联系，但差别很大，就像一支部队，有步兵、有炮兵、有装甲兵、有工兵……战场上能把步兵顶上去当装甲兵用?

领导又说:“那我另派人去安徽。”

俞午龙说:“那也不成呀。”

那个部件是他设计的,将来也是他来安装使用,派别人去检测验收,质量难保证,要是出了问题再返修,对工程进展影响更大。

领导叹了一口气:“那可怎么办呀?”

俞午龙沉默片刻,说:“这样吧,我回家把程序写完再走。”

领导担心道:“你这几天一直带病工作,现在又这么晚了,你扛得住吗?”

俞午龙说:“没事,明天上火车后再补觉。”

领导用手摇了摇他的肩膀说:“路上一定要保重。”

带着一叠资料回家后,俞午龙告诉妻子:“我明天一早去出差。”

妻子说:“那你快睡吧。”

他又是往床上一倒便呼呼大睡。给他盖上被子后,她也睡了。可不久,她被一阵“窸窸窣窣”的声音吵醒了,睁眼一看。他正趴在写字台上加班呢。

她气不打一处来:“你病成这样子,明天又要出差,现在还不睡,你还要命不!”

他说:“你睡吧,还有几行就写完了。”

“你再不睡,我就把你的这些资料给剪了!”她从床上跳起来,操起一把剪子冲到他面前,急得泪珠子“叭叭”往下掉,“你不替自己考虑,也得替我们娘俩想想,你把身体累垮了,我和孩子怎么办?”

他赶紧用身体护着那些资料:“好,好,好,我睡,我睡。”

他何尝不想马上休息啊,他连眼皮子都快撑不住了。但他不能睡呀,最后这几百行程序,就像上甘岭战役的最后那个暗堡,不及时炸掉它,整个战役进程都将受阻。因此,他俞午龙必须像黄继光那样,哪怕前面是枪林弹

雨，也要伏下身子迎上去，否则，他俞午龙就是临阵脱逃。

他俞午龙作为一名军人，能当逃兵吗？但他实在不忍心看着妻子伤心落泪。

他老老实实睡下了。次日，妻子从梦中醒来时，他已经出门走了，给她留下了一张字条："亲爱的，这个程序已写完，请你把它交给我们室领导。"

哪知，这竟是他留给她和战友们的最后遗言。他因劳累过度，在出差途中血压骤升，导致脑出血，一头倒下便再也没有起来。

俞午龙灵柩回到学校那天，研究所全体同志胸戴素花、臂挽黑纱站在研究所门口道路两旁迎接他，泪雨纷飞，一片呜咽。他妻子扑在灵柩上号啕哭："午龙！只怪我那天没把你拦住。你是活活累死的呀！"

领导抬着灵柩，一路泣不成声、喃喃自责："午龙，我对不起你呀，把你逼得太紧、压得太狠，可你扛不住时，不该死扛呀……"

那年，俞午龙 36 岁。

倒在抢占巨型机技术高峰途中的生命都这么年轻：

乔国良副教授，56 岁；

蹇贤福副教授，50 岁；

王育民讲师，41 岁；

张树生讲师，40 岁；

赵炎讲师，30 岁；

……

在俞午龙的追悼会上，巨型机工程总指挥、总设计师慈云桂痛心疾首："将来我去见了马克思，都可以在地下再组建起一支巨型机攻关队伍。"

他语重心长地对大家说："同志们，一定要多保重啊，大家一定要记住，巨型机需要你们，国家和军队现代化需要大家，大家都健健康康的，我们的巨型机才有希望！现代化才有希望！"

此后，研究所召开党委会，专题研究科研人员的保健问题。会上，慈云桂严肃要求各研究室领导："以后任务再紧，条件再艰苦，也要安排科研人员的体育锻炼和娱乐休息时间，确保大家劳逸结合，科研任务我要！大家的健康我也要！"

慈云桂和战友们的顽强拼搏、悲壮牺牲，终于踏平了通向巨型机技术高峰道路上的重重险阻。1983年10月，他们研制的巨型机顺利通过国家鉴定：

计算速度，超过每秒1亿次；

6年时间，整整提前了一年！

张爱萍将军闻讯，欣然为它命名"银河-Ⅰ"，并题诗一首：

亿万星辰会银河，
世人难知有几多。
神机妙算巧安排，
笑问繁星任高歌。

秉性刚直的总设计师慈云桂，再也抑制不住激动的心情，幸福的泪水夺眶而出，当晚夜深人静时，也写了一首《七律》和一首《浪淘沙》：

七律

银河疑是九天来，妙算神机费剪裁。
跃马横刀多壮士，披星戴月育雄才。
精雕岂为人赞誉，细刻缘求玉琢材。
极目远穷千里外，琼楼更上不徘徊。

浪淘沙

喜讯几回传，笑语欢颜！披荆斩棘勇当先。骇浪惊涛风雨急！事事年年。捷报又翩翩，银河显现，人间碧落地联天。妙算神机今已

在，亿境千旋。

“银河-Ⅰ”的诞生，使中国一举成为世界上少数几个能研制巨型机的国家之一。

四年走完十年路

“银河-Ⅰ”问世后，西方强国一“冲”二“卡”。为突出重围，周兴铭、陈福接带领创新团队，向“银河-Ⅱ”每秒10亿次巨型机发起顽强冲刺！

1984年春天，中国人民欢天喜地庆祝“银河-Ⅰ”横空出世。这时，一股“倒春寒”悄然袭来。

西方国家突然同意每秒亿次级巨型机向中国出口，而且价格十分低廉，降价幅度在50%以上。其意图明显：抢占中国巨型机市场，把刚刚问世的“银河-Ⅰ”冲垮。

与此同时，他们继续严格控制更高性能巨型机出口。如当时我国气象局向美国提出进口一台每秒10亿次巨型机，对方要价惊人，并同样提出设置“黑屋子”、禁止中国人进入的霸王条款，而且谈判持续数年，还迟迟不肯交货。

这就是西方国家阻击发展中国家高科技发展的一贯伎俩：“一卡二冲”——你没有时，我卡你脖子，不卖给你。等你有了，我就低价倾销，把你挤出市场，使你失去发展的土壤。

要让别人不“卡”不“冲”，你就得奋起直追，迎头赶上！

“银河人”研制完成“银河-Ⅰ”后，又相继研制出具有世界先进水平的“银河”全数字仿真计算机和“银河”超级小型计算机。

1988年2月，时任国防科技大学计算机研究所所长的陈福接、总工程师周兴铭、副总工程师陈立杰联名上书党中央、国务院：面对一个高科技爆发的时代，少数发达国家在高性能巨型机研究方面突飞猛进，我们如不抓住机会进军更高的目标，将陷入新一轮的被动。他们请求为国家中期数值天气预

报工程发展我国新一代超级计算机。

国家很快批复了“银河-Ⅱ”超级计算机工程，并任命陈福接为工程总指挥、周兴铭为工程总设计师、陈立杰为工程副总设计师。

周兴铭是在长期科研实践中成长起来的科技帅才。1960年，周兴铭还在“哈军工”读大四时，便参加了我国第一台晶体管计算机攻关。他勤奋学习，大胆创新，在电路设计、逻辑设计和整机调试等环节上，提出了许多创造性见解，为高质量完成科研任务作出了突出贡献。1965年，组织上又让他参加了我国最早的集成电路计算机——“030”研制工作，承担总体方案设计和集成电路设计两项关键技术攻关。他深入海军反复调研，结合实际对“030”计算机各项性能进行优化，完成了理论总体设计。然后，他在中国科学院半导体研究所与人合作研制出抗干扰性能极强的二极管晶体管逻辑电路。虽然接下来的那场浩劫，让他住进了“五七”干校，并在“劳动改造”中被电锯削去了半截指头，但对此他没有丝毫抱怨。解除“改造”那天，他向着天空长吁一口气：“8个月没让我搞科研，真把我憋坏了。”1970年，当得知学校计算机研究所承担了“718”每秒100万次计算机研制任务时，他立刻给研制总指挥慈云桂写信，坚决要求参加研制工作。慈云桂答应了他的请求，让他担任运行控制系统负责人，并把提高主频的攻关任务交给他。经过艰苦摸索，他创造性地提出一个崭新的方案，大幅度提高了主频，达到了每秒100万次的运算指标。他设计的“718”计算机电路，后来被国家定为标准电路。1978年，“银河-Ⅰ”攻关开始后，慈云桂又让周兴铭担任了主频指标20兆的巨型机主机研制负责人。他带领大伙完成“银河-Ⅰ”主机系统，在1983年国家组织的技术鉴定中，连续运行289个小时无故障，达到国际先进水平。紧接着，他又作为“银河”仿真机项目总负责人，带领项目组仅用三年时间，研制出我国第一台达到世界先进水平的每秒亿次仿真机，获得了国家科技进步一等奖。

陈福接也是计算机技术攻坚的“沙场老将”。1958年“哈军工”成立第一个计算机研制小组时，他是主要成员之一，先后参加了我国最早的“331”电子计算机、“441B”晶体管计算机、“718”100万次计算机、“银河-Ⅰ”每秒亿次巨型机的研制。他敢闯敢干，敢于担当。在研制“718”时，他通过对国际计算机存储器技术深入研究，发现插件式存储器已成为主流技术，便向总设计师建议：“美国有的，我们也要有。”有人立刻给他的话套上政治色彩：“别看我们的机器笨，可是自力更生造出来的。我们干吗要跟着别人屁股后面跑。”他坦然陈词：“坚持自力更生，并不排除吸收引进外国先进技术。再说堆叠式存储器弊病太多，出一点小毛病，就得停机十几个小时‘开膛破肚’，剪断近3000根导线，重新焊接上万个焊点，已经严重落后了。”有人又提出：“我们的技术力量弱，现在运载火箭又临近发射，要是插件存储器研制不出来，这责任谁负？”陈福接毫不含糊地回答：“我负！”他大胆吸收国外先进技术，很快拿出了国产大型插件式存储器，为“718”计算机研制成功立下了汗马功劳。

有这样两员“悍将”执掌帅印，大家对打赢“银河-Ⅱ”攻坚战充满信心。

研制合同规定，国防科技大学只需交付用户有一个处理机系统的巨型机即可，这个方案容易实现且能满足用户要求。但与世界先进水平相比，还有很大差距。“银河人”认为，搞巨型机是一项时间跨度较长的大工程项目，研制者必须有跨越式思维，必须有敢于冒险、敢于创新的胆略和决心，才能尽快缩短与世界先进水平的差距。

为了解世界计算机技术发展动态，周兴铭带人前往美国一家计算机公司考察。公司管理人员可能是出于外交礼仪，非常客气地接待了他们，一会儿领着他们参观漂亮的厂房，一会儿又把他们领进先进的生产车间，甚至不厌其烦地向他们介绍计算机原理，而当周兴铭提出参观某些关键部位、提出某些关键技术问题时，他们不是借故岔开，就是保持沉默。

考察生产线时，周兴铭对一枚小小的针阀产生了浓厚的兴趣，便向对方操作人员说："能给个样品作纪念吗?"

对方竟一口回绝："NO!"

对方拒绝得如此断然决然，让周兴铭一下子想起幼年时期在上海外滩亲眼目睹的一幕——

那年，抗战刚刚胜利。很多外国人以救世主的身份涌进上海外滩。每当夕阳西下，便有很多外国男女在黄浦江边抬头挺胸地漫步。一些中国人穿梭其中兜售各种特产。

一个卖酥糖的小女孩，走到一对倚着石栏交谈的欧美男女身边说："先生，买一块酥糖吧。"

欧美男子鄙薄地看了小女孩一眼，拉着身边的情人走开了。

女孩又追过去推销："先生，我们中国酥糖很好吃的，买一块吧。"

欧美男子一把挡开女孩的小手："NO!"

那个欧美男人的那声"NO"和眼前这个操作人员的这声"NO"，如出一辙，同样断然决然、毫无情面。

周兴铭此时和那个卖酥糖的小姑娘一样的心情。

其实这种针阀并不属保密范畴。美国当局对他们这次考察的内容，早就经过严格筛选。那些值得保密的东西，人家不说让你中国人参观，你想知道它们在什么地方都没门。

这个操作人员之所以连个纪念品都不愿给你，那是因为人家强大你弱小，人家富裕你贫穷，人家先进你落后。因此，人家一个小蓝领就可以鄙视你一个大教授，就可以不给你一丝一毫的情面。

他周兴铭失点面子是小事，但民族在世人面前不能没面子，国家承受不起别人的目光之轻。

周兴铭在那个操作人员背过身去的那一刻，在心里暗下决心：要干，我们就干一流的，一定以最快的速度拿出一台质量最高的"银河-Ⅱ"，到21世纪初，与发达国家站在同一起跑线上，让他们对我们中国刮目相看!

回来后，他们立刻放弃研制合同要求的单处理机系统方案，着手设计性能高出两倍的双处理机，而且很快就拿出了设计方案。

这时，有的国家已经推出了性能更高的四处理机系统。

他们又毫不犹豫地否定了双处理机系统方案，提出研制具有四处理机系统的巨型机，拿出了代表当时世界先进水平的机型方案。

这意味着他们要用4年时间走完别人10年走过的路。

“银河人”抱着必胜的信念，开始了顽强的冲刺。

那几年，是总设计师周兴铭有生以来工作最繁忙、家庭最艰难的日子。1985年，年逾古稀的岳母突然双腿瘫痪，生活完全靠人照料。1987年，一连串的不幸又接二连三地降临在他头上。

那天，周兴铭刚走进实验室戴上白帽子，穿上白大褂，系政委于同兴就跟了进来，把他叫出门外，沉重地拍拍他的肩头说：“周教授，你不要太悲伤。”从口袋掏出一份电报。

他接过电报拆开一看，双手不禁颤抖了一下。

“妹病危，速回。”

他心里即刻涌起一阵愧疚。妹妹患癌症住进医院已经半年多，而他忙于“银河-Ⅱ”每秒10亿次巨型机，竟没有回家去看望过小妹。当天，他买了一张机票飞回上海，一下飞机便直奔医院。可还是晚了，小妹已于一小时前从抢救室推进了太平间。母亲坐在太平间门口，一声声唤着小妹的名字，泪流满面。他见此情景，一串长长的泪水涌了出来。他搀扶起母亲，掏出手绢擦着自己脸上的泪，擦着母亲脸上的泪。可他始终没擦尽自己的泪，更没擦尽老人的泪水，母亲依然不停地唤着小妹。小妹是母亲的心头肉，命根子啊。他们弟兄几个长大后，都在外地工作。20多年来，一直是小妹在上海老家陪伴照顾着母亲。母亲经受不住白发人送黑发人的剧痛啊。

为给老人换个生活环境，早日走出失去亲人的痛苦，他跟老人商量，把她接到长沙。老人同意了。长沙有她的儿子、儿媳，有她活蹦乱跳的两个孙

女，有她的亲情。

可老人到了长沙后，却连个说话的人都没有。她自幼生活在上海，喝了几十年黄浦江的水，说了几十年上海话，听不懂普通话，更听不懂长沙话。儿子、儿媳上班早出晚归，两个孙女要上学。每天，她只能坐在门口的方凳上，痴痴地望着天空，等着儿孙回家。在这里生活也不适应，老人总觉得这里的米饭就是没有上海的香，湘江的水没有黄浦江的甜，长沙的空气也没有上海的清新……在上海，什么都如意。在长沙，什么都不习惯。

老人执意回上海去了。70 多岁的老人自己买菜做饭，洗衣缝被，冷一餐热一顿，感冒发热了也没人知道，没人照料，结果不久也患上了癌症。

虽经多方治疗，保住了老人的性命，但耳背了，眼瞎了，嗓子哑了。即便这样，老人也不肯再来长沙。

故土难离，人老更难离故土。

1988 年夏，周兴铭从繁忙的科研工作中抽出几天时间，和妻女回上海看望病中的母亲。刚在母亲的病床前坐下，老人就一手拉着儿子的手，一手拉着儿媳的手，泪水“哗哗”地往下掉，但又什么都说不出，把他和妻子的泪水也牵出了眼眶。他们知道，老人是要对他们说：“回来吧，孩子。孩子，回来吧。”

在老人病床前，他时而看着眼含泪水的老母，时而看着身边热泪盈眶的妻子，一声声叹息砸在地上。

长沙有他的事业。“银河-Ⅱ”每秒 10 亿次巨型计算机是我国国民经济发展和国防现代化建设的龙头工程，是中国在世界高科技竞赛这场没有硝烟的战争中一场关乎全局的战役。他是“银河-Ⅱ”的总设计师，就像战场上指挥千军万马的总指挥。现在“银河-Ⅱ”研制刚刚开始，他这总指挥能后撤吗？

可是，老人已经 70 多岁了，又病成了这个样子。身为人子，把她扔在上海不管，天理难容啊！

母亲，事业，两个砝码同样沉重。但两者却不能兼顾。他陷入了一个两难的选择。

他一夜没睡，妻子也一夜没合眼。

天亮时，妻子擦去眼角的泪痕走到他身边，用一双红肿的眼睛看着他那双同样红肿的眼睛，叹口气说："兴铭，我脱军装转业回上海吧。"

他抬手擦去她又一次溢出眼角的泪花。

她回长沙办完转业手续，就要回上海了。在车站，再过五分钟就要发车了，但她还没上车，拉着两个幼女的小手，在站台上来回地踱着。

前往车站送行的系政委于同兴很理解她的心情，轻声对她说："如果你不想走，现在还来得及。可以让你再次参军，再穿上军装。"

她抬起头，感激地看着于同兴政委，似有很多的话想说。

她想说，她舍不得脱下这身穿了十几年的军装，舍不得放弃为之奋斗了十几年的电子计算机事业。

她想说，研制"718"电子计算机时，他们夫妻已经分居了8年，现在好不容易团聚，她不愿再分开这个家。

她更想说，他是总设计师，肩上的担子重，她不愿让他为家事分心，要让他用全部的精力去挑好肩上的担子。

……

最后，她啥也没说。

发车铃响起，列车徐徐启动的那一刻，她拉着一双幼女的小手，毅然登上了列车。

放不下的，是伸出窗外挥动的手。

止不住的，是涌出眼眶的泪。

远去的，是列车，是车轮的铿锵声，是她一声声"老周，自己多保重"的嘱咐，是幼女"爸爸、爸爸"急切的呼唤……

过去，周兴铭教授从实验室加班回家，孩子们一听到他上楼的脚步声，

就会蹦跳着来为他开门，然后一边一个吊在他肩头上，争先恐后地把一天的好消息告诉他。妻子则微笑着端上一碗他爱吃的鸡蛋面，或是一碟土豆烧牛肉。可这天他从车站独自回来推开家门时，迎接他的只有一张孤零零的床，几件沉默的旧家具，一台冷冰冰的旧冰箱和一团冬天里浸入肌骨的寒意。

年近五旬的周兴铭教授，又开始了"独身"的日子。他不吃猪肉，一闻猪油味就反胃，不愿吃食堂的饭菜。妻子刚走的那阵，他每个星期买一次菜，做一次饭，贮存在冰箱里，然后吃一周的剩饭剩菜。可这样他仍然觉得费时费事，最后还是去吃食堂。有时候深夜从实验室回来，想喝口开水，提起暖瓶却是空的。后来，他索性把被子搬进实验室，很少回这个家。干累了，睡；睡醒了，接着干；除了吃饭和睡觉，其余时间全用于工作，再无其他干扰和顾虑。

妻子用一个女人瘦弱的肩膀和一个女军人坚强的意志，为他担起了那个艰难的家。转业回上海后，她在上海城建学院计算机中心担任副主任和党支部书记，繁重的工作压得她喘不过气来。可每天下班后，还得买菜，买米，拉煤气，生火做饭，服侍行动不便的老人，辅导孩子的功课。家里大大小小、里里外外的事，哪一件都要她去干，整天忙得像一只陀螺。

她终于累病了，病得还不轻，心脏房室传导阻隔。医生说，如果恶化的话，心脏随时可能停止跳动。但她却不能住院，家庭、工作放不下，保姆也请不起。住房太窄了，一家三代五口挤在两间不足 30 平方米的小房里，周兴铭回了家只能睡沙发。请保姆，住哪？

她转业后，只到长沙休过一次探亲假。那是 1992 年秋，"银河-Ⅱ" 10 亿次巨型机终于研制成功。在通过国家鉴定的喜庆日子里，大家没忘记这位特殊的功臣，特邀她前来分享成功的喜悦。他没时间去车站接她，她自己搭公共汽车回家。当她轻轻推开那扇熟悉的房门时，一股霉味迎面扑来，只见床上卷着一床被子，放着两堆书，桌子、柜子、窗台上堆的也是书，窗玻璃结着蛛网，蒙着厚厚的灰尘，遮得家里一团昏暗。他背朝门口坐在写字台前，一手抓着一块手绢，一手握笔忘神地赶写研制报告，写一阵，咳一阵，用手绢揉一阵鼻子。他患了重感冒。

她站在门口看着这一切，泪水就禁不住往下淌。

鉴定会开得很隆重，邓小平、江泽民、李鹏等党和国家领导人寄来亲笔题词，中央军委、国务院和中央各部门纷纷发来贺电。会场摆满锦旗，簇拥着鲜花。她作为特邀嘉宾，被安排在醒目的位置上。总设计师周兴铭教授满怀激情地宣读了研制报告，宣布“银河-Ⅱ”巨型计算机达到国际先进、国内领先水平时，会场上响起一阵雷鸣般的掌声。

当天晚上，学校举办了一台丰富多彩的文艺晚会。压台戏是根据周兴铭生活情况编写的小话剧——《牛郎织女颂》。戏演完，演员谢幕了，看戏的都走了。

她还久久地坐在那里，泪流满面。

那次，她在长沙待了一个星期，也忙了一个星期，把他的衣服、被褥洗了个遍，把家里的东西重新收拾得整整齐齐。她又要回上海了。这天，起床号还没吹响，她就起了床，拖了地板，给他做了一碗牛肉面，又烧了一壶开水，灌满了两个暖瓶，然后从冰箱取出两块冰冻牛肉，要给他烧一锅土豆牛肉，留在冰箱里让他慢慢吃。可肉还没炖熟，门口就响起了汽车喇叭声。送站的车到了。

他抬腕看了看表，提起她的行李包说：“车来了。”

她没有接行李，望着灶上正冒热气的锅：“还没熟呢。”

他又看了看表：“我送你后回来再炖。”

她接过行李，但没挪脚：“你不能老吃食堂。”

“嗯。”

她说：“感冒药在写字台的抽屉里，要按时吃。”

“嗯。”

她说：“天气冷了，过几天要换一床厚棉胎。”

"嗯。"

她说："你要多保重。"

他说："你在家里很累，也要多保重。"

她点了点头，两行泪水又情不自禁地滚出了眼眶……

现在回忆起那段日子，周兴铭感叹地说："那时过得的确艰苦，大家都一样，为了巨型机，什么都不顾了。"

军人是一个奉献的职业，国防科研是一项奉献的事业。

以"银河-Ⅰ"巨型计算机为例。科学家们奋战近五年，经历千辛万苦，有人甚至永远倒在了实验室，可"银河-Ⅰ"每秒亿次巨型机鉴定后，每人只拿到了几十元的加班费。

但大家献身科学的痴心不改。

1983年，"银河 Ⅰ"每秒亿次巨型机通过国家鉴定时，前来采访的一百多家新闻单位的记者，几乎向所有被采访者提出同一个问题："下一步你个人有什么打算?"

回答都是一样的："干'银河-Ⅱ'!"

"银河-Ⅰ"研制参与者谈中行，结婚后便与妻子过着牛郎织女的生活。他在长沙国防科技大学计算机研究所工作，住单身宿舍，吃食堂。在上海工作的妻子，虽然免不了离情别绪的愁苦，但没孩子，老人身体也硬朗，倒也没什么压力。不久，有了孩子，老人的身体也一天不如一天，她肩上的担子忽然间沉重起来，白天要上班，晚上要照顾孩子，服侍老人。那晚，两个老人病了，躺在床上起不来。她给老人喂了饭，又洗了澡，忙到半夜上床，这才发现身边的孩子烫得似团火。她一把抱起孩子就往医院跑。巷子很深，很黑，空无一人，她有些害怕，脊梁骨直透凉气。结果第二天，老人、孩子的病还没好，她也病倒了，家里连个烧开水的人都没有。

几年下来，她那强壮的身体累得只剩一把骨头，再也支撑不起这个沉重的家庭。她四处托人，终于为谈中行在上海找到一个接收单位，并很快发出了商调函。

谈中行也渴望与家人团聚，用一个男人的肩膀接过妻子的担子。但此时，“银河-Ⅰ”每秒亿次巨型计算机的研制工作刚刚启动，他肩负一个重要的程序设计重任，怎么能调走呢？他给妻子回了一封信，耐心地说明情况，终于得到她的理解。他们继续着牛郎织女的生活，直至“银河-Ⅰ”每秒亿次巨型计算机研制成功，谈中行才捧着红彤彤的科研成果奖证书，戴着金光灿灿的军功章，于1985年调回上海与家人团聚。

1987年，研究所的一名战友到上海出差，去看望谈中行，随口告诉他，所里又开始研制“银河-Ⅱ”每秒10亿次并行巨型计算机了。他高兴得拍着大腿，连说了几个“好啊”，然后让妻子做了一大桌菜，和战友喝完了一瓶五粮液。

战友走后，他的魂儿仿佛也给带走了。他开始坐立不安，妻子做的菜吃起来不香了，办事老走神儿，让他去买米，他买回来一包盐。晚上也睡不着了，像碾子似的在床上来回滚。

妻子知道他的心思。这天深夜，她从床上爬起来，拉亮电灯，对辗转难眠的丈夫说：“你去长沙搞‘银河-Ⅱ’吧。”

他一骨碌从被窝里爬起来，但马上又躺下了，“我走了，你又要受苦了。”

妻子说：“孩子小的时候，比现在苦多了，我都挺过来了，何况现在孩子大了。”

他感激地搂了搂妻子瘦弱的肩膀。

谈中行马上给所里打电话。所里回答说，随时欢迎他。但上海这边却不肯放人，他磨破嘴皮，才同意研究所借调使用。

借调就借调，只要能走人就行。谈中行把几件换洗衣服和日用品往包里一装，高高兴兴地回到了研究所，担负起应用软件副主任设计师的重任，成为研究所唯一挑大梁的“临时工”。

由于是“临时工”，他没住房，只能住实验室，吃食堂，工资也在原单位，研究所每月只发给他几十元生活补助。尽管这样，他还是觉得这里的生活有滋味，实验室的沙发睡得香甜，食堂的饭菜吃着可口，工作起来更是有劲，整日盯着那块四四方方的屏幕，手指欢快地敲打着键盘，没白天黑夜，也没星期天、节假日。

这样一干就是四五年，直到1992年“银河-Ⅱ”每秒10亿次巨型计算机通过国家鉴定后，他才揣着第二本红彤彤的科研成果奖证书，戴着第二枚金光灿灿的军功章，再次回上海与亲人团聚。

重返上海后，一个熟人问他：“你一个人在那里生活有意思吗？”

他回答说：“有意思呀。”

熟人又问：“你那枚军功章值多少钱？”

“这……”

“你那本成果奖证书值多少钱？”

“无价！”

“是金子做的？还是镶了很多钻石？”

谈中行竟生气了，冲着熟人说：“它们不是金也不是银，但我就是喜欢！”

军人的荣誉，不容玷辱。

阵地，荣誉，对于军人来说，哪怕牺牲了生命，也必须坚守、必须捍卫！

那天，主机系统副主任设计师王久林正埋头在机房测试插件，有人递给他一封加急电报。

他拆开一看：“母病危，速归！”

王久林的心一下子揪紧了。母亲前些日子就病倒了，他昼夜加班，提前完成了阶段性工作，特意请了三天假回家，在母亲床前尽孝。母亲知道他忙，不住地催他回单位。他心里惦记着科研上的事，见母亲病情已有些好转，就提前回来了。哪知母亲病情突然加重了。

“母病危”，字字似锤，重重地敲在他心头上。他恨不能立刻飞回家去，哪怕在老人身边呆上一天，给她服一次药、梳一次头、洗一把脸、喂几口饭……也行啊。

可当他拿着电报，正准备上领导办公室请假时，又把刚抬起的脚轻轻放下了。他眼前的测试大厅一片忙碌，战友们都在紧张工作着。“银河-Ⅱ”每秒10亿次巨型机研制已接近尾声，进入了最后的“合围决战”。总师组半个月前已决定实行封闭式攻关，全体参与项目研制的科研人员，吃住在实验室，每天工作近20个小时、只睡四五个小时，不外出，不会客，不接电话，心中只有一个念头：工作，工作，确保按时按质拿下“银河-Ⅱ”！

在此情况下，他王久林能向领导开口说“我想回家”吗？

他只向领导请了一个小时假，上邮局给大哥寄了几百元钱，回了一封加急电报：给母亲请最好的医生、吃最好的药，一定要把她的病治好！

一个月后，“银河-Ⅱ”进入最后考机阶段。这时，又一封电报送到他面前：“母病故，速归！”

王久林一下子惊呆了。

前些天，他还给哥哥去了一封电报询问母亲的病情，哥哥回电说已有好转，没想到母亲说走就走了。

领导知道这一消息，立刻来到他身边，安慰他说：“你回家送老人最后一程吧，这个假我批。”

他知道，领导这番话，是斟酌又斟酌才说出的真心话。百事孝为先。此时不回家尽孝，他枉为人子。

可他此时能离开吗？考机阶段，是研制工作的最后阶段，也是最关键的阶段，机器随时都有可能出现问题，需要全体研制人员昼夜守在机器旁，一旦出现问题立刻攻关解决，哪个系统出现故障哪路人马冲上去。

再说，“银河-Ⅱ”鉴定计划已经上报国务院有关部门，鉴定时间已经确

定，学校已经向参加鉴定会的贵宾、专家和媒体记者发出了邀请，共和国的领袖们和全国人民正期待着“银河-Ⅱ”顺利通过鉴定的喜讯。

这时，他这个分系统负责人之一脱离了战场，要是考机出现问题不能及时解决，延误了鉴定，他能理直气壮地对领导说“把鉴定时间推迟吧，让那些贵宾、专家和记者过几天再来”?

他能理直气壮地对同事说：“我家有特殊情况，这不是我的错”?

他不仅身为人子，还身为军人！

王久林把电报揣进口袋，默默来到实验室后面那片小树林。

天空没有星光，一片黑沉沉，周围隐隐约约的树影，静静地站在朦胧的夜色里。天上下雨了，细细的雨丝，密密麻麻、无声无息飘洒下来，让夜色变得这般黏稠凝重。

王久林对着家乡的方向，“扑通”一声跪下，撕心裂肺地一声嚎叫：“妈——久林不孝啊——”

他久久地跪在那里，任冰凉的雨丝浇淋在身上，直至浑身湿透、通体冰凉，才直起身来回到实验室。

五天后，“银河-Ⅱ”终于顺利通过考机。机房大厅一片欢腾。大家齐心协力在漫长陡峭的山路上艰苦跋涉了几年，现在终于攀上了主峰，大家高兴啊。

这时，王久林油然想起已远去的母亲，两行泪水不由滑落眼眶。他默默离开欢乐的机房大厅，向火车站走去，于次日赶回了老家，对着母亲灵位双膝跪下：“妈，儿子看您来了，儿子回来晚了，您原谅儿子吧……”

他在母亲灵前跪了整整一天……

计算机应用软件设计专家李晓梅，肩负“银河-Ⅱ”应用软件开发重任。她每年要加300多个夜班，每次都要干到凌晨一二点，在机房和实验室连续过了三个春节。

……

“银河人”就这样日夜兼程，终于用 4 年走完了别人 10 年走过的路。1992 年 11 月，来自全国 42 家计算机研究所、应用单位和高等院校的专家，对“银河-Ⅱ”进行一个月的严格考核，认为：它填补了我国通用并行巨型机空白，达到国际 20 世纪 80 年代后期水平，大大缩小了与国际先进水平的差距，表明我国巨型机技术有了新的重大进步。

江泽民亲笔给他们题词：“攻克巨型机技术，为中华民族争光。”并签署命令，授予国防科技大学计算机研究所“科技攻关先锋”荣誉称号。

1993 年，李鹏在人民代表大会政府工作报告中，自豪地向世人宣告：中国拥有了自己的“银河-Ⅱ”10 亿次巨型计算机！

美国一名计算机专家曾说：“据说中国的‘银河’亿次机相当于美国的‘克雷-I’巨型机，真是笑话。我们把所有‘克雷’机的元件给中国人，他们能组装起来，也是头号新闻。”

他们是看到了笑话。几年后，这个西方国家的公司总裁和我国气象局领导商谈，希望中国买他们的巨型计算机，价格一降再降。我国气象局领导回答说：你们的巨型机和我国的“银河-Ⅱ”仅隔着一道玻璃，两者的质量形成鲜明的对照。“银河-Ⅱ”每周只进行例检，故障很少，发现故障也可以很快排除；而你们的巨型机故障频繁，排除故障要拖好几天。气象局领导要求美方增加功能，提高可靠性。

这就是创新团队用艰辛换得的民族尊严。他们的付出掰开了别人掐在我们国家脖子上的大手，让我们的国家能够自由地呼吸空气，休养生息，逐渐强大起来。否则，别人会把我们的脖子越勒越紧，直至窒息。

试问：民族生存权，多少钱能买到？国家尊严，多少钻石能换来？

5 群星璀璨耀“银河”

20世纪末，世界超级计算机主流技术由向量并行计算向大规模并行处理转型。“银河-Ⅲ”研制“一石三鸟”，实现三大战略目标。

就在“银河-Ⅱ”研制接近尾声时，位于美国纽约的联合国大厦北侧庭院里举行了一场隆重的雕塑揭幕仪式。随着那块蓝色幕布徐徐落地，一座造型新颖、意蕴深刻的雕塑展示在世人面前：一名战士跨着战马，手握长矛，刺向一条分别用美国和苏联制造的两枚战略核导弹作为躯体的恶龙。

它形象地表达了世界人民裁减核武器、共建和平的强烈愿望。

1995年，联合国大会通过决议，要求在1996年9月第51届联合国大会开幕前，达成全面禁止核武器试验协议，并将文本提交联合国大会审议通过，然后供各国签署。通过艰苦努力，1996年8月，拟定了《全面禁止核武器条约》文本。1996年9月10日，在联合国表决中，158票支持，条约正式通过生效。

条约规定，签约国将作出有步骤的、渐进的努力，在全球范围内裁减核武器，在严格有效的国际监督下，逐步实现消除核武器、全面彻底核裁军的最终目标。所有缔约国承诺不进行任何核武器爆炸试验或任何其他核爆炸，并承诺不导致、不鼓励或以任何方式参与任何核武器爆炸试验。

让人感到蹊跷的是，最早拥有核武器、拥有最多核武器并四处挥舞核铁拳的美国，在这场全面禁核活动中，不仅没有设置任何障碍，而且还带头签字，到处游说别国支持禁核，表现出一副比谁都憎恨核武器、热爱和平的姿态。

后来人们终于发现，其实美国禁的是别人而不是自己。它从来就没有停止过核试验，只不过把核试验从试验场转到了实验室，运用不断推出的超级计算机进行核模拟试验，实现核武器技术的更新换代。而且还运用其得天独厚的超级计算机技术，研制部署“国家导弹防御体系”、“战区导弹防御体系”，公然把别国领土、领海划入其“防御”范围。

世界核武器竞赛已经演变为超级计算机技术竞赛。世界超级计算机技术竞赛更加激烈。在这场新的竞赛中，中国绝不能输。

“银河-Ⅱ”鉴定不久，学校召开了“银河-Ⅲ”研制专题研讨会。会上，“银河人”提出了中国超级计算机技术要实现跨越式发展的奋斗目标。

1994年3月，国防科工委批准“银河-Ⅲ”立项。8月，国防科工委正式给国防科技大学下达研制“银河-Ⅲ”任务书，要求研制出具有中国特色的每秒100亿次巨型机，同时突破更高性能巨型机技术。

在任命“银河-Ⅲ”总设计师时，大家都把目光投向时任学校计算机研究所所长卢锡城。

卢锡城是第三代“银河人”的突出代表。他于20世纪70年代参加国家重点工程“‘远望’测量船中心计算机”研制，两次赴太平洋执行任务，均获成功。20世纪80年代初，受国家委派前往美国留学，是我国最早从事网络技术研究的专家之一。学成回国，参加了“银河-Ⅱ”巨型机研制，并主动请战，担负当时国际上最先进的高速计算机网络技术攻关任务，研制出高速网络软件系统，使“银河”巨型机从此具备支持网络超级计算的能力。他是“银河-仿真Ⅱ”计算机副总设计师，主持系统软件研制，为解决国家航天航空事业急需的实时全数字半实物仿真作出了重大贡献。他主持研制成功“银河玉衡9108”核心路由器，有力地推动了我国网络关键设备核心技术的进步。他率领大家研制出“8100高速网络实时安全监控系统”，为维护国家和军队网络安全作出了重要贡献。先后获得国家科技进步一等奖4项、二等奖1项、三等奖多项，荣立一等功1次，获得“全军重大专业技术贡献奖”、“何梁何利基金科学与技术进步奖”。

卢锡城也在思考“银河-Ⅲ”总设计师人选问题，但他想的不是自己，也不仅仅是“银河-Ⅲ”，而是整个“银河”创新队伍的长远建设和“银河”事业的长远发展。

计算机是年轻人的事业。1936年，英国人图灵创立计算机理论时，只有24岁。1946年，研制出世界上第一台计算机的美国人埃克特、莫奇利等，也都是离开学校不久的年轻人。被誉为“计算机之父”的冯·诺依曼，提出著名的“冯·诺依曼原理”时，也只有42岁。研制“银河-Ⅰ”、“银河-Ⅱ”的骨干力量，基本是“文革”前的大学毕业生，他们在长期的科研攻关中，为国家巨型机事业作出了重大贡献，但都步入或接近退休年龄。而与此同时，改革开放后成长起来的新一代计算机人才，不仅知识丰富、科技底蕴深厚，而且通过“银河-Ⅰ”、“银河-Ⅱ”实践锻炼，也积累了丰富的科研经验。他们是“银河”事业的未来，“银河”事业需要他们尽快脱颖而出。

卢锡城下定决心，“银河-Ⅲ”研制要实现三个战略目标：

一、研制出每秒100亿次巨型机，实现国家超级计算机发展的又一次跨越。

二、突破更高性能巨型机关键技术，为国家超级计算机发展闯出一条新路。

三、实现“银河”创新队伍建设的凤凰涅槃，为国家巨型机长远发展打造一支年轻队伍。

在卢锡城的积极建议下，学校党委为“银河-Ⅲ”组建起一支年轻的攻关队伍：全体研制人员的平均年龄仅36岁，19名主任设计师、副主任设计师平均年龄40岁，副总设计师40岁，而总设计师杨学军，年仅31岁。

学校党委任命杨学军为“银河-Ⅲ”总设计师，是经过深思熟虑的。他是伴随着“银河”事业成长起来的年轻专家。20世纪80年代初，从南京通信工程学院大学毕业后，便师从“银河人”攻读硕士学位，同时参与“银河-Ⅰ”后期攻关，并选择了“银河-Ⅰ”编译器作为硕士论文选题。1986年硕士毕业后，他和妻子双双投入“银河-Ⅱ”攻关。不久，他又师从“银河-Ⅱ”总指挥陈福接教授攻读博士学位，并选择与“银河-Ⅱ”密切联系的并行处理技术作为博士论文课题，边做博士论文，边参加“银河-Ⅱ”研制。1990年博士毕业后，他留在计算机研究所工作，继续参加“银河-Ⅱ”攻关。“银河-Ⅱ”研制完成后，他和三名同志被学校派往国外，为“银河-Ⅲ”作预先研究7个月，了解和掌握了世界计算机尤其是超级计算机技术动态和发展趋势。让这样一位学术底蕴厚实，学术目光宽阔，又具有大型工程实践经验的年轻专家接过“银河”帅旗，无疑是值得信赖和期待的。

为发挥老“银河人”传帮带传统，把新一代“银河人”“扶上马、送一程”，学校党委还成立了“银河-Ⅲ”研制顾问委员会。

实践证明，学校党委的这些决策，极富远见卓识。这支年轻的队伍，在老“银河人”的帮带下，很快成为“银河”事业的中坚力量，连续推动国家巨型机研制跨越式发展，最终把中国巨型机技术推向世界之巅。

但当时，杨学军对组织上对自己的任命，还是感到太突然了。他连续一个星期寝食难安，感到压力太大、责任太重，但他并没有畏惧。在领导和老师的热情鼓励下，他勇敢地用自己年轻的肩膀挑起了这副重担。

于是，科研攻关中出现了“群星璀璨耀银河”的壮观情景。

以卢锡城为总指挥、杨学军为总设计师的“银河-Ⅲ”创新团队敢想敢闯，勇于创新，大胆突破。

“银河-Ⅰ”、“银河-Ⅱ”走的是向量并行的技术道路。“银河-Ⅲ”再走老路，将会越走越窄。当时，国际上出现了主流技术的萌芽——大规模并行处理技术路线，但风险极大。国际上使用这一技术的公司，仅有几家成功了，绝大部分都以失败告终。

“银河”人从来就不畏惧风险。他们清醒地认识到，只有赶超世界最前沿，才能永远立于不败之地。他们决定走大规模并行处理技术之路，通过研制“银河-Ⅲ”，完成从向量并行技术到大规模并行技术的大跨越。总师组定

下了三大技术目标：

一、瞄准更高性能的巨型机关键技术，并以此实现百亿次的性能目标。

二、瞄准国际主流技术，确保机器技术全面领先。

三、瞄准大型科学计算和大规模数据处理应用，为用户着想，研制高效好用的巨型机。

为了实现这一跨越式发展，他们跨过了许多科学技术的峡谷、深涧。

超大规模集成电路，是巨型机的心脏，其中多款专用芯片的设计和研制是“银河-Ⅲ”关键技术。数种芯片，每一种的设计图纸有数百页，每一页都布满了密密麻麻的电路，一条电路设计错误都会导致整个芯片的失败。正因为这样，这种芯片，在国际大公司一次投片成功率也只有60%。但“银河人”在设计上精益求精，在管理上严格要求，层层把关，反复审核，创造了投片成功率100%的世界领先水平。

20世纪90年代，国际上出现了异步传输模式这一崭新的网络技术。为了保证“银河-Ⅲ”及时与世界先进技术接轨，他们大胆更改原设计方案，用两年时间完成了新网络技术设计和研制，攻克了一批因特网关键技术，连续跨越了以太网系列技术、分布式光纤数据网技术、异步传输模式网络技术三个大台阶，使“银河-Ⅲ”顺利驶上了世界最通畅的信息高速公路。

巨型机的操作系统，如果不能与世界接轨，将给用户造成极大不便，进而影响其市场。我国在“银河-Ⅲ”之前，都是自己设计操作系统，无法与国际流行系统平台兼容。他们决心在“银河-Ⅲ”改变这一局面，组织精兵强将奋勇攻关，吃透了当时最先进的操作系统技术，然后在此基础上大胆创新、大胆改进，成功研制出既与世界接轨又具有自己特色的“银河-Ⅲ”系统软件，使“银河-Ⅲ”符合了国际标准。

在“银河-Ⅲ”工程实现过程中，解决散热问题是一项关键性技术。如果这一问题解决不好，价值连城的巨型机，在数秒钟内将烧成一堆废铁。他们经过反复摸索，成功解决了一系列难题，使“银河-Ⅲ”散热技术达到世界先进水平。以前，巨型机必须建设昂贵的专用空调系统，因此有人说“巨型机买得起用不起”。这一技术问世后，普通机房空调即可满足巨型机环境要求，大大降低了使用维护费用，受到用户一致欢迎。

老一辈“银河人”无私奉献，为年轻人大胆创新保驾护航。年逾花甲的计算机研制专家周兴铭、陈立杰、杨晓东、李晓梅、谭正信、彭心炯、李思昆、黄克勋、苏长青等，将自己积累的宝贵经验、实验方法和技术资料如数交给年轻人。曾芷德老教授把一项凝结了 8 年心血、在国家自然科学基金组织的测试中被认定达到国际先进水平的重要成果，应用到“银河-Ⅲ”工程上。在关键技术 ASIC 芯片设计过程中，周歧鸿、肖应时、杨超群等几名工程经验丰富的老同志主动请缨组成专家审片组。这些年近退休的老专家，和年轻人一起加班加点，拿着放大镜，对数百张设计图一一仔细阅读，深入理解，认真审查，为“银河-Ⅲ”创造“ASIC 芯片 100％投片成功”这一奇迹作出了重要贡献。

1997 年，在香港回归祖国的前夜，“银河-Ⅲ”顺利通过国家鉴定。鉴定委员会在鉴定书上写道：

> 该机有多项技术居国内领先，综合技术达到当前国际先进水平。经有关应用单位对机器运行试算结果表明：“银河-Ⅲ”运行稳定可靠，可扩展性好，并行加速比高，应用领域广，性能价格比高……“银河-Ⅲ”巨型机可适用于化学、石油、气象、工程物理、流体动力学、结构分析等诸多领域的大型科学计算、大规模数据处理，对我国国防建设、经济建设和科学技术的发展，将产生重大推动作用。

DI ER ZHANG

第二章

千万亿次的追问

ZHUJIAN

2007 年，世界第一台每秒 1000 万亿次超级计算机问世。大规模并行计算技术路线遇到难以逾越的鸿沟巨壑。

中国与美国、日本等世界超级计算机强国站在同一起跑线上。国防科技大学摆开与它们决战的战场。

外国权威专家认为 GPU 只能用于图像处理。杨学军却开辟了“CPU+GPU”技术路线。

2009 年，“天河一号”每秒 1000 万亿次超级计算机诞生，跃居亚洲第一。2010 年，“天河一号”二期系统计算峰值达到每秒 4700 万亿次，名列世界第一！

1 “冲顶”之天地经纬

经过“银河人”数十年艰苦攀登，中国冲击世界超级计算机“珠峰”的条件已经成熟。

2007年6月，也就是我国每秒百万亿次巨型机诞生的当年，由美国IBM公司和新墨西哥州洛斯阿拉莫斯国家实验室联合研发、耗时6年、耗资1.33亿美元的世界新一代超级计算机“走鹃”问世了，运算峰值突破每秒千万亿次，再次成为世界上速度最快的超级计算机。它1秒钟的计算量，相当于地球上60亿人每周7天、每天24小时不吃不喝用计算器算46年。

“走鹃”安装在美国洛斯阿拉莫斯国家实验室。对于它的用途，美国专家毫不隐晦。

美国能源部长塞缪尔·博德曼说：“‘走鹃’将用于运算全球能源等问题，它将在基础学科研究方面‘打开知识新窗口’。”

洛斯阿拉莫斯国家实验室主管迈克尔·阿纳斯塔西奥坦言：“‘走鹃’前6个月将用于与导弹测试等无关的非机密计算。6个月后，‘走鹃’75%左右的工作将涉及导弹测试和其他机密任务。”

美国核武器专家达戈斯蒂诺说得更直白：“‘走鹃’将帮助武器专家模拟核弹头爆炸时的情况和测算核弹头老化信息，是确保我们核武器库安全的重要工具。”

敢把超级计算机用途表述得如此露骨的国家，全世界大概只有美国。这是因为他有实力、有信心，心里有底气——“让你知道了，又能把我怎么样”?

这是“含蓄”的炫武、“温柔”的恐吓——“只要我们拥有世界上最先进的超级计算机，我们就拥有世界上最先进的导弹、原子弹!”

这也意味着，中国这个世界上人口最多的大国，超级计算机技术依然比别人落后整整一代机型、6 年左右。意味着在这场没有硝烟的战争中，我们依然处于被包围、被压制、被恐吓的被动局面……

中国已经被包围得太久！我们已经忍受了太多的憋屈！

东方巨龙期待腾飞！中华民族渴望崛起！

科技需要振兴！超级计算机技术必须跨越！

正是基于这样的战略谋划，胡锦涛主席在 2007 年年初国防科技大学研制出新一代超级计算机后，在学校的报告上语重心长地批示："希望同志们进一步增强攀登世界科技高峰的信心和勇气，不断提高自主创新能力，努力在若干重要领域掌握一批核心技术，为推进科技强军战略、建设创新型国家作出新的更大贡献。"

党中央的期待，就是命令！就是使命！

面临新挑战，国防科技大学党委沉着应对。他们承认差距，更从差距中看到了机遇。通过科学的审时度势，他们认为学校的超级计算机事业，经过"银河人"半个世纪的前赴后继，不懈攻坚，占领了一座座科技高峰，形成了自己的特色，突出重围、抢占世界超级计算机技术"巅峰"的诸多条件已开始显现。

条件之一："冲顶"的主要支撑技术已趋成熟。

首先，高性能微处理器（CPU）攻关已取得突破。

高性能微处理器（CPU），是决定计算机运算速度、总体性能的关键器件，是超级计算机攻关的核心关键技术，也是西方发达国家严密封锁的高端产品。

为打破西方国家的技术封锁，早在 20 世纪 70 年代，国防科技大学就开始走上高性能微处理器技术自主创新之路。在 70 年代末研制出百万次计算机的系列集成电路和系列高速集成电路；80 年代研制出大型综合电子设计自动化系统；90 年代初，为"银河"巨型机与"银河"仿真机研制出专用集成

电路（ASIC）芯片；“十五”期间，该创新团队成功研制出“银河飞腾”微处理器。

1999年，我国某重大工程进入关键阶段。这时，以美国为首的西方国家突然宣布对我国急需的高性能电子中枢控制系统实行严密的技术封锁和关键元器件禁运，使该工程陷入了进退维谷的尴尬境地。

为打破西方超级大国对我国技术封锁和关键芯片禁运，改变中枢控制系统关键元器件受制于人的被动局面，总装备部决定紧急启动国产高性能电子中枢控制系统关键元器件研制。

国防科技大学临危受命，承担起型号微处理器研制任务。计算机学院立即成立了由卢锡城院士、李国宽总设计师、陈书明副总设计师、孙副总设计师等组成的行政、技术和质量指挥管理线，调集胡封林等20多名技术骨干组成了攻关突击队。

他们攻克了一个个技术难关，解决了一道道技术难题，成功研制出型号芯片。

鉴定会上，以三位院士为首的鉴定委员会这样评价：“该芯片研制成功，推动了国内微处理器技术进步，填补了国内空白，对打破受制于人的局面有着重要的意义。”

他们研制的型号微处理器，大批量应用于我军现代化建设，获得军队科技进步一等奖，国家科技进步二等奖。

21世纪初，为迎接世界军事变革，我军建设急需自主研制高性能CPU。

CPU研制工程再次紧急启动。学校高性能微处理器创新团队再次临危受命，承担起研制重任。

这是一场高难度的攻坚战。国外对有关资料严密封锁，从体系结构、图纸设计到实现技术，都要自力更生。

总部有关专家对实施方案进行评审后，认为这是国内研制难度最大的微处理器，建议研制工作分两步走：第一步，突破复杂指令集超标量微体系结构和逻辑设计技术；第二步完成超深亚微米全定制设计。

这样固然稳妥可靠，但需要时间。

我军现代化建设最宝贵、最拖不起的就是时间。

经过深思熟虑，高性能微处理器创新团队选择了一个“多路展开、全面出击”的攻坚战术：制定统一规范，指导大兵团作战；把研制难题逐一分解，然后各个击破；成立精干的技术攻关先导小组，对公用技术提前攻关；对新技术、新结构、新电路提前进行研究、设计和分析，甚至进行投片实验；自主研制了多种自动化工具，加快设计速度，提高工作效率……100多名研制人员，从总师到图纸设计员，每周七个工作日，每天工作十几个小时。

艰苦奋战5年，该型号芯片终于问世，创造了3个“中国之最”：国内最早实现超标量CISC体系结构的微处理器，国内最复杂、最大规模的微处理器超深亚微米全定制设计技术，国内最早实现全定制微处理器时序建模与时序分析技术。

2007年，该成果获军队科技进步一等奖，2008年再获国家科技进步二等奖。

近年来，学校高性能微处理器创新团队，成功突破高性能微处理器体系结构、超深亚微米集成电路设计、抗辐照和高可靠性军用微处理器设计等若干关键技术，先后研制成功通用CPU、嵌入式CPU、DSP、高性能计算机芯片组等大规模集成电路，填补了多项国内空白，打破了国际封锁，成功支撑了超级计算机研制，为我军信息化建设作出了突出贡献。

其次，基础软件技术已跨入世界先进水平。

基础软件就像我们中国发明的珠算中的“口诀”，是计算机的“灵魂”。没有“口诀”算盘不能成“算”盘。同样，计算机硬件的任何新技术都必须通过基础软件来展现，计算机应用的任何新发展也必须通过基础软件来支撑。基础软件水平，在一定程度上直接决定着超级计算机的发展速度。

正因为这样，我国为实现信息产业从“大国”到“强国”的历史性跨

越，在近年制订的中长期发展规划中，专门设立了“核高基”重大专项（核心电子器件、高端通用芯片和基础软件），作为16个重大专项之首，计划通过三个五年计划，解决我国在核心器件、高端芯片、基础软件，尤其是宇航级器件、操作系统软件和CPU芯片等信息技术核心领域对国外的高度依赖，改变我国在这些核心技术领域受制于人的局面。

早在20世纪70年代末，国防科技大学便开始了巨型机操作系统研制，是国内最早涉足这一技术领域的科研单位。20多年来，学校基础软件创新团队，先后开发出“银河-Ⅰ”、“银河-Ⅱ”、“银河-Ⅲ”等系列巨型计算机系列操作系统、编译系统等基础软件，多次获得国家和部委级科技进步一、二等奖，为推进我国巨型机事业迅速发展作出了重大贡献。

2000年后，他们抓住国家“863”软件重大专项这一重大机遇，在“211工程”、“985工程”二期及国家“十五”“863”软件重大专项支持下，通过数年顽强拼搏、艰苦摸索，研制成功具有完全自主创新知识产权的“银河麒麟”操作系统等一批基础软件，成功运用于国家和国防重要部门，达到国内领先水平，跻身世界先进行列。

国家“核高基”重大专项计划实施后，他们又凭着雄厚的实力，成为“核高基”重大专项的主要承担单位，牵头或与产业界合作承担了“军用操作系统”、“国产操作系统研发及其产业化”等重点课题，成为国家基础软件自主创新和研发的主力团队。

再次，网络技术已跻身世界先进行列。

1984年前后，卢锡城、窦文华等网络技术专家从美国学成归来，组建了网络技术研制团队，拉开了我国网络技术自主创新序幕，先后研制成功与“银河-Ⅱ”、“银河-Ⅲ”超级计算机相关的网络系统软硬件，为我国巨型机事业发展添上新技术的翅膀。

1999年，国家开始实施发展互联网战略计划，学校网络技术创新团队抓住这一重大契机，在“211工程”、“985工程”以及国家“863”重点项目和军队“九五”、“十五”、“十一五”重点建设项目支持下，自主创新和集成创新相结合，形成了基础研究、预先研究、型号工程协调发展的科研布局，连克网络技术雄关险隘。

核心路由器，是网络系统的核心技术。假如把网络系统比作人类身上纵横交错、密密麻麻的血管，核心路由器就是它的心脏。

2001 年 3 月，他们研制成功我国第一台核心路由器——“银河玉衡 9108”。由工程院副院长邬贺铨院士为主任委员的鉴定委员会认为：“银河玉衡 9108”，是国内第一台拥有软件硬件全部自主设计的高端线速核心路由器，整体技术国内领先，达到国际先进水平，是我国高科技领域取得的又一重大成果。

2004 年 3 月，他们成功研制出我国新一代互联网高性能路由器——IPv6 路由器。鉴定委员会一致认为：这是国内第一台交换能力超过每秒千亿位的 IPv6 路由器，拥有自主知识产权，在路由器并行体系结构、全局流控机制、IPv6 线速转发、多等级服务质量控制和基于 PKI 的组网安全认证等关键技术上取得突破和创新，整体技术属国内领先，达到国际先进水平。标志着我国在 IPv6 高性能网络设备研制技术上取得了新的突破，对加速我国高速网络建设、增强我国网络信息安全，将产生重要推动作用。2006 年，该项目获得国家科技进步二等奖。

2007 年后，他们陆续推出我国第一套 2.5G 、10G、40G 等不同需求层次的网络安全监管系列设备，并在国家和军队相关部门得到广泛应用，为打击网络犯罪、维稳反恐、净化互联网空间等提供了重要的技术手段，发挥了重要作用。

尤其是，他们在国家自然科学基金支持下完成的重点课题“下一代网络体系结构模型及超高速网络交换路由研究”，更是一项我国网络技术发展史上的标志性成果。

以方滨兴院士为组长的验收专家组认为：“该课题在下一代互联网体系结构、高速网络交换方法与算法、大容量路由表组织管理和查询、网络处理器体系结构技术、10Gbps 高速网络接口线性转发机理及实现等方面取得了

重要的创新性成果和显著的进展。”

他们在高性能微处理器技术、基础软件技术、网络技术等领域取得的这些成果，标志着我国超级计算机支撑技术已不再受制于人。

条件之二：“冲顶”的队伍已经造就。

随着巨型机技术攻坚不断向纵深发展、“银河事业”不断走向辉煌，“银河”攻关队伍不断发展壮大、不断走向成熟，产生了一批以 4 名院士为代表的高水平科技人才[①]。其中，高性能计算创新团队获得军队首届科技创新群体奖，并与高性能微处理器技术创新团队一起入选了国家教育部“长江学者与创新团队发展计划”。

拥有如此之多的科技帅才将才、整体水平如此之高的超级计算机攻关队伍，在国内首屈一指，在世界超级计算领域也堪称一流。

条件之三：“冲顶”的支撑阵地已经铸成。

科研攻关的迅速推进和人才队伍的发展壮大，不断拓展学科空间、提高学科水平。20 世纪初，支撑高性能计算机跨越式发展的高水平学科体系已经形成[②]。2007 年，计算机系统结构、计算机软件与理论、计算机应用技术被

①到 21 世纪初，国防科技大学计算机学院先后产生院士 4 人、国务院学位委员会学科评议组成员 2 人、全国优秀教师 2 人、全国高等学校优秀骨干教师 1 人、全军优秀教师 5 人、全军“育才奖”金奖获得者 5 人、全国优秀科技工作者 1 人、国家有突出贡献的中青年专家 10 人、霍英东教育基金奖获得者 7 人、何梁何利基金科学与技术成果奖获得者 1 人、何梁何利基金科学与技术进步奖获得者 3 人、光华科技基金一等奖获得者 5 人、国家杰出青年科学基金获得者 5 人、“求是”杰出青年实用工程奖获得者 2 人、中国青年科技奖获得者 4 人、军队专业技术重大贡献奖获得者 3 人、一等功荣立者 4 人、二等功荣立者 60 多人、入选国家“百千万人才工程”一二层次者 5 人、入选“新世纪（跨世纪）优秀人才支持计划”6 人、“长江学者”特聘教授 3 人、享受政府特殊津贴 64 人、三级以上教授 15 人，70%以上获得了博士学位。

②它涉及工学、理学、军事学、网络安全、密码编码与应用 5 个学科门类，拥有计算机科学与技术、电子科学与技术、生物医学工程、系统科学、数学、军队指挥学 6 个一级学科，计算机系统结构、计算机软件与理论、计算机应用技术、信息安全、生物信息学、微电子与固体电子学、系统分析与集成、计算数学、应用数学、密码学 10 个二级学科，开辟了高性能计算机系统结构、高性能微处理器体系结构、高性能互联通信、军用计算机体系结构、计算机科学理论、软件工程、系统软件、分布计算软件、大型并行应用软件、海量数据处理与人工智能、虚拟现实与人机交互技术、基于网络的计算机应用技术、网络安全监管和安全操作系统、生物信息处理与应用、军用 CPU 技术、军用 DSP 与 SOC 技术、超大规模集成电路设计理论与技术、微电子器件与电路的可靠性技术、生物信息处理、生物医学成像和图像处理、复杂系统建模、仿真与评估、系统安全等 20 多个研究方向。其中，计算机科学与技术一级学科，首批获得国家计算机系统结构博士学位授予权和国家重点学科，首批获得国家一级学科博士学位授予权，首批设立博士后科研流动站和“长江学者”特聘教授岗位。

评为国家重点学科，微电子与固体电子学被评为国家重点（培育）学科，密码学被评为湖南省重点学科。计算机科学与技术一级学科，在历次国家一级学科综合评估排名中，名列前茅。这一宽正面、多层次、高水平学科体系，覆盖了超级计算机所有的技术需求。

条件之四：科研条件发生了翻天覆地的变化。

21世纪初，学校在“211”工程、“985”二期工程支持下，先后建成了现代化的高性能计算创新平台、高性能微处理器技术创新平台，以及高性能计算应用研究中心、高性能计算网络支撑环境。“银河人”“用小梁建大房子”的历史已经结束。

条件之五：“冲顶”的精神传统进一步发扬光大。

老一辈“银河人”，面对西方强国重重封锁，面对落后的国家经济基础、元器件水平和科研条件，不畏艰难，不辱使命，研制出“银河”系列巨型机，同时也创造了以“胸怀祖国、团结协作、志在高峰、奋勇拼搏”为内容的“银河精神”。

“银河精神”这把精神利剑，激励“银河人”开创了“银河事业”的辉煌，她将继续激励大家攻坚克难，不断抢占超级计算机新的高峰。

条件之六：“冲顶”的国际机遇已经出现。

尽管美国研制的“走鹃”突破了每秒千万亿次大关，可它要采用CPU大规模并行计算技术路线，抢占新的高峰，就遇到了一系列难以逾越的技术障碍。

比如体积，它将有几个足球场那么大。

比如功耗，需要建一个专用的发电站，才能满足它的用电量。

还有随之而来的程序设计、可靠性、安全性……都是一道道难以逾越的技术高墙。

超级计算机技术再跨越，需要新的体系结构理论来支撑。

这意味着在超级计算机新的技术高峰面前，我们和美、日等发达国家处

于同一起跑线上。

中国超级计算机技术“冲顶”，已具天时、地利、人和，与世界超级计算机强国决战决胜的时刻已经来临。

2 "航母舰队"济沧海

国防科技大学把四个国家级创新团队整编为超级计算机创新"航母编队"，浩浩荡荡向着超级计算机技术新的彼岸进发！

国防科技大学党委果断决策：

一、启动每秒千万亿次超级计算机工程，冲击世界超级计算机技术最高峰；

二、每秒千万亿次超级计算机研制，要坚定不移走军民结合、寓军于民的自主创新道路，积极融入国家创新体系，加强与天津滨海新区的合作，为建设创新型国家作出新的更大的贡献。

2008年9月，学校成立了张育林校长任组长、杨学军副校长任总设计师的超级计算机工程领导小组，统筹学校各方力量，支持高性能计算团队开展每秒千万亿次关键技术攻坚。

国防科技大学与天津市滨海新区很快达成合作意向，在天津滨海新区建设国家超级计算中心，以国防科技大学研制的每秒千万亿次超级计算机系统作为业务主机，天津滨海新区在资金、场地等方面拿出配套支持方案。不久，双方签订了《国家超级计算天津中心共建协议》，合力打造国家高新科技服务、产业技术创新、人才聚集培养三个平台。

国家科技部对国防科技大学开展每秒千万亿次攻关的战略决策给予大力支持，很快批准筹建国家超级计算天津中心，批准国防科技大学承当"863"重大项目——每秒千万亿次超级计算机系统研制课题。

学校党委根据任务需要，把高性能计算、高性能微处理器、基础软件技术、网络技术四个国家级创新团队有机组合，编成一支庞大的超级计算机创

新“航母编队”，浩浩荡荡向着超级计算机技术新的彼岸进发。

学校党委向创新团队发出了“我们的胸怀有多宽，我们的事业就有多大”的动员令，鼓励大家确立决战决心，坚定决胜信心。

这场攻坚战首先遇到的难题，就是选择什么样的技术路线。就如一场战斗，主攻方向选对了，攻击就势如破竹，选错了，就会重重受阻。

国防科技大学高性能计算技术创新团队有着高瞻远瞩的战略目光。早在2005年，他们还在紧锣密鼓地研制每秒30万亿次机时，就敏锐地意识到，世界超级计算机研制的主流技术——中央处理器（CPU）并行处理技术路线，虽已十分成熟，但将遭遇越来越难以逾越的技术“高墙”的禁锢。从那时起，总设计师杨学军便开始未雨绸缪，带领大家探索新的体系结构技术。

他们在研究中发现，国际惯用的CPU并行处理体系结构的最大局限，是CPU造价贵、能耗高、系统规模大，导致了一系列难以逾越的技术难题。

他们把探索的目光瞄准了GPU。它是一种主要用于图像处理的微处理器，运算速度是CPU的数倍，而且造价低、能耗低。如果把它用于科学计算，传统的CPU并行处理技术面临的重重难题，不就迎刃而解了吗？

沿着这一崭新的思路，杨学军总师带领大家创造性地提出“CPU（通用微处理器）+GPU（图像加速处理器）”超级计算机异构融合体系结构理论。形象地说，这一理论，就是把众多CPU、GPU有机连成一枚枚“捆绑式火箭”（其中CPU相当于主发动机，GPU相当于助推发动机）。但要充分利用GPU的计算能力，是一个世界难题。

经过两年艰苦探索，杨学军和大伙齐心协力，克服了一个个技术难题，于2007年6月在国际计算机体系结构年会上发表了《64位流处理器体系结构研究》的论文，科学论证了异构融合体系结构理论的可行性。

这一体系结构，是计算机史上第一个由中国人提出的新的体系结构理论。它为每秒千万亿次超级计算机系统体系结构设计提供了新的思路，也为世界超级计算机技术不断突破提供了新的方向。

根据这一新思路，总师组创造性地将全系统分为计算阵列、加速阵列、服务阵列，通过实现 CPU 和 GPU 异构协同计算，最大限度地提高计算效能、降低能耗、减少费用、加快速度。

这一技术路线最大的创新，就是将图像处理器 GPU 运用于高性能科学计算，它最大的“拦路虎”也是实现 GPU 高效能科学计算。因为 GPU 虽然图像处理速度惊人，但将它用于科学计算的效能却只有峰值的 20%，这是世界计算机业界的普遍水平，继续提高已非常艰难。正因为这样，包括美国在内的发达国家，都没有把 GPU 用于科学计算。

但杨学军总设计师坚持认为：“别人不敢走的路，并不等于走不通。”

学院政委周建设代表学院党委向创新团队发出号召：“发扬银河人敢闯敢干、奋勇拼搏精神，从艰难险阻中杀出一条新路!”

在世界高科技博弈中，一味地“跟跑”、“借鉴”，意味着永远处于“人后”，仰人鼻息，只有从荆棘丛中和险关狭隘里杀出一条新路，才有希望突出重围，率先“登顶”。

为了国家和民族超级计算机事业的辉煌，前方风险再大，他们毅然前行。

世界“巨型机之父”、美国计算机天才西摩·克雷有一句名言：“可以造出一个速度快的 CPU，却很难造出一个速度快的系统。”

中国有一句俗语说得很形象：“一个和尚有水喝，三个和尚不一定有水喝。”

数千个 CPU、几千个 GPU 组成的上万个计算部件，就是每秒千万亿次机这个“大庙”里的一个个“和尚”。研制者们首先要做的，就是充分调动这些“和尚”的积极性，让他们挑到尽可能多的水，使“1+1”尽量接近“2”。

当科研人员把这群庞大的“和尚”集合起来，进行异构协同计算试验时，却发现“GPU”这群“和尚”非常懒惰，任科研人员如何调度，始终提不起精神。

研制工作遇到了严峻挑战。

"千万亿次"邀"天河"

"封闭式"攻关，把 GPU 计算效能提升到 70%，遥遥领先世界水平。

在攻关的关键时刻，经学校党委推荐，中央军委主席胡锦涛任命廖湘科为计算机学院院长，同时兼任每秒千万亿次超级计算机研制总指挥和常务副总设计师。

廖湘科也是在高性能巨型机攻坚战中成长起来的一名"虎将"，先后参与数代"银河"巨型机、"银河麒麟"操作系统、某信息处理平台安全操作系统、某机要服务器、某可搬移并行计算机研制工作，历任银河系列巨型计算机主管设计师、主任设计师、副总设计师、常务副总设计师。在"银河-Ⅱ"研制中，他负责操作系统并行处理软件研制，创造性地采用了"逻辑CPU"概念，设计了"任务－逻辑 CPU－物理 CPU"两级调度算法，使"银河-Ⅱ"并行效率达到世界领先水平。研制"银河-Ⅲ"时，他作为 I/O 操作系统主任设计师，重点解决了 MPP 巨型机 I/O 能力与计算能力均衡技术难题，同时负责"银河-Ⅲ"分布主存并行机制研究，提出的用户级通信优化协议，显著提高了大规模并行处理系统的实际通信性能。先后获得国家科技进步一等奖 3 项，军队科技进步一等奖 5 项和中国青年科技奖、"求是"杰出青年实用工程奖、中创软件人才奖，荣立二等功两次。是国家"新世纪百千万人才工程"人选，"核心电子器件、高端通用芯片和基础软件"国家重大专项基础软件实施专家组副组长，"十一五"、"863"计划信息领域专家委员会委员，"十五"、"863"计划软件重大专项专家组组长、信息产业部"信息产业科技发展'十一五'计划和 2020 中长期规划"软件技术组副组长，国产基础软件教育部工程研究中心学术委员会副主任。

廖湘科走马上任时，张育林校长代表学校党委与他谈话，给他下达命令：“你要在杨学军总设计师领导下，团结带领全院教职员工，全力冲刺每秒千万亿次!”

那天黄昏，总设计师杨学军带着廖湘科来到岳麓山下湘江之滨。

青山葱翠，春潮汹涌，夕阳如血。两人沿着蜿蜒的江岸小径漫步交谈。

“虽然GPU科学计算效能难以发挥，但我坚信CPU＋GPU技术路线没有错。”

“我也认为异构协同体系结构可行。路难走，并不等于方向错了。”

“这条路再难走，我们也要坚定不移地走下去，一定要啃下这块‘硬骨头’。”

“也只有此路是条捷径。”

他俩是在“银河”系列巨型机攻坚战中共同拼搏20多年的老战友，而且自从杨学军执掌“银河-Ⅲ”总设计师“帅印”后，廖湘科就一直担任他的副帅——副总设计师。长期的并肩战斗、密切协作，两人在思想和工作中形成了惊人的默契。

“现在是我们‘冲顶’的绝好机会。”

“是啊，机不可失，时不再来。现在国外也在积极寻求新的突破，更高性能计算机很快就会问世。”

“国家经济建设和国防建设，急需更高性能超级计算机技术支撑。”

“虽然现在技术攻关遇到了困难，但我们完成任务的时间不仅不能拖，还要提前。”

“我看至少要提前一年。”

“当年研制‘银河-Ⅰ’时，困难还不大吗，我们的前辈们顽强拼搏，硬是提前一年完成了任务。”

“还有‘银河-Ⅲ’，原计划用五年，大家齐心协力，争分夺秒，仅用三年就实现了十亿次到百亿次的大跨越。”

“为了赶时间，我们的老前辈常常进行封闭式攻关。”

“解决 GPU 效能问题，我们也搞封闭式攻关。”

“对，就搞封闭式攻关。”

同是“银河”传人，想的都是“银河”事业，解决问题也用“银河”老传统。

几天后，由杨学军总设计师、廖湘科常务副总设计师等人组成的总设计师组决定：把原定于 2010 年完成的每秒千万亿次超级计算机研制任务提前到 2009 年。

长沙北郊的市抗洪抢险指挥中心，远离闹市，四面青山葱翠，环境幽雅。主攻 GPU 计算效能优化的七八个科研人员，把科研器材搬到这里，摆开了封闭式攻关的战场。他们不会客、不外出、不看电视，每天只做一件事：一遍遍演示程序，眼睛紧紧盯着屏幕，从那些不停滚动的浩如烟海的数据中，寻找一个个稍纵即逝的灵感，捕捉一次次优化 GPU 计算效能的机遇，然后对计算程序改了一遍又一遍。

杨灿群在 GPU 计算效能优化攻关中担任主攻任务。“天河一号”决定在世界上首创 CPU＋GPU 异构融合体系结构时，总设计师组就把这道难题交给了他。

他的第一个任务就是挑选性能优良的 GPU。当时具有通用计算能力的 GPU 有两种，每种型号有 10 余个。单独的 GPU 只是一块普通的芯片，它需要与配套的存储器和外围电路构成显卡才能使用，而生产此类显卡的厂商有很多家，市场上的显卡更是多达 20 多种。从这些鱼龙混杂的产品中挑选出符合要求的产品，如同大海捞针，他前后测试了两个多月，终于选定了适用的产品。

那一周，杨灿群与伙伴们和往常一样，从早上 7 点盯到午夜，从周一盯到周日，竟然没有发现一次战机，没有取得任何战果。

连续鏖战数日，早已筋疲力尽的杨灿群，躺在床上辗转反侧，难以入眠，那些数据犹如一群蜜蜂，在眼前不停地窜来窜去。闭上眼睛，满脑子还是那些波涛般滚动的数据。

他于心不甘。往常从周一到周五，都能找到性能优化突破口，然后利用周末时间研究优化方法。

突然，他隐隐觉得眼帘上滚动的一些数据低于设计目标。他一骨碌从床上爬起来，打开与服务器相连的笔记本电脑，进入试验数据库，果然发现GPU一部分计算资源没有用起来。兴奋难抑的杨灿群，立刻着手程序优化。当他改完程序后进行试算，GPU计算性能又一次提升，起身打开房门时，只见太阳爬上了山顶，露出灿烂的笑脸，小鸟在树林里欢快地舞蹈，发出清脆的啁啾。

类似这样的优化改进，他们在两个月里进行了一万多次，终于把GPU计算效能提升到58%。

与此同时，异构协同并行体系结构、高速率可扩展互联通信、高效协同计算、基于隔离的安全控制、虚拟化的网络计算支撑、多层次的大规模系统容错、系统能耗综合控制7个方向的攻关也纷纷告捷，相继突破核心关键技术。

这些成果，证实了他们选定的主攻方向是正确的。

冲刺的时刻到了。学校召开工程决战动员会。张育林校长号召大家："勇敢地担当起国家和民族冲击世界超级计算机科技高峰的历史重任，在年底前坚决完成每秒千万亿次计算机攻关任务，让'银河'的凯歌在神州大地上奏响，让'银河'的光彩再一次闪亮寰球！"

封闭攻关的队伍，乘胜扩大战果，不分昼夜反复测试、研讨、改进，虽然每一次提升都如同滴水般微小，但他们连续奋战四个月，先后改进优化8万余次。

8万多"水滴"汇集起来，创造了一个科学奇迹：GPU计算效能跃升至70%以上，达到世界最高水平。

高速信号传输是研制超级计算机系统的又一项关键技术。每秒千万亿次超级计算机需要上10万亿比特级IB交换机。这一关键技术，国内没有解决，美国也是刚刚做出样机。

创新团队反复探讨，提出新的正交互联技术方案。一位外国专家对这一技术方案进行深入分析，推断说："10万亿比特级IB交换机设计非常困难，没有我们的技术支持不可能实现，如果采取正交互联技术方案，必将以失败告终。"

为验证外国专家的这一推论，大家经过试验发现，按照国际设计规范在正交互联的结构下确实不能保证10万亿比特级IB交换机信号的传输质量。

怎么办？是跟在别人后面亦步亦趋，还是闯出自己的技术路线？

自主创新，就是要走别人没走过的路。

"他们说不行，我们就做出来给别人看看！"

在无法获得技术支持的情况下，创新团队通过深入研究与技术攻关，终于发现了国际设计规范中的一个重要缺陷。于是，他们调整创新思路，最终得到了全新的设计规范，其关键技术参数远远大于国际设计规范的技术指标。不到一年时间，他们就研制成功10万亿比特级IB交换机系统，并在每秒千万亿次超级计算机系统中得到成功应用。

当初预言他们"必将失败"的那位外国专家，听到这一消息后，用两个"没想到"表达了对创新团队的敬佩："没有想到他们如此完美地解决了高速信号系统传输的难题；没有想到他们这么快就研制出成功稳定可靠的先进系统。中国人，了不起！"

外国专家更想不到，中国人是怎么研制出来的。

2008年1月30日中午，河南驻马店市泌阳县宾馆，一场婚礼即将拉开帷幕。婚礼很隆重，宽敞的宴会大厅，张灯结彩，宾朋满座，笑语盈盈，沉浸在一片喜庆之中。

12点28分，在欢快的《婚礼进行曲》中，年轻英俊的主持人，连蹦带跳出场后，张口便向来宾抖出一个大悬念：“亲爱的来宾，首先我要告诉大家，今天的婚礼很特别，特别得我从来未见过，甚至不曾想到过。今天的婚礼更喜庆、更精彩，喜庆得大家的笑声会把楼顶冲破，精彩得准保每一位来宾都流出感动的泪花。下面有请新娘刘琼闪亮登场——”

来宾一听，有些纳闷了：按规矩应该是新郎先亮相呀？

上亲席上的七大姑八大舅们，开始轻声议论起来。

“这新郎官，是哪里人，您知道吗？”

“我哪知道呀，我还没见过新郎官呢，您见过吗？”

……

岳母娘哈哈笑道：“他哪有时间和你们见面呀，我们家姑娘和他谈了几年恋爱，也只带回来一次，而且只住了一个晚上就走了。”

“他是干吗的？这么忙。”

岳母娘也卖起了关子：“等会你就知道了。”

在来宾期待而又疑惑的目光里，身披洁白婚纱的新娘，幸福地微笑着款款向大家走来。她身姿婀娜，明眸皓齿，面容姣好。

主持人问：“新娘子，请您告诉大家，今天你幸福吗？”

刘琼很自豪地回答：“我很幸福，是长大后觉得最幸福的一天。”

主持人说：“是哪位小伙子把我们漂亮的新娘子幸福得这样，大家想看看我们的新郎官吗？”

来宾齐声高呼：“想——”

“有请新郎官！”

来宾聚目向宴会厅门口眺望，却迟迟不见新郎。这时，只见他从屏幕里走了出来：那是一年前他和刘琼去郊游时，战友给他们拍摄的一段DV。他叫宋振龙，山东胶州小伙，现在在国防科技大学计算机研究所工作。一身戎装的他，年轻洒脱，热情奔放，充满阳刚之气。两人手牵着手，沿着岳麓山陡峭的小径并肩攀登。在高高的山顶上，两人坐在小亭里小憩，她把圆润的

脸庞轻轻依偎在他敦厚的肩头上……

“看这小两口多幸福呀。”主持人羡慕地说，“在今天这个幸福的时刻，大家说，他们俩该不该亲一个？”

来宾们连声嚷道：“亲一个！亲一个……”

大家想，这下新郎该露面了吧。

哪知，他还是在DV里。屏幕上的宋振龙，脱去了白大褂，胸前别着一朵红花，花带上写着“新郎”。他的身后，是一列列整齐的大机柜，他的战友们正在机柜前不停地忙碌……

“这段DV，是新郎的战友们今天上午用手机拍摄，一小时前通过互联网传过来的。”主持人深情地介绍说，“新郎参加国家一项重大工程研制任务。此时此刻，为了国家的强盛、民族的崛起，他和战友们正在机房里辛勤地忙碌着。”

来宾们听了很感动，但还是有些不理解：“这是什么任务？忙得连婚礼都不能参加，让新娘一个人举行婚礼。”

只有刘琼理解丈夫。

结婚日期，婚礼地点，是她和丈夫一起商定的。1月下旬，婚期临近，宋振龙因每秒千万亿次超级计算机研制紧张，无法脱身，他依然对她说，29日晚上一定赶回河南，参加次日的婚礼，与亲朋好友见个面，喝杯酒。

28日，宋振龙提前完成阶段性任务，收拾完行李正准备往未婚妻家里赶，正在进行综合测试的机器突然停止运转。

一片繁忙的机房大厅，突然一片死寂。

沉静中传来指挥员洪亮的声音：“启动故障诊断程序，尽快查到‘肠梗阻’模块。”

提着行李箱正要出门的宋振龙，不由收住了脚步。

“肠梗阻”很快找到了，就出在他负责的系统模块上。

他手中的提箱“咚”的一声掉在地上。机房大厅里100多个战友的目光

“唰”地聚焦在他身上。

宋振龙一下子怔住了。

指挥员默默走到他身边，向他无奈地笑笑：“小宋，你看这事……怎么办好啊?”

宋振龙理解指挥员此时的难处。就在十几分钟前，他去向他辞行时，指挥员还特意给他加了三天假，让他好好带新婚妻子去旅游几天。不到万不得已，指挥员绝不会用这样的目光看着自己的。

宋振龙默默掏出手机，给未婚妻打电话：“刘琼，我今天走不了啦。”

刘琼一听就急了：“后天中午就举行婚礼，你再不动身就赶不上了。”

宋振龙只能如实相告：“我负责的系统模块出问题了，必须马上解决。”

刘琼说：“可我这边请柬都发出去了，酒席也订好了，更改不了啦，你不回来，让我怎么办?”

宋振龙一时真不知如何回答妻子。

刘琼说：“你就不能跟领导说说，找个人来代替一下吗?”

宋振龙叹着气说：“别人一时代替不了。”

这个系统模块非常复杂，而且一开始就由宋振龙负责创建，临时换个人干，别说排除故障、破解难题，就是熟悉情况，也要花上一周以上。

刘琼又说：“那你先请两天假，回来举行完婚礼，回去再干不行吗?”

宋振龙扫视了一眼机房大厅。机房依然一片沉静。整个系统测试工作已经因为“肠梗阻”而陷于瘫痪。战友们都用焦急的目光注视着他。

面对紧急的系统研制任务，他宋振龙敢说“能不能按时完成党和国家交给的重大工程任务是小事，我回家结婚才是大事”?

面对战友们那一双双急切的目光，他宋振龙又怎能说“我要回家结婚了，你们先放假，等我回来排除了‘肠梗阻’，大家再干吧”?

他宋振龙作为一名军人，假如在战场上突然面临一场遭遇战，能因为要回家结婚而逃避战斗?

他不能！

他只能无可奈何地对刘琼说："我确实不能走，请你理解。"

"……"

"请爸爸妈妈原谅。"

"……"

"我看婚礼，明天还是照常举行，喜酒也照常喝。"

"我一个人怎么举行婚礼呀？"

"你把婚礼主持人的电话给我。"宋振龙灵机一动，"我准保我们的结婚仪式热热闹闹。"

于是，就有了今天这场别具一格的婚礼。

宋振龙在屏幕上发表热情洋溢的感言："敬爱的爸爸妈妈，您辛苦了！感谢您对刘琼的养育之恩。请爸爸妈妈放心，我一定像对待自己的生命那样对待刘琼，真心爱她、疼她，细心照顾她、呵护她，让她永远快乐、永远幸福……"

他的战友也呼啦啦涌过来，一个个做着憨态可掬的鬼脸，冲着镜头喊道：

"刘琼嫂子——我们要喝喜酒——"

"刘琼嫂子——我们要吃喜糖——"

屏幕上的宋振龙，端着一杯红葡萄酒，向大家敬酒："各位亲朋好友！感谢你们光临！请大家多喝几杯！"

镜头定格。刘琼跑到屏幕前，久久地亲吻着他那幸福的笑脸。当她回过头来时，已是泪流满面。

主持人递上一张纸巾，告诉刘琼："新郎打来电话了，你想和他说话吗？"

刘琼赶紧接过话筒："喂，振龙，你那边的问题解决了吗？"

"解决了！解决了！10分钟前解决了！"

“那你快回来娶我呀!”

“明天! 明天!”

“几点的火车? 我去接你!”

……

宴会厅里回荡着一对新人深情的通话。还有《十五的月亮》那动人的歌声:

十五的月亮,
照在家乡,照在边关。
宁静的夜晚,
你也思念,我也思念。
……
军功章里,
有你的一半,也有我的一半。
……

几乎所有来宾眼里都噙满了感动的泪花。

胡世平教授,是一员参加过“银河-Ⅰ”、“银河-Ⅱ”、“银河-Ⅲ”系列巨型机研制的老将。每秒千万亿次超级计算机攻关中,他又接过了电源分系统主任设计师的大旗。

超级计算机要实现快速稳定的计算,需要电源分系统将 4000 千瓦交流电,转换为计算芯片工作所需要的几十万个低压直流供电分路,并且必须保证各电源分路稳定工作。

这是个让各国超级计算机专家们头疼的世界难题,更是一项繁重而具体的工作,整个电源系统包括电源电路的基础实验、电源在印制板上的布局布线、变电站和配电设施建设、动力电缆的铺设、两万多块插件板的电源调

试、系统的安装与调试等，哪一项都关系着机器质量问题、都不是易事、都是细致活。

胡世平深感责任重大，不敢有丝毫懈怠，他与电源分系统另外两名设计师，坚持细致活细心做，反复分析研究工作进度、任务难点，对分系统的实现方案、工程质量保障等问题，一一制定出科学的实施方案。

总师组见他们人手少、任务重，特意招聘五名刚毕业的大学生，又从计算机工厂抽调一名技术员，加强到电源分系统。

力量是加强了，但大多是新手。为让他们尽快掌握相关业务知识技能，早日进入状态，胡世平与两名电源设计师，分头给大家讲课，整理相关资料供他们学习参考，把他们带到现场，亲自给他们示范，手把手地教，将自己多年积累的技术经验传授给他们。

2009年7月，每秒千万亿次超级计算机机房配电站工程启动后，胡世平一边要进行电源系统的技术攻关，一边要与电力公司工程技术人员研究解决变压器施工中出现的问题，还要参加动力电缆施工，50多岁的他经常干最苦最累的活，不认识他的人还以为他这个大教授是一名电工。

那段日子里，胡世平忙得两头都快弯成了一头，不说没有了节假日，还时常一干就是一通宵。

偏在这节骨眼上，他90高龄的母亲因股颈骨骨折，生命垂危，被紧急送进了医院。胡世平听到这个消息时，心头一下子揪紧了。

他的父亲，是1953年组建"哈军工"时，由陈赓院长亲自点将、经周总理批准，第一批从全国抽调到学校工作的专家教授。他出生三个月后，母亲也带着他和哥哥、姐姐去了"哈军工"，在校直属医院当了一名产科医生。此后，母亲一直在校医院工作，一生中迎接的新生命数以百计。心地善良的母亲喜欢孩子，更爱自己的三个孩子，而对他这个老幺，更是百般关爱，倍加呵护。

胡世平对母亲也很爱戴和敬重。母亲住院后，他任务再重，工作再忙，也要尽到为人儿女的孝道。每天白天争分夺秒赶任务，晚上下班后，再晚也要到医院守候病中的母亲，给老人翻身擦背，洗脸梳头。

医院没有陪护床位。开始时，他每天趴在母亲的床沿上睡一会。后来，他去超市买了一张折叠床，睡在母亲的病床旁。每晚都要起来好几回观察母亲的病情，给她掖紧被窝。

那几天，母亲病情缓解了一些，神志也清醒了许多。他晚上下班一到病房，母亲便拉着他的手，轻轻抚着他脸庞说："世平，你每天这么忙，又在做一台大机器吧？看把我们家老幺都累瘦了。"

胡世平见母亲状况好转，很是高兴，微笑着告诉老人家："妈，我们在搞千万亿次超级计算机，很快就要研制出来了。"

母亲说："它与外国人的比，是什么水平？"

胡世平说："能算得上前几名吧。"

母亲说："那到时你得带我去看看。"

胡世平满口答应："我一定带妈去参观。"

母亲说："可妈老喽，现在又病成这样，走不动了。"

胡世平说："不用妈走路，有车呢。"

母亲说："可车子上不了楼梯，进不了房子呀。"

胡世平说："我背着妈。"

母亲笑了："妈妈老得不行了，我们家老幺也老了，背不动了。"

胡世平说："现在大家正加班加点干呢，到时出来了，我拍好多好多照片给妈看。"

母亲慈爱地抚着儿子的脸庞："你也是五十奔六十的人了，以后别再那么拼命了，要注意身体啊。"

那个晚上，是母亲住院以来，他睡得最香的一个晚上。

第二天，他又是从早上忙到深夜才下班。母亲还没睡，见老幺回来了，高兴地冲着他笑。他知道，那是母亲在等着他回来说话聊天。

“妈，今天好些没？”

“有老幺陪着，妈就好。”

“我这五十多岁的人，还有妈妈让我守、让我叫，那才叫幸福呢。”

“我们家老幺越老越会说话了。”

“我们家老太太，也越来越会疼儿女了。”

“你媳妇还好不？”

“她白天不是还在病房守着您吗？”

“哦，妈忘性真大。”

“你哥呢，好吗？”

“哥好呢。”

“你姐呢，好吗？”

“姐也好呢。”

“我孙子呢？”

“他……”他的眼帘子一个劲往下搭，“他……好呢。”

老人不吭声了，只用目光静静地望着他。胡世平愣了一下，赶紧睁开眼睛。

“妈，你说呀。”

“不说了，我们家老幺累了，赶紧睡吧。”

“我不累，您说吧。”

“我不说了，你睡吧。”

“我不睡，想和妈妈说话。”

“不说了，妈也累了——”

母亲也慢慢闭上了眼睛。

次日，胡世平到实验室上班后，总师组领导找到他说：“刚才接到天津用户的电话，说那边供电工程出了点麻烦，他们解决不了，已经拖了工程后腿，请你赶快过去。”

胡世平愉快地接受了任务："好，我这就去买机票。"

总师组领导说："已经订好了，下午 4 点多起飞。"

胡世平赶紧把家人都召集到母亲病床前，安排好照料老人事宜，然后附在母亲耳畔说："妈，我出去两天，后天就回来，到时再来陪您。"

母亲点点头，虚弱地说："老幺，我等你回来。"

飞到天津后，他一下飞机就给用户打电话了解情况，一放下行李就开展工作，连续奋战两天一夜，终于赶在第三天傍晚解决了问题。其间，不说睡觉，连饭都没有好好吃一餐。

"胡教授，这些天真是辛苦您了。"用户感激地握着胡世平的手说，"我们在门口一家小餐馆点了几个菜，喝两杯为您解解乏。"

"你们的心意我领了，但饭就不吃了。"胡世平看了一眼手表说，"马上奔机场，还能赶上最后一次航班。"

用户领导说："不能休息一晚，明天再走？"

胡世平说："不行啊，单位一摊子事，老娘还躺在医院呢。"

用户领导说："可菜都上桌了。"

胡世平说："这两天，大家陪着我熬夜，也很辛苦，你领着他们去吃吧。"

用户领导说："饭都没吃一口，就把你送走，我们过意不去呀。"

胡世平说："来日方长，下次吧。"

用户领导见胡世平坚持立刻起身，只好让下属去饭店，每样菜都挑一点，打了一包大盒饭，让他在去机场的路上吃。

尽管胡世平把出差时间压缩到最短，以最快速度赶回了长沙，可当他一下飞机，把手机打开时，"通话秘书"告诉他：半小时前，妻子给他打了十几个电话。

胡世平预感到出事了，立刻把电话回过去。

妻子哽咽着告诉他："妈妈在半小时前走了——"

他乘了一辆出租车赶到医院时，只见母亲躺在急救室的病床上，双唇轻闭，一脸安详，只有两只眼睛微微地露着一条缝。他知道，那是老人在等着他回来，那是母亲在告诉他，她还有很多很多话，要跟他这个家里的老幺说。

胡世平双膝跪在母亲面前，声泪俱下："妈妈，您不是说要等我回来吗？您不是要等我们把机器搞完了，带您去参观吗？现在我们的机器还没做完，还没等我出差回来，您咋就走了呢……"

每秒千万亿次超级计算机通过鉴定那天，胡世平拿着相机围着它左左右右地转，"啪啪"按下快门。照片洗出来后，他带上一炷香、几刀纸钱，来到母亲坟前，把那些照片一张张拿给母亲看。

创新团队用忠诚与使命、青春与智慧、心血与泪水，为我国超级计算机事业架起一座"天梯"。

2009年10月，中国首台每秒千万亿次超级计算机系统横空出世，系统峰值性能达每秒1206万亿次，持续性能达每秒563.1万亿次双精度浮点运算，内存总容量TB，点点通信带宽每秒40Gb，共享磁盘容量为1PB，综合技术水平进入世界前列，使中国成为继美国之后世界上第二个能自主研制每秒千万亿次超级计算机系统的国家。

消息传开，举国惊喜。

中国超级计算机前100强排行榜发起人之一、中国科学院软件研究所研究员张云泉说："听到这个消息时，真有些不相信，我们原来预计千万亿次计算机要到2010年年底才出现，'天河一号'比我们预计的时间整整提前了一年！它将极大地推动一大批科学计算，计算时间大大缩短、精度大大提高，对国防科学事业意义重大！"

国家"863"计划"高效能计算机及网格服务环境"重大项目总体专家组组长钱德沛说："这是一个很重要的阶段性成果，在国际上将有很好的排名，并将在物理、天文、化学、石油勘探等很多领域得到应用。"

互联网上，中国网民振臂欢呼——

有人赞赏：“国防科技大学研制的千万亿次计算机，是等级超过熊猫的国宝”。

有人惊叹：“用了不到两年时间，国防科技大学把中国超级计算机水平从百万亿次推向千万亿次，是一次名副其实的大跨越，创造了中国速度!”

……

2009年11月19日，国际TOP500组织发布了世界超级计算机500强排名，该系统位列全球第五、亚洲第一。

胡锦涛主席欣闻喜讯，挥毫为每秒千万亿次超级计算机系统题名——“天河”。

接到胡锦涛主席的题名，张育林校长深为感动，特意赋诗《天河之约》：

茫茫太空，一个耀眼的星系，
你的名字叫天河。
你穿过无尽时空，
你跨越漫漫寥廓。
赛博空间，比特狂飙，
踏着宇宙飞驰的脚步，
你让中华智慧在万里苍穹闪烁。

啊……
千万亿次的激荡，
千万亿次的跳跃，
强军兴国的新征程上，
我们共赴天河之约。

巍巍大地，一条自强的长路，

你的名字叫天河。
你翻卷奋进巨浪，
你恪守攀登承诺。
沧海桑田，上下求索，
古老的算珠拨动多少岁月，
你在东方大地谱写时代的凯歌。

啊……
千万亿次的梦想，
千万亿次的诉说，
强军兴国的新征程上，
我们共赴天河之约。

悠悠华夏，一群热血的儿女，
你的名字叫天河。
你放眼科技巅峰，
你矢志追求卓越。
青春不悔，几多坎坷，
当春风染绿了大江两岸，
你把一片丹心献给伟大的祖国。

啊……
千万亿次的追寻，
千万亿次的跋涉，
强军兴国的新征程上，
我们共赴天河之约。

倚天妙算登“珠峰”

“天河一号”已经达到“世界第一”的水平。但研制人员认为，把排名第二的“美洲虎”甩得越远，对超级计算机技术“珠峰”冲击力越大。

超级计算机500强排名公布后，著名计算机专家、TOP500的创始人汉斯·莫尔教授评价说：“混合设计架构是业界正在探索的体系结构，有很好的前景，国防科技大学采用这种结构研制出‘天河一号’，令人惊奇！”

汉斯·莫尔教授的“令人惊奇”和世界第五、亚洲第一，绝不是国防科技大学高性能计算机创新团队的终极目标。

他们瞄准的是世界高性能计算机技术的“珠峰”。

事实上，在“天河一号”一期系统研制中，他们就自主设计了高速率可扩展互联通信技术，为二期攻关预设了战场、开辟了通路。

更难得的是，长期困扰我国超级计算机技术创新的通用CPU，也在此时取得了重大突破！

高性能微处理器创新团队，经过不懈努力，终于自主研制出64位多核多线程“飞腾1000”通用CPU，其计算效率优于国内同类产品，达到世界主流通用CPU先进水平，为“天河”系列高性能计算机提高峰值速度和运算效率提供了重要支撑。

2009年10月，“天河一号”一期工程结束不到一个月，学校党委决定启动“天河一号”二期工程，对系统进行全面技术升级与综合性能优化，将运算峰值提升到每秒4700万亿次，并部分使用国产“飞腾1000”CPU，逐步改变CPU依赖进口的局面。

超级计算机创新团队向校党委立下铮铮誓言：

一年时间，一天不超！

4700 万亿次，一次不少！

一定要部分使用国产飞腾 CPU！

很多同行专家听了他们的决心，深表钦佩，也为之担心："在这样短的时间里，完成如此艰巨的任务，除非奇迹发生。"

的确，从每秒千万亿次到每秒 4700 万亿次，并不是数字的简单拓展，而是一段漫漫征途。途中要跨越多核多线程体系结构与片上并行系统设计技术、编译系统全程序过程间分析等编译优化、自主高效的通信协议、高阶路由器体系结构、超大规模集成电路设计与高速率、高密度交换机的设计等一系列技术难题。

这些技术障碍，哪一个都不是小沟小坎，都是深涧巨壑，都需要艰辛的探索。

道路漫长，时间紧迫，他们只能躬下身子，埋头赶路，向着更高的目标冲刺！冲刺！再冲刺！

2010 年 9 月，"天河一号"二期系统在国家超级计算天津中心安装完成时，国庆节到了。杨灿群与同事们顾不上休假，立刻对系统计算效能进行最后优化，他们逐个测试系统各个计算结点，排除了因内存故障、GPU 故障影响计算效能问题，使计算效能提升到每秒 1890 万亿次。

初战告捷，他们乘势扩大战果，又对应用软件进行优化，使系统性能突破了每秒 2000 万亿次，达到每秒 2339 万亿次。

这已经是个奇迹了。

当时世界排名第一的美国"美洲虎"超级计算机，其计算效能也只有每秒 1767 万亿次。如果按照 TOP500 组织以计算效能排名，"天河一号"已将它远远甩在后面，跻身世界第一了。

但杨灿群和同事们还不满足。他们认为"天河一号"还有潜力可挖，把排名第二的"美洲虎"甩得越远，"天河一号"对世界第一的冲击力就越大。

他们继续把自己关在机房，展开最后的冲刺。

10月19日下午，杨灿群到北京办事，汽车在京津高速公路上奔驰，汽车通过一个立交桥时，看着来自四面八方的车辆汇集在桥上，然后又有序地驶向四面八方，脑袋里突然灵感闪现：如果把超级计算机网络喻为城市交通枢纽，网络路径就是一条条城市街道，这些街道的交会点，往往成为交通堵塞区，车辆只有合理放行，才能保证交通畅通。

杨灿群马上给战友们打电话，让他们关注网络路径，修改参数，对超级计算机计算效能再次优化。

当天晚上，“天河一号”计算效能再次冲高——每秒2490万亿次。

次日，奇迹再现——每秒2507万亿次！

他们没有停止攻坚的步伐……

10月30日，在“天河一号”就要向TOP500组织递交测试结果前夕，他们还在继续优化，并再下一城，将系统计算效能提高到每秒2566亿次，计算效率达到54.6%，属于世界最高水平。

卢宇彤，被大家誉为“天河巾帼英雄”。这一称号，她当之无愧。

身材高挑、白白净净、端庄秀丽的她，在事业上做出了一番让很多人羡慕不已的成就——

参加过“银河”巨型机研制，在“天河一号”超级计算机工程中，负责操作系统、资源管理系统、并行文件系统、高速通信系统和并行程序环境研制工作……这一项项工作，能做好一项就不容易，她一个人就承担了这么多。

博士、研究员、博士生导师、“天河一号”主任设计师，先后获得国家科技进步一等奖1项，军队科技进步一等奖3项，荣立个人二等功，获国家教育部“新世纪优秀人才支持计划”支持，被评为“全军巾帼建功先进个人”……她把这众多的光环集于一身。

而这一切，都源于她在工作中的那份让很多人望尘莫及的气魄与拼劲。

为了赋予“天河一号”优越的通信性能，她和战友们展开了艰苦的攻关，查阅了国际相关领域的大量资料，在兼收并蓄的基础上，凭着自己扎实的理论功底和丰富的工程经验，提出大胆的创新方案，反复实验和比较分析，终于攻克了异构混合体系结构的资源管理和作业调度难关，解决了通信软件和并行软件的大规模可扩展性、全局共享并行文件系统可靠性等难题，让“天河一号”通信系统性能得到充分发挥，使软件通信速度比国际水平高出 210%，为“天河一号”冲击世界之巅立下了汗马功劳。

“天河一号”在国家超级计算天津中心安装运行后，很多用户提出了应用需求。

为发挥“天河一号”运算潜力，助推经济发展、科技进步，卢宇彤又在最短时间内，解决了大规模系统软件配置问题，并针对用户程序应用需求特点，对系统软件的资源管理、文件系统、通信系统等进行了全面优化。

为让用户用好“天河一号”，她主动与每个用户沟通，帮助用户快速理解应用模式，建立用户所需的应用运行环境，对大规模并行应用程序进行配置与调优。

那些日子里，卢宇彤白天在机房里算题，晚上研究用户应用问题环境与特点，每天只睡两个小时。

这样的工作状态，对于一个女性、一个孩子的妈妈来说，身心压力有多大，不言而喻。

让她最放心不下的是正处于中考前夕的小孩。

她和丈夫都忙，常常两个人同时出差，孩子长期当“留守儿童”。班主任已多次给她打电话，让她多关心关心孩子。孩子是她身上掉下的肉，她和其他母亲一样爱自己的孩子，希望孩子将来有出息，可她就是忙得抽不出时间辅导孩子。

“天河一号”二期工程总结中，组织上给卢宇彤记功一次。

那天，她把那枚闪耀着金光的军功章拿给孩子看：“你看，妈妈立功了。”

孩子亲了亲军功章，又亲了她一下：“妈妈是好样的。”然后从自己的书包里掏出中考成绩单，“这是我的考试成绩，请妈妈过目。”

卢宇彤接过一看，全优！

她高兴得一把搂过孩子，使劲亲了一下那张小脸蛋：“以后一定要考个好大学。”

孩子附在她耳旁，轻声说：“以后我要像妈妈一样研究计算机。”

徐副总设计师，在长期的艰苦攻关中积劳成疾，患上了严重的糖尿病。但他坚持带队北上参加国家超级计算天津中心安装调试二期系统。在长达半年时间里，从周一到周日，每天工作近20个小时，有时甚至通宵达旦。超负荷工作压力，加之饮食起居无常，使他的病情越来越严重，身体急剧消瘦，脸色憔悴不堪。

战友们说：“徐总，你抽点时间去医院看看吧。”

他笑笑说：“现在是关键时刻，过了这阵再说。”

他依然带病率领大家顽强奋战！

待到系统初装完成，攻关告一段落时，他开始出现头晕目眩症状。大家强行把他送到医院检查，发现血糖高达28，已经是个重症病人。

医生严令他住院治疗。但他只开了一些胰岛素，学会自己给自己打起针来，始终不肯离开岗位。直到“天河一号”排名世界第一的消息传来，他才住进了医院。

医生看着他超高的血糖指标说：“教授，你这是玩命啊。”

他说：“这些年来，我们团队的同志，哪个不是一个当做两个用，哪个不是玩命地干？”

“天河一号”二期系统通信光纤铺设工程，时间紧迫、任务艰巨。为确保按期完成施工任务，指挥员把任务细化到天，要求大家“当天任务不完成当天不吃不睡”。

哪知施工第一天，刚铺了几根，施工指挥员拿起一看，立刻傻眼了：光纤的绝缘胶皮被磨出了道道裂痕，个别地方还露出线芯。

原来地沟的水泥表层太粗糙，加之时值盛夏，地沟温度高达 40 多摄氏度，光纤绝缘层似细皮嫩肉，哪经得起水泥地的摩擦。

这个问题不解决，后果不堪设想，轻者信号中断、通信短路，重则导致系统紊乱。

如何避免光纤绝缘层受损?

大家绞尽脑汁，也没想出办法来。急得指挥员抓耳挠腮，一屁股坐在地上："嗨！这可怎么办?"

时间，在"滴滴答答"一秒一秒过去。大伙讨论了两个小时，还是没招。

指挥员抹了一把脸上的汗水，举着手掌愣了愣，然后一拍大腿说："有办法了!"

只见他把衬衣、裤子一脱，跳进闷热的地沟，俯卧在粗糙的水泥地上。

大家一看，立刻明白了指挥员的意思，不用谁下令，纷纷脱下身上的衣裤，跟着跳进地沟，铺设了一条光滑的人肉地毯。

一根根光纤顺着官兵光滑的皮肉通畅地向前延伸。滚烫的水泥地灼烤着官兵的血肉之躯，大家一身汗水、浑身污垢。

背上被磨得通红了，官兵们咬牙坚持；

皮肉被磨破了，他们依然一动不动；

伤口不住地往外渗着血水，还是没有一人撤退；

……

天津滨海新区一名领导看见这一幕，非常感动："战争年代，我军将士为民族独立、人民解放，用血肉之躯堵枪眼、炸碉堡。和平时期，人民子弟兵，跳进洪流堵溃堤，冒着地震救灾民。今天，我又看见我军科研人员，为保护科研器材，赤身裸背卧地沟，流汗淌血不后退。人民军队的光荣传统，在你们身上没有丢！我们国家有这样的科研队伍，再艰难的工程也能拿下!"

一个月，他们几十个人，在粗糙闷热的地沟里赤身裸背爬了30天，一个个被坚硬的水泥地和光纤刮擦得遍体鳞伤。但15000根光纤毫发无损。

“天河一号”二期系统试机那天，一打开机器，全部通信线路畅通无阻。国家超级计算天津中心领导，特意来到担负光纤铺设任务的官兵中间，一一察看他们背上那些尚未痊愈的伤口，动情地说：“‘天河一号’二期系统首试畅通，有你们的贡献！功劳簿上，有大家的名字！”

拼搏的汗水，创造了一个个科学的奇迹：攻克了超级计算机CPU间高速高效互联通信这一世界难题，研制成功高阶互联交换芯片、高性能互联接口芯片；研制成功4类结点机、2套网络、15种印制电路板；编写完成操作系统、编译系统、并行程序开发环境与科学计算可视化系统。其中，异体融合体系结构、基于高阶路由的高速互联通信等技术达到国际领先水平。

“天河一号”二期系统性能再次大幅跃升：峰值速度每秒4700万亿次和持续速度每秒2566万亿次，分别提高了2.89倍和3.55倍；计算效率再次提高近10%。而且国产CPU使用性能堪与进口通用CPU媲美。

它以绝对优势胜出美国同期机型，雄踞世界榜首。

“天河一号”二期系统，还给我国超级计算机打上了一系列“中国制造”的标志。

曾几何时，很多外国专家发出这样的疑问：“你们中国的超级计算机有‘中国芯’吗?”

让外国专家自己来回答吧。

全球超级计算机500强排行榜主要编撰人之一、美国田纳西大学计算机学教授唐加拉，考察了“天河一号”二期系统后，发表评论说：“虽然‘天河一号’的处理器仍主要采用美国产品，但其互联芯片完全是中国自主制造的，并且中国已经有自己的CPU了。互联芯片主要涉及处理器之间的信息流动，对于超级计算机的整体性能起到关键作用。中国制造的这些互联芯片，具有世界最先进的水平。”

唐加拉教授是国际高性能计算机领域的知名专家，他的评价是比较客观的。国防科技大学自主研制的高阶路由芯片和高速网络芯片，其性能是国际商用芯片的两倍。在“天河一号”二期系统中，首次使用了2000多个“银河飞腾”芯片，标志着中国信息产业“空心”历史开始走向终结。

多少年来，中国人在使用美国“微软”公司的操作系统时，心头总是笼罩着这样的阴影：

它隐藏着“定时炸弹”吗？

它植入了“木马”吗？

它们什么时候会发作？

系统会崩溃吗？

我的资料会被人盗取吗？

……

“天河一号”采用的“银河麒麟”操作系统，是由国防科技大学自主研发的“中国制造”。这是国内目前唯一通过公安部最高等级认证的操作系统。用户使用“麒麟”操作系统，可定制自己的私密工作空间，就像租用了银行的保险箱一样，钥匙和密钥都在用户手上，其他用户甚至系统管理员都不能访问。而且“银河麒麟”操作系统的有关内核和接口，是中国人自行定义和研制的，黑客很难理解和掌握。

一句话：“中国制造”，中国人可以大胆放心地用。

时至2010年年底，世界上已具有每秒千万亿次计算能力的超级计算中心和国家级实验室有美国橡树岭国家实验室、美国能源研究科学计算中心、美国洛斯阿拉莫斯国家实验室、中国国家超级计算天津中心、日本东京工业大学、法国原子能委员会和德国尤利西研究中心等。

“天河一号”二期系统的问世，把中国国家超级计算天津中心的计算能力一举推向了世界顶峰。

“天河一号”总设计师杨学军，工作十分严谨，生活中很是低调。可得此喜讯后，突发诗意，即兴赋诗一首：

梦幻天河弹指间。
电闪巡地十亿年。
滨海坐拥飞流急，
倚天妙算出奇篇。

美国弗吉尼亚理工学院一个资深计算机专家听到这一消息后，在接受媒体记者采访时感慨：中国“天河”二期系统的出现，在人意料之外，让人猝不及防，美国还没有做好心理准备。预计中国未来还有许多事情，让我们想不到，美国要早做这个思想准备。

也许这位美国专家的评论有些言过其实、危言耸听，甚至有“中国威胁论”之嫌，因为大家都知道，中国超级计算机总体水平依然落后于美国。但“天河一号”已开始在事关国家利益的若干领域发挥重要助推作用，却是不争的事实。

在航空航天领域，助推我国大飞机、大火箭的发展，是“天河一号”的头号任务。目前，天津大学、清华大学、北京航空航天大学、中国空气动力学研究中心等单位，已经开始运用“天河一号”设计航空航天器、研发航空材料。

在石油勘探中，“天河一号”可用于石油勘探数据处理，确定地下石油储藏分布情况，确定井位。目前已经拥有中海油、大港油田、胜利油田、中石油、中石化等用户。中石油东方物探公司在“天河一号”上完成了大规模石油勘探数据处理工作，此前需要 30 天完成的计算，现在只需 2 天多。

在高端制造业研发设计中，已经拥有一汽、二汽、长城汽车、天津汽车等用户。“天河一号”能够支持这些企业设计新产品，缩短产品更新换代时间，提高企业自主创新能力，提高产品的竞争力。

在药物设计研发中，主要用户有滨海新区国际生物医药联合研究院、天津药物研究院、国家药物筛选中心、军事医学科学院、南开大学药学院等。这些用户将运用“天河一号”加速新药研发，进行大规模分子动力学模拟和基因测序分析，推动我国生命科学研究不断突破。

在环境科学方面，有关部门依托滨海新区先天海洋资源优势，运用“天河一号”超强计算能力，大力支持海洋环境、海洋化工等相关领域研究。

在远程交互式动漫设计方面，已经拥有中新生态城动漫设计中心、天津地区的动漫设计公司、中影和中视公司等用户。“天河一号”将帮助这些用户设计制作 3D 电影、动漫产品，打造中国最大的动漫设计基地。

……

不久的将来，我国这些领域将有怎样的变化和发展，不难预测，值得期待。

站在超级计算机技术高峰的科研功臣们，为来之不易的胜利摇旗欢呼。但他们并没有沉醉在庆功的香槟酒里。他们回头望一眼身后那条崎岖小路，欣慰地笑过之后，又立刻把目光投向前方更高的巅峰。

国际计算机业界预言，再过几年，也就是 2018 年左右，超级计算机将达到每秒百万万亿次，比现在最快速度还要快 1000 倍。但要实现这个目标，需要一系列核心关键技术的重大突破，比如纳米级和微纳米级元器件、光器件的研制和投入实用，软件方面也要发明新的编程方法和管理这种超大规模系统的方法。再往后展望，电子计算机时代或将被终结，量子计算、光计算、生物计算都有可能成为未来的主流，其中量子计算有希望率先取得突破，人类在不久的将来可能会开启一个量子计算机的新时代。

学校政委王建伟号召大家：“面对世界科技日新月异的发展大势和日趋激烈的国际科技竞争态势，要有应对挑战的强烈忧患意识、机遇意识、使命意识，始终保持清醒头脑，以更大的信心和勇气攀登新高峰、创造新辉煌，为国家安全和发展、为国防和军队现代化建设，不断作出新的更大贡献。”

“天河”超级计算机总设计师杨学军说：“千万亿次的跨越，标志着超级计算机技术已经迈入万万亿次时代。我们现在已经展开这方面的预先研究。”

在科学的道路上，没有永恒的“珠峰”，挑战和较量永无止境，是没有终点的长征。

高性能计算创新团队攻坚克难的步伐，也永远不会停下。

DI SAN ZHANG

第三章

电磁战场任驰骋

ZHU JIAN

雷达自动目标识别技术，在20世纪70年代，人们“想都不敢想”。郭桂蓉不仅想了，而且把它变成了现实，让我军现代化武器装备有了“智慧的眼睛”、“灵敏的大脑”。

西方国家运用GPS技术恐吓、欺负发展中国家。中国自己的“北斗”卫星导航工程，因为某地面接收系统关键技术久攻不破而陷入困境。庄钊文说：“我们来拿下这只‘拦路虎’！”2011年12月28日，中国“北斗”卫星导航系统开始向世界提供全球导航服务。

1992年，世界权威专家预言：“数十年内，人类在雷达极化问题上很难有所作为。”六年后，王雪松突破“经典极化”理论，建立了崭新的“瞬态极化”理论体系。

1 寻找“慧眼”

郭桂蓉申请对雷达自动目标识别技术予以立项，有关部门给了几万元支持创新，但因研制难度太大而不敢立项。突破关键技术后，该项目立刻被追加为“七五”计划重点科技攻关项目。

20世纪70年代末的一个夏日，美国东南沿海某军用机场，阳光灿烂，白云悠悠。担任值班任务的雷达不停地转动天线，警觉地扫描着碧蓝的天空。

突然，值班军官接到雷达观通站报告：“一架重型轰炸机正快速向我飞来。”

指挥官当机立断，拉响防空警报。各类战斗人员立刻各就各位。整个机场一片慌乱。

飞机出现了。站在指挥塔上的指挥官仔细一看，哪是什么重型轰炸机，是一架返航的国际航班。

那时的雷达，只能看见天上有东西、在什么位置，至于它是什么，全凭雷达兵经验判读。是雷达兵误读目标造成了这场虚惊。

为把雷达目标识别由经验变成科学，美国在20世纪70年代便把雷达自动目标识别技术列为国防关键技术，斥以巨资，重点攻坚。

十几年后的1991年，第一次海湾战争爆发了。美军从战列舰上发射的一枚巡航导弹，超低空飞行数千公里，来到巴格达上空，绕城盘旋一周后，突然扑向萨达姆的地下总统府，钻进了两米多宽的地面换气窗，摧毁了萨达姆经营了十几年的地下宫殿。

它为何如此准确地命中目标？

那是因为雷达自动目标识别技术为它提供了一双“慧眼”。现在，人们把这一技术称为“精确打击”。

在美国开始研究雷达自动目标识别技术时，中国也有一个科学家把探索的目光投向了这一领域。他就是国防科技大学的郭桂蓉教授①。

20 世纪 70 年代，郭桂蓉在教研室当教员时，就经常对同事说：“雷达问世几十年来，一直只被用于探测和定位。至于是什么性质的目标，还是人工判读，几乎没什么突破。为什么不能把人工判读变成机器判读呢?”

他的这一疑问，在当时的中国，如同痴人说梦，但却梦之有据。20 世纪 70 年代中后期，计算机、光电网络、先进传感器、卫星侦察和导航、电子战、信息获得与处理、大规模集成电路和人工智能等技术飞速发展，为自动目标识别技术研究奠定了技术基础。

郭桂蓉开始着手“突破”前的理论准备。模糊数学是 20 世纪 70 年代出现的新兴学科。郭桂蓉教授敏锐地意识到，模糊数学对于雷达目标识别技术的突破有着重要的应用前景，立刻展开研究，并成功地将其应用于雷达信息处理与自动目标识别领域，撰写出版了《信号处理中的模糊技术》、《模糊模式识别》等学术专著。

1982 年，郭桂蓉牵头成立了“舰船雷达自动智能目标识别”课题组，在全国率先探索雷达自动目标识别技术。他结合国情，经过深入调研和思考，创造性地提出了把新兴的计算机技术引入雷达自动目标识别研究的技术路线。

原国防科工委有关部门领导，听了他们的“雷达目标自动智能识别系

---

①1959 年毕业于“哈军工”导弹工程系并留校任教，1960 年赴苏联莫斯科茹科夫斯基军事航空工程学院无线电系攻读雷达学科专业研究生，1965 年获苏联技术科学副博士学位。从留校回国到 20 世纪 80 年代，他历任“哈军工”导弹工程系无线电制导教研室讲师、长沙工学院和国防科技大学电子技术系雷达教研室、航天无线电测控与通信教研室副主任、副教授。他十分注重理论与实践相结合，积极开展科学研究。在 20 世纪六七十年代，盘踞在台湾的国民党当局，经常利用美制 U－2 高空侦察机携带欺骗式干扰机侵扰大陆领空。郭桂蓉应战备急需，主持完成了“抗干扰系统”，实现了批量生产，有效掌握了敌机动向，帮助防空部队击落了 U－2 侦察机，引起巨大轰动。该系统于 1978 年获得全国科学大会奖。

统”项目汇报后，既激动，又犹豫。激动的是，这是一个原创性很强而且前途远大的课题，如果研制成功，它将极大地推动我军现代化进程。犹豫的是，这个课题难题太多，难度太大，“连想都不敢想”。

但有关部门积极支持他们的创新之举，破例给他们拨了几万元经费，对他们说：“你们只要把数据库建立起来，哪怕识别不了目标，也是了不起的成功，这几万元就值。”

春节临近了，学校放假了，郭桂蓉教授也带领课题组出发了，前往浙江宁波某雷达观通站录取海上雷达目标数据。

不知是天公有意给他们的科研之路增添一些磨难，还是预示着什么，那天他们刚出门，一场大雪便纷纷扬扬飘洒下来。当他们赶到宁波海岸一座高山下时，大山已被厚厚的积雪覆盖，俨然一头冰雕玉砌的巨象，横亘在他们的面前。

由于大雪封山，山顶上的雷达观通站的车辆，已无法下山接应。大家看着身边那一大堆科研设备和那条通向山顶的崎岖蜿蜒的山路，心里都不知道怎么办。

郭桂蓉蹲在雪地里抽了一支烟，把一只大箱子往肩上一扛，说：“走，咱们今天爬也要爬到山上去！”

飞雪迷茫，路途漫漫。郭桂蓉带领大伙儿坚韧地向着山顶爬去，在原本没有路的茫茫雪原上留下了一行艰难的脚印，还有一路高亢的歌声：

> 你挑着担我牵着马，
> 迎来日出送走晚霞。
> 踏平坎坷成大道，
> 斗罢艰险又出发。
> 一番番春秋冬夏，
> 一场场酸甜苦辣。

敢问路在何方？

路在脚下！

电视剧《西游记》的主题歌《敢问路在何方》，是他们课题组的“组歌”。郭桂蓉外出开会，凡主办单位举行娱乐活动，他不进舞池，不打台球，但必高歌一曲《敢问路在何方》；每次课题组开会，他们先要合唱《敢问路在何方》；遇到科研难题，加班熬夜精疲力竭时，他们就放开嗓子，吼上几声《敢问路在何方》。

他们顶风冒雪、艰苦跋涉几个小时，于凌晨时分登上山顶，赶到了海军某部雷达观通站。

天亮了，雪还在下，大朵大朵的雪花随寒风飘飘洒洒、悠悠飞舞，挂在树梢，落入草丛，天地一片白茫茫。

郭桂蓉教授伫立窗前，边抽烟，边眺望大海。风雪迷蒙，大海茫茫，不见了诱人的蔚蓝，翻卷的浪花，唯有山顶那座久经风雨的炮台历历在目，蹲伏在炮台上的那尊古炮，张着黑洞洞的炮口，向苍茫大地诉说着岁月沧桑……

“不等天晴了，我们马上工作。”郭桂蓉回头对大家说。

大家穿上雨衣，撑开雨伞，在雪地上架起仪器设备，冒着纷飞的雪花、凛冽的寒风，昼夜24小时录取雷达目标信号数据。

连续奋战七天，录了28组数据。

28，对于庞大的计算机数据库，太微不足道了。但这是中国历史上第一批雷达目标数据，它实现了从无到有的飞跃，它成功验证了识别途径科学可行，预示着一场目标识别技术革命已经拉开序幕。

国防科工委领导收到郭桂蓉的喜报后，非常高兴，破例将“舰船雷达目标自动智能识别系统”追加为“七五”计划重点科技攻关项目。

上级领导和机关的大力支持，使郭桂蓉和课题组信心更足，干劲倍增。

在实验室，他们完成了目标识别系统多项关键设备的研制，并多次深入海军雷达部队，录取目标数据，建立舰船目标数据库，并完成了目标识别算法的多种方案研究。

1987 年 10 月，郭桂蓉教授带领大家登上了南海舰队某观通站，进行舰船雷达目标现场识别试验。

那是一个远离大陆的偏僻荒凉的海岛，岛上热带植物铺天盖地，凶猛的台风时常光临。因为自然条件恶劣，岛上没有居民，只有雷达观通站的官兵，像岛上那一棵棵抗风桐，顽强地坚守在那里。

他们一登岛，观通站官兵便告诉他们，岛上五只蚊子一盘菜、三只老鼠一麻袋。起初，他们以为官兵在说笑话。可当天晚上，大家便发现，岛上的蚊子果真个大，且袭人凶猛，当天晚上，大家都被叮得遍体红疹。

清晨，大家去柔软的海滩上散步，走着，走着，大家看见草丛中有一群小猪在觅食。“这里还有人养猪呀？”走近了一看，原是一群老鼠！把大家吓得掉头就跑。

在这个条件艰苦、环境恶劣的荒岛上，郭桂蓉带领团队昼夜不停、风雨无阻地测量海上雷达目标，对系统反复调试、反复改进，把识别准确率提高到 99%以上。

南海舰队参谋长闻讯，前来海岛试探虚实。他设置了五批目标，让“舰船目标自动智能识别系统”现场辨认。

雷达天线扫描着辽阔的海面。南海舰队参谋长、郭桂蓉等数十个人的目光紧盯着识别系统显示屏。

第一批目标出现了。识别系统显示：油轮。

第二批目标跳出屏幕：低空飞机。

第三批目标，识别系统告诉大家：驱逐舰。

第四批目标，识别系统判读：巡洋舰。

第五批目标：客轮。

“郭教授，恭喜你们，全部正确!”南海舰队参谋长激动地握着郭桂蓉的手说：“你们这个项目给我们海军官兵带来了福音啊，我代表海军将士谢谢你们。”

南海舰队司令部在《舰船雷达目标自动智能识别系统试验使用报告》中写道：“经考核，该系统对海上三种类型的五批目标进行了识别试验，识别结果全部正确……我们认为，该课题的研究方向是正确的，是解决部队现役雷达对目标识别难点的重要途径，它对海军现役雷达的改造具有十分重大的现实意义和长远的战略意义。”

陈芳允教授①，听取了课题组的报告，看了系统演示后，激动地说：“这样的课题，是我们想都不敢想的事，你们现在把它完成了。这再一次说明我们中国人同样可以在世界高技术领域大显身手。我们的钱没有别人多，条件比别人艰苦，但我们不能因此在世界高科技领域弃权。这个项目的成功，告诉我们，要结合国情，走中国特色的高科技之路，努力占领世界高科技的前沿阵地。”

当年，“舰船雷达目标自动智能识别系统”获得国家科技进步二等奖。喜讯传到课题组，一名研究生诗兴大发，当即赋诗一首：

你是一块奠基石，
也许不是那么显眼，
却将托起一座大厦。
你是一粒种子，
也许不是那么亮丽，
但随着你发芽、开花，
将走来一片春天。

---

①中国科学院和中国工程院院士、国家“863”计划发起人之一、著名电子学和导航专家。

也许这首诗的诗意不那么浓郁，意境也不够幽远，但它对“舰船雷达目标自动智能识别系统”将在我军现代化建设中产生的影响和作用的描述却是那么形象而精到。

20多年后，郭桂蓉再谈起“舰船雷达目标自动智能识别系统”时，微微一笑说：“让我感到高兴的，不仅是这个系统的成功，而且通过这个项目，锻炼培养了一批人才，后来又有了ATR重点实验室。这两个成果，是创造中国自动目标识别技术辉煌的根本。”

2 挑战经典

王雪松把探寻的目光锁定在已经沿用半个多世纪的“经典极化”理论上，他大胆发问：“过去的经典理论，还能适应现代雷达的发展趋势吗?”

庄钊文教授①就是在“舰船雷达目标自动智能识别系统”研制中成长起来的杰出人才。

他出生在闽南侨乡，是恢复高考后的第一批大学生，攻读硕士研究生时，就跟随导师郭桂蓉搞科研，是我国自动目标识别技术奠基人之一。他深爱着国防科技这份神圣的事业和养育他成长的这片热土。

1989年10月，北京的天空晴朗无垠，香山的红叶红遍群山，郊区果园里的枝头上，挂满了金黄的果实。北京迎来收获的季节、游人云集的季节。

加拿大梅木雷尔大学的辛赫教授来到北京，下榻在龙潜饭店。他是来参加在这里召开的国际雷达学术会议的。前不久，辛赫教授从加拿大国防部拿到一个项目，得到了一笔数目可观的研究经费，只是他跑了好几个国家，都没有找到合适的助手，他想到这里碰碰运气。

学术交流安排在饭店会议室。辛赫教授坐在一个角落里。这次他只是带着耳朵来听，没准备发言。两个小时过去了，六七个人的交流论文，他都不感兴趣。他似乎有点困了，连打了几个呵欠，开始假寐。

主持会议的人宣布，下一个发言者宣读的论文是《多极化目标识别》。

辛赫教授的眼睛亮了一下。站在讲台上的是一名年轻人。他似乎有些失望，又微微闭上眼睛。右手悠然地撑着那张西亚血统特有的红红的方脸庞。

①庄钊文，先后获得首届“中国航天基金奖”、“国家杰出青年科学基金”和国家实用工程技术“求是”奖，入选国家“跨世纪优秀人才培养计划”和国家“百千万人才工程”第一、二层次培养对象。

但渐渐地，他的眼睛睁大了。

他撑着脸庞的手放下了。

他歪着的身体坐直了。

……

正在宣读的年轻小伙子，就是国防科技大学的庄钊文。

午间，会议安排一个小时休息。辛赫一出餐厅，就迫不及待地邀请庄钊文到他房间做客，直截了当地邀请他去加拿大工作。他眨巴着细眼，挥舞着双手，绘声绘色地向他描述那个加拿大国防部给他的项目。

庄钊文知道，辛赫教授要研制的项目叫《多极化目标自动识别系统》，的确是个很有前途的项目。

打个比喻，假如敌人的一辆坦克闯入一个闹市，只要在导弹上安装一个他研制的这个东西，那么这枚导弹就能从车水马龙、人流如织的闹市里，找到这辆坦克并摧毁它。

这个项目是世界军事高技术领域的前沿课题，谁拥有它，谁就在21世纪的战争中拥有了一柄“杀手锏”。

接着，辛赫又晒起了他实验室那些世界一流的设备，并许诺，他到加拿大后，辛赫将付给他30000加元年薪。这不仅在出国人员中顶尖，即便在加拿大，也远远超出了国民收入社会平均水平，是他在国内工资的近20倍。

辛赫教授没等会议结束就飞回加拿大去了，他甚至问都没问过庄钊文是否接受他的“好意”。也许，在自信的辛赫看来，完全没有这个必要。当时出国风潮正席卷中国大地，他坚信，对送到面前的出国机会，庄钊文是不会拒绝的。

消息传开，同学们都为他高兴，向他祝贺，每当这时，庄钊文总是轻轻一笑。

辛赫教授说话算数，很快办妥接收手续，并告知他，所有关节都已打通，加拿大驻华使馆将协助他办理出国签证。同学们问他啥时候启程，有些同学甚至开始张罗为他饯行事宜。

这时，庄钊文不得不向大家说心里话："我压根就没想过要出国。"

同学们一听挺惊讶："你傻呀？这么好的机会放弃了！"

庄钊文说："我是一名中国军人，跑到国外给别人研制战争的'杀手锏'，岂不是国际大笑话？那才叫傻呢！"

一些人为他轻失良机而惋惜。而他却从未后悔过。

1990 年，由于科研的需要，庄钊文前往美国留学访问。那天一个同学开着车带他去游玩，一出城，就直往北方奔，一直冲到美加边境附近才停下。

同学煞有介事地问庄钊文："你在国内到底怎么样？"

庄钊文一时不解："什么怎么样？"

"如你对当初的选择后悔的话——"他指着前方 50 米处飘扬着枫叶旗的边境口岸，"我现在就把你送到辛赫的实验室，从美国进入加拿大免检。"

庄钊文微笑着摇摇头。

"唉！"同学也摇摇头，"你放弃的是光明前途，你知道吗？"

庄钊文还是微笑着摇头。他承认，辛赫教授的项目是很有前途。但这并不意味着自己跟着他干，就有光明前途。相反，在国内干事业更有前途，国家建设刚呈现突飞猛进势头，科学工作者用武之地将越来越宽广，前途越来越光明！

两年后，一个在美国定居的亲戚又打来电话，说又给他找了个好岗位。他再次婉言谢绝。

亲戚说："中国没有美国富裕，干事业的条件也没有美国好。"

庄钊文说："中国是我的国家，军队是培养我成长的地方，我喜欢现在的职业和岗位。"

这种对国家、对事业的朴素赤诚的爱，不断激励他顽强拼搏，大胆创

新，取得一系列原创性成果①，使自动目标识别技术这双“慧眼”变得越来越明亮。

庄钊文作为一名博士生导师，始终把“让学生超过自己”视为人生最大的成功。

他培养学生的理念是：把学生放在高难度项目中摔打，让年轻人在攻坚克难中锻炼成长。

“雷达极化”问题，是横亘在目标识别技术攻坚道路上的一座难以逾越的高山。

1992 年，一位国际著名雷达极化信息处理权威专家来华讲学时断言：“雷达极化问题是一个世界性的难题，几十年研究虽有一些进展，但问题远未解决，尤其在极化目标识别方面，要想取得突破，估计还需要一个相当长的时期。”

庄钊文对这个“世界难题”关注已久，并曾指导学生向它发起了数次冲锋，突破了几道关隘，但尚未拿下制高点。

这年，组织上决定让硕士研究生王雪松提前跟随庄钊文攻读博士学位。

王雪松是个勤奋好学、基础扎实而又敢闯敢拼的年轻人。

1990 年金秋，王雪松一走进国防科技大学，便立刻被这里热火朝天的学习和创造的氛围深深地感染了，心里涌荡着攀登的冲动、创造的欲望。

王雪松把年轻的激情化作了强烈的求学欲望。他一头扎入了知识的大

---

①他在国内率先将模糊数学理论应用于电子信息处理领域，建立了以模糊检测、模糊估计及模糊分类识别为核心的模糊电子信息处理理论与技术框架。

他针对目标电磁散射特性，首次提出了雷达目标多极化方程和极化状态距离概念，推导出一套完整的目标“极化极点”算法和“测量等效”重要结论。

他将模糊集理论、人工神经元网络、柔性信息处理和信息融合等技术方法有机地结合起来，把目标识别的理论和实用技术研究推向一个新高度。

他先后出版了 4 本基础理论研究专著和 100 多篇论文，完成了国家杰出青年基金课题研究，初步建立起一套雷达目标识别的理论体系，使我国雷达目标识别研究理论跻身国际前沿。

近年来，他先后领衔承担多项雷达目标识别与精确制导项目课题；作为项目总负责人和总设计师，在国家某重大型号任务中一举攻克数项核心关键技术；作为总设计师完成国家和军队多个重大科研项目，为我军现代化建设作出了重大贡献。先后获国家科技进步二等奖 4 项，军队及部委级科技进步一等奖 8 项。

海，贪婪地捡拾科学的珠玑，吮吸知识的琼浆，代数学、拓扑、群论、微分几何、数理逻辑、离散数学、哲学、历史学、社会学……无论是课堂教材还是课外书籍，自然科学还是人文科学，凡是他感兴趣的书，都要拿来浏览一番，吸取思想精华，多方位、多层次开阔自己的科学思维空间。那些日子里，教室、寝室、图书馆、书店，几乎是他生活中的所有空间；每个月数十元的津贴费，还有父母给的少量零用钱，几乎都变成了书架上的书；进入大学后的寒暑假，绝大部分是在学校度过的。

王雪松笑说自己上本科、读研究生那阵，就像一个很久没进食的饥肠辘辘的“饿汉子”，不管是山珍海味，还是粗茶淡饭，不加选择地什么都吃，整天就想着吃，仿佛永远都吃不饱。

但“饥饿”的王雪松，却又是很讲究“吃法”的。他从不简单地“狼吞虎咽”，而是坚持“细嚼慢咽”、仔细品味，既充分吸收、消化了“食品”的营养，又不断地吃出了“新道道”。

勤奋的汗水，科学的耕耘，迎来了丰厚的收获：四年本科，王雪松的专业学习成绩在全年级保持“四连冠”。

1994年2月，即将结束本科学业的王雪松，走进了自动目标识别实验室，进行本科毕业设计。

自动目标识别实验室，是当今军事科技的前沿阵地。幸运之神似乎格外青睐王雪松，他不仅在科研实践的起步之初就有幸进入了这块“前沿阵地”，而且还接触到了这个阵地上的“制高点”——毕业设计指导老师把一个涉及自动目标识别科学的“尖端”——极化目标识别的课题交给了他。

王雪松就像一只羽翼渐丰的雏鹰，第一次展翅飞向了那片高邈神秘的天空。

在高起点上的初次起飞，也许令他有些胆怯和彷徨，但更多的是振翅翱翔的冲动和征服蓝天的激情。他完全沉浸在第一次创造的快乐之中，浑然忘却了冬寒暑热、身心的疲惫和时光的流逝。

半年时光从“雏鹰”的羽翼间悄然滑过。王雪松终于编织完成了他的第一只科学的花篮。导师和同学们惊讶地发现，这只“花篮”是如此的新奇瑰丽。他在毕业论文中提出了两种崭新的极化目标识别思路和一种目标散射矩阵修正方法。答辩委员们评价说：“王雪松的本科毕业论文已经达到了硕士论文的水平！”

同年4月，王雪松以研究生入学考试全院第二名的优异成绩，正式跨入了自动目标识别实验室，师从实验室的创始人、中国工程院院士郭桂蓉教授，攻读硕士学位。

初战的成功，名师的指导，使王雪松产生了更加强烈的创新欲望。他像一位“贪婪的掘金者”，把探索的触角，伸向更加宽广的世界。此后三年多时间里，他在导师组的安排下，先后参与了涉及信号处理与目标识别、电子信息系统的建模与仿真等学科领域的近10项国防预研项目、国家自然基金项目、国家教委跨世纪人才基金项目、国防预研基金项目及一些外协项目的研究，先后在国际国内核心期刊和学术会议上发表了10余篇科技论文。

1996年初，导师组果断决定：让只读了一年半硕士研究生的王雪松提前攻读博士学位。

他以全院第一名成绩结束基础课学习后，进入了博士学位论文研究阶段。

庄钊文要求他：“我看你就选择雷达极化问题吧，而且要争取有所突破！”

这正中王雪松的下怀。年仅24岁的王雪松，在高科技领域，在那些经验丰富的科研工作者面前，也许还显得有些稚嫩。但年轻人最富于想象力和创造力，最渴望在新的领域一展身手。

但这是要担风险的。提前攻读博士学位的王雪松，如果不能突破这个世界难题，不仅拿不到博士学位，而且意味着他这五六年研究生白读了，连个硕士学位也没有。

但王雪松说："科学从来都是冒险的事业。为科学事业趟路，不说冒一点风险，就是最后真的一事无成，又算得了什么？"

面对"世界难题"，王雪松开始谋划他的"攻战方略"：战略上藐视它，战术上重视它，稳扎稳打，步步为营。

"战前练兵"必不可少。在导师的指导下，王雪松再次大量阅读基础理论书籍，进一步夯实了数学基础，强化了物理概念，拓宽了理论视野，不断丰富攻关夺隘的"武器库"，积蓄冲击高峰的力量。

然后是周密的"阵地侦察"。他一头扎入图书馆、书店、因特网，大量收集相关资料、文献，细心整理，反复推敲，总结归纳，努力将间接地了解内化为新知、亲知，把零散的、片面的现象，转化为立体的、本质的、相互联系的理论认识，开阔了学术视野，了解了学术动态，加强了创新的"底气"。

接下来，就是向"主峰"发起冲刺了。前人的研究，为王雪松的探索提供了无数灿烂的思想火花，也为他的研究提供了一个个疑问：

为什么前人研究"难有进展"？

桎梏前人"突破"的因素是什么？

前人的研究是否存在误区？

渐渐地，王雪松把探寻的目光大胆锁定在人们已沿用半个多世纪的"经典极化"理论。

"经典极化"理论一直是指导有关研究的理论基石，是公认的权威，它曾指导世界各国科学家取得了很多科研成果，还从未有人对它产生过怀疑。

但王雪松却大胆地发问：过去的经典理论还适应现代雷达极化的发展趋势吗？

王雪松带着疑问，开始了自己的探索之旅。通过大量的实验，证实了自

己的怀疑："经典极化"理论确实存在缺陷。

发现一个理论的缺陷固然不易，但创造一个新的理论则更为艰难。

王雪松踏上了更艰辛、更漫长的求索之路。

此后两年多的时间里，他几乎每天都要挑灯夜战，更没有休过一个双休日和节假日，辛劳之后美美地睡上一觉，就是他最"奢侈"的享受了。

1995年暑假到了，同学们纷纷离校返家，而王雪松却请求留守校园，继续课题研究。

素有"火炉"之称的长沙，酷暑炎炎，热浪腾腾。加之系大楼利用假期整修，经常停电停水，房间热如蒸笼。王雪松手执蒲扇，肩搭毛巾，赤膊苦战。一次又一次地做实验，在浩如烟海的文献中查资料。每天下来，座位下的水泥地上滴满汗水。假期结束时，返校同学在他的座椅下看见了一片白花花的汗渍。

1996年暑假，他再次选择了留守校园。同样的烈日炎炎，一样的挥汗苦战。但不同的是，从不知疲倦的王雪松第一次感到了疲劳。那一天，他突然觉得胸闷气短，四肢疲软，浑身虚汗，终于晕倒在实验室里。王雪松醒来后，强撑着走进医院，一测体温，39摄氏度，心跳每分钟只有38次。诊断结果：严重心肌炎。他不得不住进了医院。但每天治疗完毕，他就想方设法悄悄溜回实验室，晚上回到医院又坐在病床上看书。住院20多天，他读完了两本厚厚的外国译著，写了三本读书日记。

1998年年底，王雪松进入了全面攻关的时期，也遇上了前所未有的重重险阻。一道道难题一股脑儿出现在眼前，任凭他左冲右突，使尽浑身解数，也难以突破。课题研究陷入困境，王雪松也陷入了深深的苦恼之中。他在脑海中也曾闪过一丝怀疑：自己的选择是否正确，研究方向是否有误？但他很快坚定了信念，全身心投入研究之中，实验室里想，回到家里想，在校园里散步仍在专心思考……

反复思考，反复实验，王雪松正在一点点拨开笼罩眼前的迷雾，问题的症结越来越清晰。突然，仿佛一道绚丽的阳光，照亮了眼前的世界——

“经典极化”理论之所以难以适应现代雷达宽带化发展需求，是因为它以“点频”为基石，用“静止”的观点看待电磁波的极化现象。如果将其“静止”的视线变成“运动”的目光，用“瞬态”替代“点频”，所有的问题不就有可能迎刃而解吗？

成功的预感使王雪松处于高度亢奋的状态之中，犹如一座蓄势待发的火山，终于找到了喷发的出口，岩浆沸腾着创造激情，势不可挡地汹涌而出。沿着“瞬态极化”这一思路，他不断向纵深开掘，向周边拓展，先后在极化滤波、极化增强、极化检测、极化识别等众多领域进行了广泛论证和探索。经历了无数次实验，终于建立起一套崭新的“瞬态极化学”理论体系，完成了博士论文——《宽带极化信息处理的研究》。

这是雷达极化学史上的一次重大突破，是雷达科学技术史上又一次大胆创新。

该论文经 20 多名“两院”院士、学术界“泰斗”评审后，被认为具有“极高的创造性”。

2000 年，王雪松的博士论文《宽带极化信息处理的研究》获得湖南省优秀博士论文。

2001 年，学校推荐他的论文参加“全国百篇优秀博士学位论文”角逐。当年全国有数万篇博士论文参加“全国百优”竞评，近乎千里挑一。

王雪松的博士论文以全新的学术视角、很强的理论色彩、丰富的信息容量和完整的理论体系，征服了评委专家们挑剔的目光，跻身全国百篇优秀博士论文。

王雪松成为国防科技大学首批获此殊荣的三位博士之一，也是我军荣膺此项荣誉最年轻的博士。

2003 年，王雪松被总政治部评为第四届全军十大学习成才标兵。

总政在北京举行颁奖典礼那天，庄钊文从电视上看到王雪松手捧奖牌灿

烂地微笑时，也情不自禁地笑了。

摘取了一顶科学“皇冠”，培养了一个顶尖人才，还有什么比这更让他感到欣慰的呢？

3 搜救福星“北斗星”

面对“北斗一号”卫星导航工程“瓶颈”技术，庄钊文带领年轻创新团队瞄准世界领先技术路线，破釜沉舟，背水一战！

人类很多科学思想，是从偶然事件、偶然现象中得到启发的。

1957 年，随着一声惊天动地的轰鸣，苏联第一枚人造卫星升空了。美国两位科学家在当局授意下，昼夜跟踪这颗卫星的运行轨迹。不久，他们发现，卫星飞近地球时，接收机收到的无线电频率逐渐增高，飞远时则逐渐降低。

两位科学家灵机一动：卫星的轨道可由地面站测得的多普勒频移曲线确定，若知道卫星的精确轨道，不就能确定地面接收机的位置吗？

由此，一门先进的导航技术——“卫星导航”，在美国悄然兴起。

1973 年，美国军方开始研制全球卫星导航系统（GPS），陆续在中地球轨道上部署了 24 颗卫星，地面站对这些卫星的信息数据进行捕捉、处理、解码，再将有关信息发至用户终端机，给全球提供准确的定位、测速和高精度的时间标准，其大多数精确制导武器都采用了 GPS 全球定位系统制导方式。1991 年，第一次海湾战争爆发后，美国的飞机、导弹、水面舰艇等在 GPS 导航下，发动了一场诸军兵种联合作战的战争，向全世界诠释了现代战争的内涵和规则。

事隔四年，波黑战争爆发了，美国 GPS 全球定位系统，再次帮助空军、海军对波黑政治、军事和国民经济重要目标实行精确打击，并演绎了一段“千里救上尉”的神话。

1995 年 6 月 2 日，美军飞行员奥格雷迪上尉，在波黑上空执行任务时座

机被导弹击落。在接下来的6天里，在没吃没喝没任何人帮助，并有敌方武装人员不断搜查的情况下，他凭着在训练学校学到的生存技巧，靠吃草、树叶、喝雨水生存下来。6天后，美军GPS全球定位系统，捕捉到了他携带的GPS终端机信号，确定了他的准确位置，并派出一架武装直升机，在数架歼击机掩护下，在GPS定位系统引导下，成功地将奥格雷迪上尉营救出来。

事情见报后，奥格雷迪上尉当即成了美国乃至整个北美军人的传奇及骄傲。6月12日，克林顿总统在白宫接见奥格雷迪，并且向他敬了一个军礼，欢迎英雄回归。

事后，他幽默地说："真正的英雄不是我，而是我身上的GPS终端机。"

近十几年里，美国之所以能以极小代价打赢多场局部战争，GPS支持的作战平台和精确制导武器功不可没。美国《军事评论》直言不讳地说："谁能掌握卫星导航优势，谁就掌握了战争主动权。"一些美军将领则感慨："没有GPS，我们根本无法作战。"

美国是世界上第一个研制完成全球卫星导航系统的国家，也是握有这一领域实质控制权的国家。其他国家，包括中国，都是租用美国GPS系统，而且时至今日，美国的GPS在中国仍然占有90%的卫星导航市场。

在这样一个决定国家和民族生死存亡的技术领域，依靠"租用"，假如在关键时刻美国人关掉GPS，或者在上面"动点手脚"，我们的战略武器怎么办?

我们的飞机怎么办?

我们在茫茫大海上航行的舰队怎么办?

……

事实上，这种危机已经不完全是想象。1996年台湾海峡局势紧张时，我军的一次大规模军事演习，已受到过GPS信号中断的干扰。

现在美国对那些所谓"不听话"的国家，动辄以关闭GPS相威胁。

也许有人会说，美国人讲"中国威胁论"，可能会卡我们脖子，依赖他们不靠谱，但我们还可以用那些对我们友好一些的国家的导航技术嘛。

这也同样尝试过。

前些年，欧盟为改变美国在卫星导航技术领域一国独大的局面，制订了“伽利略”全球卫星导航计划，并盛情邀请中国参加，承诺让中国共享计划成果。

我国有关部门考虑到，这一计划，将来可以对国家这一技术领域起到补充作用，便欣然应邀，投入不少资金。

哪知，后来欧盟一些国家领导人更替后，政治风向标发生变化，竟殃及中国在“伽利略”导航计划中的地位：中国不能使用“伽利略”实施军事行动，还被挤出了决策层。投入“巨资”的中国，其利益还不如一毛未拔的日本和印度。

这时，大家才猛醒过来：我们被别人骗了！

也只有这时，大家才意识到，那些决定国家命运的关键技术，靠钱买不来，美国靠不住，别的国家也靠不住，只能靠自己！

20世纪80年代，中国在陈芳允院士提议下，开始建设自己的卫星导航系统，并将它命名为“北斗”。

2000年，中国第一颗北斗试验卫星发射升空。经数年努力，完成了“北斗一号”卫星导航系统，并开始在减灾救灾、交通运输、国土测绘、气象预报和公共安全及国防军事等领域发挥着不可或缺和无法替代的作用。

无论是在抢险救灾第一线，还是在千里边防巡逻线，或是翱翔在万里高空的飞行器，抑或是驰骋在惊涛骇浪中的舰艇，只要打开集卫星定位、短信报文、精度授时于一体的北斗用户机，就能知道“我在哪里”、“你在哪儿”，并能高效快捷地实现“我”和“你”之间的信息传递。

2005年夏天，新疆军区一支运输车队遭遇泥石流，有关部门使用“北斗”用户机找到这支车队，并成功地将他们营救出来。

2008年“5.12”汶川大地震发生后，所有通信中断。救援部队深入震中

映秀镇后，使用“北斗”用户机向党中央和全国人民第一次报告了震中灾情。此后数日，灾区通信一直处于瘫痪状态。党中央就是通过“北斗一号”联系部队和地方政府，指挥抢险救灾。

2010年4月14日，青海玉树发生里氏7.1级地震。中央紧急调集救援物资运往灾区，我军有关部门为灾区救援部队配发了100部手持式北斗卫星导航仪，确保在灾区通信设施严重损毁、信息传送不畅情况下，各救援部队上下、友邻的通信联络。

2011年12月28日，中国向世界宣告：“北斗”卫星导航系统向全世界提供全球导航服务，成为世界上第四大全球卫星导航系统。

在中国“北斗”卫星导航系统建设中，国防科技大学卫星定位技术创新团队创造了“三级跳外加一个撑竿跳”的科学奇迹。

“北斗”卫星导航系统，20世纪80年代中期启动，可时至1995年地面系统某核心关键技术，有关研究单位攻关十几年，依然没有突破，准备放弃研究，使“北斗”工程进程受阻。因此，大家形象地把这一核心关键技术称为“瓶颈”。

陈芳允院士，为这一“瓶颈”久堵不通而急火攻心，又苦无良策。

1995年6月的一天上午，正在办公室忙碌的陈芳允，突然听到敲门声。

“请进。”

秘书进来通报：“国防科大一位教授想见您。”

陈芳允问：“国防科大哪位?”

秘书说：“是庄钊文。”

陈芳允说：“我知道，他是雷达自动目标识别技术专家，一个很能干的年轻人。你安排吧，我看下午可以。”

秘书说：“他说事情有些急，想现在见您。”

陈芳允说：“他说了什么事吗?”

秘书说：“他说，他对‘北斗’地面接收系统那个瓶颈技术有些想法，想向您汇报一下。”

陈芳允一听，起身道：“马上请他进来！”并亲自到门口迎接庄钊文和随行的几名博士研究生。

一坐下，陈芳允就迫不及待地问：“钊文，对地面接收技术，你们有什么想法，快说来听听。”

庄钊文说：“我们想承担地面接收系统关键技术研制。”

“好啊！我正愁没人敢接这个任务呢！”陈芳允见有人请战，很高兴，同时又很慎重，“可你们打算怎么干？”

庄钊文拿出他和几名博士生精心制订的研制方案：“陈老，请您过目。”

陈芳允仔细看完方案后，微笑地望着他们说：“年轻人，你们胆子很大呀。你们选择的全数字快捕与信号接收技术方法，国际上还没有先例呢，即使早已拥有全球卫星导航系统的美国和俄国，对这种技术也是停留在学术探讨的层面上。我没想到，你们敢挑战它，真是后生可畏啊！”

一名博士生欣喜地问：“陈老，您看行吗？”

陈芳允沉思片刻，说：“这样吧，我晚上答复你们，行吗？”

送走几名年轻人，陈芳允请来几名专家组专家。大家看过庄钊文的研制方案后，都认为这一技术路线大胆新颖，创新性强，但对其可行性依然信心不足。

晚上，陈芳允特意来到他们下榻的宾馆，对庄钊文说：“你们的方案我先留下。我准备为你们召集一次专家专题听证会，由你们汇报情况，大家发表意见，展开辩论，看到底行不行。”

临别时，陈芳允再三叮嘱：“你们一定要好好准备汇报材料呀，这块‘硬骨头’是否交给你们啃，就看你们能否让大家相信你们能把它啃下来。”

20天后，陈芳允组织专题听证会，请来各路技术“诸侯”，论证全数字快捕与信号接收技术可行性。尽管庄钊文的汇报很详细，对专家提出的各种问题也回答得无可挑剔。专家们对他们的大胆创新之举，也深表钦佩，可一

些专家对能否突破"瓶颈"技术，依然心存疑虑，因此决策时，部分专家还是不敢表态。

在这关键时刻，陈芳允一锤定音："我对这几个年轻人有信心，我支持他们！"

陈芳允从秘书手中接过签字笔，在庄钊文的研制方案上，郑重签上自己的名字。

庄钊文带领大家，高高兴兴地去"瓶颈"技术设备使用单位洽谈研制合同。对方对他们接过这个"烫手山芋"非常感激，接待很热情，项目的性能指标、维护协议、时间节点等问题也谈得非常顺利。但谈到经费问题时，对方就显得有些犹豫了。

对方领导说："这个项目可是人家攻了十几年都没有攻下的。"

庄钊文说："我坚信我们能攻下。"

"你们以前是搞雷达自动目标识别的吧？"

"是的。但我们在卫星导航地面接收技术方面也取得过不少成果。"

"你们采用的这个技术，好像美国都没有搞出来吧。"

"是这样。"

"你们有把握吗？"

"应该没问题。"

"有多大把握？"

庄钊文感觉对方有难言之隐，在绕圈子。这可不是军人的性格，也不是他庄钊文的脾气。"你们有什么想法，尽管说！"

对方这才说出自己的担心："我知道你们技术力量很强，也相信你们定能拿下这个项目。但万一……我是说万一，这投进去的钱，能不能你们和我们各负责一半？"

这个问题，庄钊文可是没想到。如果答应对方，假如真有那一天，这可不是一笔小数目，不说他们实验室，恐怕整个学院都得砸锅卖铁。

但庄钊文没有丝毫犹豫，爽快答应："行！这个风险我们担！"

研制合同签下了。但大家手心里还捏着一把汗。

一名博士生对他说："庄教授，这样一来，我们可真没有后路了。"

庄钊文说："我压根就没想过要留后路。"

"就怕万一……"

"中国必须有自己的卫星导航技术，因此没有万一！假如真有那一天，这个风险也值得担！"

带着背水一战的决心，庄钊文带领大家苦钻理论，埋头攻坚，一次次跌倒，一次次奋起，以"急行军"的速度，向"北斗卫星导航系统"这一科技新高地发起了顽强冲刺：

1996 年 12 月，签订设备研制合同，正式成立课题组；

1998 年 5 月，研制设备在北京顺利实现星地对接；

1999 年 5 月，圆满完成研制任务，与有关单位签订了"设备购买合同书"，成立卫星导航实验室；

……

8 年，他们一年一次飞跃，经历了从基础理论与建模仿真、原理样机研制、系统联调、正样机研制与生产等 8 个阶段的科技攻关，完成了常规需要十多年才能完成的任务，一举打破国外对这一核心技术的封锁与垄断，使国家重新启动了"北斗一号"卫星导航系统建设，推动了我国卫星导航技术跨越式发展。

2001 年 11 月，在北京的鉴定会上，他们的成果受到专家委员会一致称赞："该系统整体技术填补了国内空白，达到当前国际先进，部分技术处于世界领先。"

2003 年 12 月 15 日，"北斗一号"卫星导航系统开通运行，我国成为世界上继美国、俄罗斯之后第三个拥有独立卫星导航定位系统的国家。

这时，用户机研制的核心技术还没有突破。面对这块兄弟单位啃了多年

没啃下的“硬骨头”，庄钊文教授带领课题组成员再次主动请缨，并另辟蹊径，提出了用户机小型化技术方案，在有关部门的立项招标中，再一次脱颖而出。

仅仅用了两年多的时间，他们相继攻克了设备小型化、模块化、集成一体化、整机电磁兼容等一系列关键技术难题，在2004年6月推出了达到世界先进水平的用户终端，成为我国第一款小型化手持式北斗用户机，迅速装备部队。

有关部门鉴定认为：该设备总体技术处于国内领先水平，其灵敏度、捕获时间等关键性能和体积、重量、标准化等技术指标均优于工程研制合同要求，标志着北斗卫星导航定位系统在转化为战斗力方面，迈出了决定性的一大步。

此后，他们又在卫星导航系统工程招标中，凭借综合技术优势，一举拿下地面运控系统的20多个项目，涉及卫星导航业务体制级、系统级和关键设备级的研究任务，是国内唯一同时承担北斗卫星导航地面系统和星上有效载荷核心设备研制任务的科研单位。

至此，他们圆满完成了“攻克地面系统‘瓶颈’技术——突破用户终端关键技术——成为国家卫星导航技术创新主体单位”的“三级跳”。

在此期间，他们还打了一个漂亮的突击战。那年，国内一研究机构经数年攻关研制完成的一个星上关键设备上星后，发现技术性能不达标，导致系统无法正常运行，情急之下，总部领导找到了善打硬仗的国防科技大学卫星导航研发中心，请求他们突击啃下这块“硬骨头”。当时正组织大家紧锣密鼓研制地面运控系统的庄钊文，胸怀大局，临危受命，调兵遣将，组织攻关队伍紧急突击三个月，拿出了满足系统要求的关键设备，通过上星测试运行，各项指标均超过大总体技术要求，一举使该系统的技术性能提升了1000倍以上。

有关单位领导称赞他们完成了一次漂亮的“撑竿跳”。

“三级跳”，外加一个“撑竿跳”，标志着庄钊文和创新团队已经成为我国自主卫星导航系统关键技术攻关与装备研制的“国家队”。

这是一支年轻的“国家队”。虽然他们已在卫星导航技术攻关战场上征战了十几年，但当年分别被任命为项目常务副总师、软件算法系统主任设计师和硬件系统主任设计师的几名博士研究生，刚过 40 岁，团队平均年龄还不到 40 岁。

如今，他们又把目光瞄准了国际卫星导航技术发展最前沿，开始了“北斗”二代国家重大科技专项相关项目攻关和技术储备。庄钊文作为国防科技大学“北斗”二代卫星导航系统重大专项首席专家和学科带头人，已开始规划 2020 年前关键技术攻关和技术试验项目。

目光高远，鹏程万里。

坚信这支年轻的“国家队”定能给我们带来更多的惊喜。

未来战争的“火眼金睛”

郭桂蓉在 ATR 国家重点实验室成立大会上说：“未来战场什么样，我们现在就怎么干！”他们使我军现代化武器装备拥有了“明亮的眼睛”和“智慧的大脑”。

1991 年，海湾战争刚结束，江泽民主席风尘仆仆地视察了国防科技大学。在向学校领导、专家教授讲话时，他深刻而又深情地对大家说：“由于高技术的迅猛发展及其在军事领域的迅速渗透，现代战争正在演变为高技术战争。国防科技大学要高度重视电子战、信息战的发展趋势，积极适应未来高技术局部战争的需要，多出高水平科研成果。”

1992 年，原国防科工委批准在学校建立 ATR（精确制导和自动目标识别技术）国家重点实验室，我国自动目标识别技术创始人郭桂蓉担任实验室主任和学术委员会主任。当年与郭桂蓉并肩作战的专家，都集合在这里。

大家从 ATR 国家重点实验室成立的背景和时机，懂得了党中央和中央军委的期待，感到了国家安全对精确制导和自动目标识别技术需求的紧迫，也悟到了自己身上那份沉甸甸的责任。

精确制导与自动目标识别，是现代制导武器的“眼睛”和“大脑”。在当今和未来陆、海、空、天、电五维一体的信息化战场，谁的“大脑”和“眼睛”在预警侦察、导航定位、指挥控制、自主寻敌、防空反导等环节中，“认”得更清、“想”得更快、“瞄”得更准，谁就掌握了战场主动权，并将最终赢得胜利。

因此，它成为发达国家全力角逐的焦点，同时，它又是新兴学科、前沿学科、交叉学科密集的军事科技制高点。

“在抢占这个制高点的竞赛中，我们已经落后了。”实验室的科学家们坦言。但承认落后，并不等于弃权。相反，它彰显的是赶超先进的勇气和信心。

他们深深地懂得，要想后来居上，就必须把目光瞄准别人尚未企及的高度，在基础性、前沿性、战略性领域，自主创新一批核心关键技术。

“未来战场什么样，我们的科研就怎么干！”

郭桂蓉在 ATR 国家重点实验室成立大会上说的这句铿锵有力的话，成为科学家们数十年顽强攻关的坚定信念和不懈追求。

他们首先瞄准了新型雷达信号分析处理新技术。由于现役雷达十分落后，有人便形象地说他们依托现有装备搞科研，是“在麻袋上绣花”。

但他们说：“麻袋不绣花，永远是麻袋。麻袋上绣了花，就是上了档次的麻袋，将来有条件了，把花绣到绸缎上，就是珍贵的艺术品。”

经过实验室几代专家接力攻关十几年，完成了基础理论研究、基础技术预研、关键技术攻关和工程验证，掌握了极为复杂的相关理论，提出了崭新的技术路线。我军运用这些成果，实现了现役雷达改造和新型雷达研制，大大提高了我军预警能力。

精确制导目标识别系统，被大家形象地称为导弹的“大脑”。

ATR 重点实验室付教授，在精确制导目标识别技术方向攻坚克难数十年，取得了一系列成果。随着这些成果的成功应用，我军导弹的“大脑”越来越发达、灵敏，对敌方目标越来越“看得清”、“打得准”。

早在 20 世纪 80 年代，雷达自动目标识别技术还是人们“想都不敢想”的课题时，正在攻读硕士学位的付教授就参加了导师郭桂蓉教授在全国率先展开的雷达自动识别技术研究，并担任其中的关键技术攻关。

1991 年春海湾战争爆发后，一枚从美军战列舰上发射的“战斧”巡航导弹，飞行 1300 千米后，钻进了巴格达地下总统府地面换气窗，其打击精度

相当于用步枪打中了1000米外的苍蝇。它之所以能如此准确命中目标，是因为它有“眼睛”，如雷达“眼”、红外“眼”、激光“眼”、电视“眼”，而且还有“大脑”——自动目标识别技术。

从电视上看到这一幕时，付教授被深深地震撼了。精确制导目标识别，直接关系着导弹能否准确发现目标、精确打击敌人。这是一种应用广泛的新兴国防关键技术。一个国家在这一领域的创新水平，在一定程度上直接决定着武器装备智能化水平。当时我军武器装备还未完全触及这一技术，起码比别人落后了20年。落后意味着挨打！我军要尽快改变这一落后局面，需要科技创新提供强大动力，为一流武器装备提供一流成果支撑，需要科技工作者瞄准和占领世界科技前沿阵地，唯此才能赢得主动、扭转被动，赶超世界。

经过深入调研，付教授敏锐地发现，雷达自问世以来，主要运用于发现坦克、舰船、飞机等运动目标。由于它们加速度不大，目标机动给雷达探测带来的影响可以忽略。但在现代战争中，随着无人战机、巡航导弹、弹道导弹等高速大机动飞行器的出现，对传统的雷达探测性能和快速响应能力提出了挑战，带来了新的难题。它不仅大大降低了导弹命中精度，影响国家防御能力，而且世界上尚无人关注、探索这一问题，是一块待开发的科学“处女地”。

付教授果断带领创新团队瞄准这一科技前沿阵地，经过不懈攻关，在世界上首先提出雷达信号加速度分辨的理论模型，研制出多种体制自动目标识别系统，解决了导弹和目标高速大机动交会条件下雷达信号处理难题，使我国防空武器性能提高一倍。这一研究成果在《中国科学》杂志发表后，受到国内外学者的广泛引用。

与团队成员交谈或指导研究生时，付教授经常意味深长地说：“我们的研究方向，与我军现代化建设有着直接联系。我们肩负着科技强军的直接责任，在选择科研项目或学位论文课题时，要把那些军事需求紧迫的科技前沿课题作为首要目标，用世界科技前沿成果，把我军现代化建设水平推向世界前沿。”

经典雷达理论认为，某两种体制雷达性能难以兼容。正因为这样，雷达问世数十年来，世界各国的科学家一直把这两种雷达性能兼容问题视作畏途，不敢触及。

但付教授认为，“难以兼容”并不等于“不可兼容”，“经典理论”并不等于“绝对真理”，它只意味着谁突破难题、打破经典，谁就占领了前沿阵地，成为世界的领跑者。

2005 年，付教授带领创新团队，几乎与美国同行同时向这一“经典”神话发起挑战。他和团队成员大胆创新，先后突破多个关键技术，仅用两年多时间便完成了仿真、原理样机设计和试验验证，实现了两种雷达性能优势互补，成功研制出新体制雷达，获得 9 项发明专利授权。这一成果迅速应用于我军武器装备，大大提升了我军某型号武器战斗性能。

这些年来，付教授带领创新团队完成的数十项科研项目，均是我军精确制导武器装备建设紧迫需求的科技前沿课题，其中多项技术为世界首创或国内领先。

前沿，意味着高度。前沿是没人走过的路。选择了前沿，就是选择了艰难险阻。

在跟随郭桂蓉教授从事雷达自动目标识别技术开创性研究时，付教授选择了《舰船雷达目标综合特征分析与提取研究》作为自己的硕士论文课题。

这是我国第一个将自动目标识别理论探讨与应用研究紧密结合的项目。开创性强，难度极大。在课题攻坚阶段，他跟随导师郭桂蓉教授登上南海一个荒岛，顶风冒雨，昼夜奋战，录取了大量海上目标数据，然后在此基础上分析目标特征、规律，寻找识别途径、方法，遇到疑点难点问题时，坚持不解决问题不罢休。由于生活艰苦、工作劳累，他患上了低血糖症。有一次，他连续奋战了两天两夜，到了晚上突然眼前一黑，一头歪倒在地……

醒来后，他觉得头疼欲裂，嘴里有一股咸腥味，嘴角和脸上粘乎乎的，用手一抹，发现手心上尽是血。付教授强撑着疲软的身体站起来，拿镜子一照，发现嘴唇被坚硬的铁床沿撞开了一条大裂缝，牙齿也磕掉了好几颗。

他到驻岛部队卫生所处理完伤口，在病床上休息几小时后，第二天又投入了紧张的攻关。

经过两个多月艰苦奋战，突破了一系列关键技术，完成了课题研究。1989年10月，中央电视台在新闻联播中报道了这一研究成果。1991年，他仅29岁便获得了国家科技进步二等奖。

每次攻关遇到艰难险阻，付教授就暗暗激励和鞭策自己：精确制导目标识别技术，是我军现代化建设的核心关键技术。自己作为精确制导技术专家，肩上的责任重啊！不能让党和人民失望，不能让全军将士失望，要竭尽全力为科技强军多出成果、出大成果！

为此，付教授要求自己用战略思维思考科研问题，为提升国家战略防御能力作贡献。

1998年，付教授经过深入调研、反复论证，创造性提出运用雷达多维特征综合自动目标识别技术，为我军新型武器安装“眼睛”和“大脑”的大胆设想。这一课题一旦完成，将提升我国防卫能力和对敌战略威慑力。

该项目军事需求迫切、应用价值高，其研制难度是一般项目的几倍甚至数十倍。其中许多难点是前人从未尝试的开创性很强、难度很大的课题。

付教授带领大伙攻坚4年，虽然取得一些进展，但其核心关键技术，不仅未能突破，而且依然看不到前方的曙光。

一些同志的攻坚信心开始动摇，一名博士研究生甚至放弃了做了一半的学位论文课题。

但付教授坚定地说：“这是事关国家战略防御能力的课题，是军队紧迫需求的项目，再苦再难，我们也不能放弃。攻关时间再长，我们也要坚持到底！”

他一个个找团队成员谈心，一次次开导激励大家："我们这个项目，就像一次长征，道路艰难漫长，但意义深远重大。我们今天前进的每一步、突破的每一个难关、洒下的每一滴汗水，都会变成我军向现代化冲刺的力量。只要我们坚持，胜利一定属于我们！"

他用自己的坚定信念、坚强意志把创新团队凝成一个钢铁集体。在此基础上，他组织大家再次深入分析了项目特点，制定了新的攻关策略，把技术难题分配给攻关小组，责任到人，然后带领各路人马向这一战略技术制高点发起新的冲击！

连续6年，他和团队成员背着沉重的仪器设备，不停地辗转我军各个导弹部队之间。

连续6年，他和团队成员每年有一半以上时间在基层部队度过。另一半在学校的时间，每天有十几个小时在实验室攻关。

6年里，北国大漠，南海之滨，西部边陲，东部海岸，留下了他们跋涉的足迹、辛苦的汗水。

2007年，经过十年顽强拼搏，付教授终于率领创新团队创造性推演出一整套信号处理算法，成功地为我国导弹安装上"眼睛"、"大脑"，有效提升了我国的战略防御能力。

2007年此项目获得国家科技进步二等奖，并于2008年被学校评为年度重大科技进展之首。2008年春，付教授代表课题组参加在人民大会堂举行的国家科技奖励大会，受到胡锦涛主席亲切接见。

付教授心系我军现代化建设。部队建设的紧迫需求也牵动着他敏感的神经。

一次，付教授听到一名部队首长抱怨："我们部队装备的一种进口导弹系统，经常出故障，真是急死人了。"

说者无意。但付教授听了，眉头一下子皱紧了："要是在战时，它们突然卡壳了，可就要误大事了！"

付教授立刻带领团队成员前往某导弹部队调研。导弹操作手听了他的来意后，当即拿出一个报废的黑乎乎的铁盒子说："就这东西，经常在关键时刻莫明其妙烧坏了。"

付教授对那名操作手说："你把它给我看看，我帮你修修，兴许还能用。"

经部队批准，他把铁盒子带回学校，经专业仪器检测，发现它是信息处理关键部件，相当于导弹的"大脑"。它在工作状态下，热量散发太大，所以容易烧坏，而且烧坏了还很难修好。

付教授知道，解决问题的最好办法，就是用国产元器件对它进行改进，用国产部件替代进口部件。但要完成进口部件的国产化谈何容易啊。

该型号导弹的"大脑"相当复杂，由2000多个进口元器件组成，电路纵横交错、密密麻麻。而且导弹生产国为了保密，既没有向我方提供电路图，也没有提供任何技术资料。对于这样一个没头没脑的导弹"大脑"，要弄清其结构原理，是件十分困难的事情，而要对它进行改进，就更是难上加难。

但付教授心想，再难也得干啊。保证武器装备性能稳定良好，就是保部队战斗力，就是保"打赢"，是天大的事情。自己作为科技工作者，为部队建设排忧解难，责无旁贷，义无反顾！

他带领卢副教授等团队成员，立刻展开了一场紧张的突击战。他们把自己关在实验室，端着那个"铁盒子"反复琢磨，与导弹部队官兵一起操作导弹，创造性地提出了战车在线测试、元器件连线分析、功能检测验证等多种破解导弹"大脑"的途径方法，经过几个月艰苦工作，终于掌握了它的工作原理、接口电器特性、传输协议和各种战（技）术指标。

在此基础上，付教授带领大家大胆创新、大胆改进，终于成功地用国产元器件给该型导弹研制出一个新"大脑"。它的可靠性比进口部件大幅提升，而且体积缩小5倍，价格则降低12倍。目前，该产品已经批量生产并装备部队，为保战斗力、保打赢作出了贡献。

近年来，实验室紧贴国家核心安全需要，瞄准一体化联合作战需求开展攻关，努力为战场侦察、识别、跟踪及反侦察、反跟踪，提供有力的技术支撑。

我军某型号战术弹道导弹，射程远，威力大，精度高，机动性能好，是我军的重要武器装备，也是维护国家安全和领土完整的重要保证。但近年来，某发达国家为达到封锁和分裂中国的企图，在我国周边国家和地区部署了大量反战术弹道导弹系统，对我军战术弹道导弹和祖国安全统一构成了严重威胁。

为挫败敌对势力的阴谋，维护国家安全统一，上级部门把对抗“反战术弹道导弹系统”的“盾牌”的研制任务，交给了国防科技大学。袁教授作为项目副总设计师，主动承担了核心技术攻关任务。

这是一次在高科技领域与大国的较量。袁教授以顽强的毅力，斗严冬酷暑，战风霜雨雪，关里关外四处调研，天上地上反复试验，有时为了保持试验的连续性，在直升机上一待就是八九个小时，完成试验走下飞机时，常常累得两腿哆嗦。他艰苦奋战五年，攻克无数道科学难关，终于拿下型号任务。

目前，这一型号已正式投入生产，并相继装备部队，使我军装备不仅拥有了一双“慧眼”，而且还拥有了一层绚丽的保护色。

我国遥感数据长期依靠人工分析，效率低、易出错。有关部门向实验室求助，王教授领导的攻关小组通过对人工智能特征研究，提出层次化目标分析思想，开发了面向任务和目标的识别软件，极大地提高了海量数据处理速度，为遥感图片判读提供了可靠技术支持。

超低空目标识别跟踪技术是防空领域的世界级难题。2007 年 9 月，奥运安保指挥部提出，要在 2008 年 1 月前研制完成超低空目标捕获跟踪系统。时间紧、难度大，全国雷达界应者寥寥。王副教授率领课题组毅然请缨，昼夜

加班，连续奋战，按时完成“可见光-红外融合识别系统”，通过了公安部组织的技术测试，成功应用于奥运安保和亚运会安保，并开辟我军雷达自动目标识别的新领域。

国家在建设某天文观测平台时，把核心处理部件设计任务交给了该实验室。该天文观测平台地处北国边陲，而且系统性能调试只能在夜间进行。陈教授领衔的攻关团队，在两年多时间里，每晚冒着零下三四十摄氏度的严寒，追星赶月，在全世界率先突破可见光目标监测核心关键技术。

……

近年来，ATR 国家重点实验室，成功突破一系列技术难题，取得了一批高水平科研成果[①]。成果应用范围，覆盖了未来战场的海、陆、空、天、电五维空间，使我军各军兵种武器装备拥有了灵敏的“大脑”和智慧的“眼睛”。因此，有人把 ATR 国家实验室誉为“瞄向未来战场的‘火眼金睛’”。

①先后取得“××可见光导引头信息处理系统”、“××多模复合制导信息融合处理系统”、“××毫米波导引头自动目标识别系统”、“××雷达信息获取特征提取自动识别系统”、“××一体化信息处理机”、“雷达目标识别新机理新方法”、“××低空与地面目标综合处理系统”、“××监测相控阵雷达信息处理与应用系统”、“通用型对海监视雷达目标识别与综合显控系统”、“××红外目标识别系统”等一系列标志性成果。它们都是精确制导与自动目标识别领域探索性最强、水平最尖端、需求最紧迫的技术。仅“十一五”期间，就获国家科技进步特等奖 1 项，国家科技进步二等奖 3 项，国家发明二等奖 1 项，军队科技进步一等奖 7 项。

5 新型雷达使万物“透明”

梁教授、周教授带领创新团队研制的新型雷达，看到了我国森林里美丽的村庄、土壤里希望的萌芽。

1943年，苏德两军在苏联库尔斯克地区进行了一场坦克大会战。法西斯头目、德军统帅希特勒说这是“决定对苏战争成败的会战”。

在1942年7月至1943年2月的斯大林格勒战役中，德军损失惨重。为挽回败局，振作士气，夺回战略主动，德军统帅部决定在苏联战场发动大规模夏季攻势，在库尔斯克南北两侧集结了17个坦克师、3个摩托化师和18个步兵师，配有2700辆坦克、2050架作战飞机，约1万门火炮和迫击炮，总兵力达90余万人，摆出钳形攻势，妄图在7月5日凌晨5点南北夹攻库尔斯克，“挽回德军在斯大林格勒失去的主动权”。

为了确保战役成功实施，德军在进攻前，对预设战场展开了密集空中侦察，没有发现苏军有任何异常行动。但德军做梦也没想到，这天凌晨2点，苏军突然向库尔斯克的德军发起进攻，数千辆坦克成“品”形阵势，在高密度飞机、火炮掩护下，迅速扑向德军阵地。德军被迫仓促应战。

原来，一个月前苏军从抓获的德军俘虏口中，获得了德军库尔斯克战役计划。苏军统帅部决定以牙还牙，集中133万兵力，配以大量飞机、坦克、大炮，并在战役发起前一周将3300多辆坦克和大批火炮秘密运抵前沿阵地，巧妙地掩蔽在丛林中，实现了坦克突击的战略意图，为最终赢得这场旷日持久的坦克大战争取了先机。

这是人类历史上第一场成功的坦克伏击战。此后，人类在各次局部战争中反复演绎这种战法。但到了1992年，丛林地带坦克突击战，终于开始淡出战争舞台。

这年，美国在SPIE会议上宣布，他们成功研制出一种新型雷达。纵深10千米内的叶簇，在这种雷达面前呈“透明”状态，换言之，掩蔽在丛林里的武器装备，它可以一目了然。而且随着这一技术的深入研究，墙那边、地下面有什么，也将不再是秘密。

这种雷达的重大军事价值，让它一经问世便迅速发展。美国相继研制出机载P-3和SRI新雷达，并于1995年、1996年在不同地点举行了15次大规模飞行试验，获取不同地形地貌条件下目标数据，开展了广泛的基础和应用研究。2001年，美国正式将这种雷达装备部队，2002年将设备运抵南方司令部和美国驻欧部队。

20世纪80年代中期，国防科技大学电子科学与工程学院梁教授，也开始了对一种新雷达技术的探索。

梁教授是个豪气干云的科学家。有“酒”为证。

他爱喝酒，对五粮液更情有独钟。那年年底，他带领课题组去国家有关部门争取项目立项。第二天就要去汇报了，可到前一天晚上还没有准备好材料。大家正犯愁呢，突听梁教授一声嚎：“给我来瓶五粮液!”

他把五粮液往桌上一放，房门一关，开始挑灯夜战，抿一口酒，下笔写几句。那瓶五粮液见底了，文章也出来了。

次日，国家有关部门对他们的汇报很满意，当即同意立项。回到宾馆，梁教授拿着那个空酒瓶，“嘿嘿”笑着说：“一边喝着五粮液，一边写文章，才有神来之笔呀。”

梁教授又是个思维严谨的雷达技术专家。以“烟”为例。

在国防科技大学，或是在我国雷达学术界，梁教授爱吸烟是出了名的。无论是在会议桌上，还是在平时工作中，总见他吞云吐雾。而且吸烟习惯非常独特，无论吸多么昂贵的烟，他只吸到三分之二，便立马掐掉。有人曾专门留意过，三分之二的燃点绝对精确，仿佛每支都用尺子量过。因此，大家无论在哪个会议室，只要发现烟灰缸里有几支三分之一没吸完的烟蒂，就知道梁教授来参加会议了。

对此，他的同事和学生有些不解，问他："你为什么只吸三分之二就掐掉?"

梁教授说："三分之二靠近黄金分割点，在这里掐掉，吸入的尼古丁数量最少。"

真不愧是大教授，连吸烟都讲究最优化。

这种豪放而又严谨的性格，赋予了梁教授既敢想、敢干、敢闯，又细致稳重、求真务实的科研风格。

"七五"、"八五"期间，梁教授带领创新团队展开了一系列基础理论和技术研究①，为后续工程技术研究的跨越式发展铸就了稳固厚实、弹力巨大的"跳板"。

20 世纪 90 年代初，国际上的相关研究取得了重大突破，研制出一种新雷达。

他们瞄准这种雷达前沿技术，在"九五"时期开始"起跳"了。

1995 年，梁教授安排两名博士生开始对成像方法和目标检测方法展开研究。

梁教授带领团队顽强攻关三年多，突破了八大关键技术，完成微波暗室联调和一维外场探测实验，获得了布置八类目标的高分辨率距离剖面。

新旧世纪交替之际，他们更上一层楼，成功地进行了模拟载机空间运动，看到了祖国郁郁葱葱的森林里美丽的村庄。

包括七名院士在内的鉴定委员会认为："本项目开辟了一个崭新的雷达研究领域。该系统的研制成功填补了我国技术的空白。在系统设计、研制和

①他们深入研究了冲激信号特征提取、特征检测方法、冲激信号与电介质相互作用机理、冲激信号辐射、接收和天线设计原理等基础理论和技术，提出了新的冲激响应解卷积算法、阶特征检测算法和权化矢量长度特征检测算法，解决了冲激雷达天线的互耦问题和信号保形问题，通过了冲激信号与电介质材料相互作用机理的实验验证，并在国内首次建成微波暗室全空间冲激雷达实验系统，设计了保形双锥天线和新型加脊 TEM 喇叭天线，成功地解决了收发天线耦合和接收信号的保形问题，广泛开展了目标特性测量、冲激信号与电介质相互作用机理研究等。

实验、系统关键技术研究以及有关理论方法研究等方面所取得的成果，处于国内领先地位，达到国际先进水平。”

2000年1月3日，雷达技术创新团队与学校签订“重点科研项目责任书”，向党和人民郑重承诺：“十五”期间，誓死也要拿下任务，让我军将士用上新雷达！

他们仅用一年多时间，便完成了方案论证、各分机研制和系统地面测试，提前进入飞机搭载试验。

飞机搭载试验，最关键的是外场选择。创新团队领队、雷达技术专家周教授，带领大家驱车3000余千米，跑遍西安周边地区，华山之阴、黄河滩畔、黄土高坡留下他们的足迹，西气东输管道铺设工地，也出现过他们的身影，终于找到了最佳地面场区。

外场目标设计，十分复杂烦琐。飞行成像试验规模大，每次都需要布置50个左右的目标，涉及单位众多，组织协调工作十分复杂。周教授不辞辛劳，跑总部、跑空军机关、跑驻军单位、跑外场地区政府，赢得了各方支持，建立了通畅的试验保障机制。

上天试验，更是苦不堪言。首飞那天，蓝天白云，晴空万里，大家激动不已。哪知坐着飞机冲上云天后，机上五个人全晕机了，头晕目眩，胃里翻江倒海，身上虚汗淋漓，上天不到半小时，有人便坚持不住了，被迫落地休息……

上天还有危险，那天他们随机升空5500米到达航线后，由于试验需要，机舱不能全封闭，机舱温度骤降到零下10摄氏度，有限的供氧很快耗尽，舱内严重缺氧，他们都出现了缺氧重症，嘴唇发青，连续呕吐，个别人甚至出现昏迷……

周教授带领大伙儿，不知经历了多少这样的“苦”和“险”后，终于等来了总部的鉴定飞行试验。

飞机搭载着他们的“宝贝”，开始滑跑、加速、起飞，在螺旋桨的轰鸣声中，大地逐渐远去。

“上电”，“系统开机”，“检查雷达工作状态”……周教授果断地下达各种指令。

“上电正常”，“系统开机正常”，“工作状态正常”……操作员镇静地报告系统工作状态。

整个试验过程，系统工作稳定可靠，没有出现任何故障。大家从雷达显示屏上，看到了预设的目标，看到了祖国土壤里希望的萌芽。

“十一五”期间，周教授带领团队勇于创新，不断扩大战果①，把应用领域拓展到战场侦察、监视和反恐、国际维和行动、灾难救援等行动。

追求永无止境，创新永无止境。新雷达技术创新团队任重道远。

①先后获国家科技进步二等奖1项、军队科技进步一等奖1项、军队科技进步二等奖5项，逐渐形成了以飞机为平台的新型雷达系统、地基/车载式雷达、单兵便携式雷达特色鲜明的新体制雷达技术方向。

舍得：先舍而后得

“舍得”，在毛钧杰眼里包含着深刻的人生哲学：有“舍”才有“得”；先“舍”而后“得”；不“舍”即不“得”。

毛钧杰教授和微波技术创新团队先后完成科研项目 50 多项，在国内外学术刊物上发表学术论文 500 多篇，获得国家技术发明奖 2 项，部委级科技进步一、二、三等奖 10 余项，“盛亿润”教育科技基金一等奖、三等奖各 1 次。这些成果，有的已列入部队装备，转化为我军现实战斗力，有的为重大型号研究提供了关键技术，有的则开拓了崭新的学科方向。

他个人也先后被评为“国家有突出贡献的中青年专家”，原国防科工委优秀学科带头人、优秀科技工作者和政府特殊津贴享受者，全国优秀科技工作者。

说起这些时，毛钧杰总是说：“那都是同志们干的。”

但在团队成员眼里，毛钧杰学术视野宽阔、底蕴深厚，而且性格执著坚韧，乐观豁达，跟着他干，心里觉得有干头，克服困难有劲头。

那年，原国防科工委准备启动某微波技术装备项目，有关部门联系了多家研究单位，均因为它属于世界顶尖水平，没人敢接。

部门负责人来到国防科技大学，在微波技术研究室找到毛钧杰，详细说了项目类型和性能要求后，直接问他：“这个项目，你们敢不敢接？”

毛钧杰说：“敢呀，还怕你不敢给我呢。”

部门负责人说：“你敢接，我就敢给。”

后边的同事使劲拉他的衣襟，他轻轻将同事的手挡开。

“我保证把它拿下来。”

"好，我们马上签研制协议。"

签完研制协议，送走了上级领导，毛钧杰问那名同事："刚才你拉我衣服干什么？"

同事说："你知道这个项目，美国什么时候搞出来的吗？"

毛钧杰说："我知道，半年前吧。"

同事说："我们有哪些家底，你这个大主任还不知道？"

毛钧杰说："我知道，设备很少，而且都是些派不上大用的老设备。"

同事说："就凭这点家底，这样的项目你也敢接？"

毛钧杰说："我们自己没有，就不知道向兄弟单位借呀？"

他从兄弟教研室、系（所）和学院，甚至兄弟院校和总参有关单位借来各种科研设备，搭起了科研的"炉灶"，发誓要为军队现代化建设做出"一桌香喷喷的饭菜"。

但这桌"饭菜"并不容易做。国外对有关技术严密封锁，几乎毫无资料可以借鉴，研究工作一开始便陷入困境。

他们不悲观，不气馁，终于从一篇很不起眼的学术文章中得到了启发。但一做实验便发现，作者压根儿就没做过实验，那篇学术文章只是根据经验推理得出的结论。

一位同事把那篇论文扔到地上，狠狠骂道："原来是篇'科幻'小说，刊物主编干什么吃的，这样的'学术论文'也登，简直误国误民。"

毛钧杰弯腰把论文捡起来，掸掉上面的灰尘说："虽然是'科幻'，也让我们受到一些启发，至少告诉我们这个方向走不通，需要寻找新的突破方向。"

他带领大家几经探索研究和实验改进，总算找到新的技术路线，完成了可行性方案设计，研究工作进入野外初期测试阶段。

微波测试，要求地势平坦宽阔，周围无人居住。这样的地形，在北方很多，而南方多丘陵，加之人口稠密，很难满足这样的地形条件。但如果每次

试验都去北方，资金耗不起，时间更耗不起。

毛钧杰说："我就不信偌大个湖南，还没有一块平坦地。就是踏遍三湘大地，我也要把这个地方找到。"

那是个气温超历史纪录的夏天，太阳一出来，就白晃晃地扎眼睛，把长沙地区烤成了名副其实的火炉，早上36摄氏度，中午高达42摄氏度以上，连山坡上的牛羊，都纷纷躲进树阴里避暑。

毛钧杰带着大家，驾着一辆吉普车，每天迎着曙光出发，披着晚霞归来，在长沙周边地区搜寻试验场地。

十几天过去了，大家被烤成了"煤黑子"，那块试验场地却始终不见踪影。

这天，毛钧杰又天不亮就带着大家上路了，可直至太阳落山，依然一无所获。

驾驶员正准备驾车返回，毛钧杰指着一条山谷说："到那里再看看。"

驾驶员说："那是一片高山呢，能有平坦地形？"

毛钧杰说："高山出好水，说不准里边有大水库，那正是试验的好地方。"

吉普车方向一转，驶上一条乡间土道，刚接近谷口，便发现前方横亘着一条高高的大坝。

吉普车冲到坝底，大家爬到坝上一看，果然是个水面宽阔的大水库，而且周边没有一户居民，完全满足试验的地形和安全条件。

毛钧杰解开衣扣，叉腰站在高高的坝顶上，任清爽的山风吹拂着宽厚的胸膛。"真是天道酬勤啊！"

他们紧张忙碌了几天，终于完成了场地准备，进入了试验阶段。哪知他们刚在水坝上架好测试仪器，一片晴朗的天空，突然乌云滚滚，电闪雷鸣，大雨倾盆，把他们淋得像一只只"落汤鸡"，被山风一吹，凉得浑身直打战。遮盖仪器的金属伞把上，还不时冒出雷电的火花。

有人建议："我们改天再来测试吧。"

毛钧杰说："这次测试我们准备了好几天，改天再来，整个研制计划都要受影响。"

"可你看这雨下的，也不知啥时候才能停。"

"这雷雨交加的天气，正好检验我们的成果质量，我们想找都找不到呢。"

果真天公作美，否极泰来，他们在傍晚时分测到了满意的数据。

这年冬天，他带领创新团队北上科尔沁大草原，继续做深度试验。

迎接他们的是一片北国风光。广袤的大草原上，千里冰封，万里雪飘，一望无际，狂风卷着漫天雪花高歌劲舞。

他们这些长年生活在南方的人，第一次看见如此壮丽的草原胜景，蹦出脑海的第一个愿望，就是甩掉身上的大衣，一头扎进草原的怀抱，与狂风一道歌唱，与雪花一起舞蹈。可他们一下班车，抱着仪器设备，就赶紧往基地招待所里钻。

外边冷啊，零下 19 摄氏度。这，他们也是第一次见识。

次日早晨更冷，零下 26 摄氏度。测试仪器刚搬到试验场，他们已经一个个被冻得脸色发乌，手脚麻木。

"同志们！架机器！"毛钧杰一声号令，第一个爬上大卡车卸仪器。大家赶紧跟上，密切配合，很快把各种测试仪器布到各个点上。

毛钧杰拿过无线对讲机，果断下达指令："开始！"

目标一个接一个闪电般的划过辽阔草原。大家的目光紧紧盯着信号接收器的荧光屏。但它静如止水，一直没有信号出现。

这时，大家已被冻得说话时两片嘴唇都不听使唤了，脚板在地上跺麻了，两条腿还是冰得似两条大冰棍。

"毛……教授，等几天雪……停了，再……测试吧？"有人建议。

毛钧杰掖了掖身上的棉衣："这北国的雪，你……知道下到啥时才……

停。”他朝大家招招手，“来，咱……们集合跑几圈!”

八九个人抖抖瑟瑟地站成一列。毛钧杰颤颤巍巍地走到队前：“向右——转!”

“咱们也……叫几声番号，都给我放开嗓子喊，一！二！三！四!”

“一！二！三！四!”

一列队伍在风雪中跑动，一声声雄壮的呐喊，穿透草原的寂寞、狂风的呼号，在冰雪的天地里回荡。

就这样，毛钧杰组织做一次试验，冻得不行了，就领着大家跑上一阵，暖和暖和身子，再做一次试验……一直从早上坚持到傍晚，终于从荧光屏上看到了他们期待已久的波纹线。

大家高兴得想放声大笑，可大家却怎么也笑不起来。因为大家脸上的肌肉都被冻僵了，两片嘴唇麻木得像两片干萝卜皮，眉毛上还结着长长的冰花。

这一项目完成后，获得国家技术发明三等奖和部委级科技进步一等奖，北京军事博物馆还作为重要军事科技成果，陈列着它的模型。

毛钧杰带领创新团队向一个个科学高地发起顽强冲击时，做梦也没想到，病魔向他发起了偷袭。

那年，学校组织专家教授到武汉总医院体检，毛钧杰被查出患上了肾癌。消息传开，领导和同志们都很震惊和担心。

当天傍晚，和他同桌进餐的校政治部、校务部领导，都不敢提起他的病情，以免影响他的食欲，都用余光悄悄注视着他。但见毛钧杰和往常一样，狼吞虎咽，一副若无其事的样子。

机关领导这才端着饭碗坐到他身边说：“毛教授，现在医学发达，这病能治好。”

他却反过来安慰领导：“人生病是正常现象，你们不要为我担心。”

机关领导向他征求治疗方案：“医院建议尽快治疗，并针对您的病情，提出了保守疗法和手术疗法两种方案，您同意哪一种?”

他毫不犹豫地说：“当然是手术疗法。”

机关领导提醒说：“那可要切除整个肾啊。”

他说：“人有两个肾，切掉一个我还有一个，没什么可怕的。”

机关领导说：“对组织上有什么要求吗?”

他说：“只求组织上对我的病情暂时保密，先不要告诉我家人。”

次日，他住进了医院，三天后顺利完成了手术。他在治疗过程中，始终保持豁达乐观的心态，积极配合医生治疗，还照常辅导研究生，并利用躺在病床上的时间完成了三本教材的总体构思。

六个月后，他的病奇迹般的好了。

有人问起他治病的良方时，他说：“病魔这东西，也和科研中的各种困难一样，只要你不怕它，藐视它，保持一种乐观的心情，积极配合治疗，它就没什么可怕的，就能最终战胜它。”

他上班后，同事们见他身体比较虚弱，生怕把他累着了，不利于身体康复，想方设法减少他的教学课时。

在科研项目攻关中，大家考虑到他的身体状况，尽量让他多提意见、多把关，那些繁重的试验任务，尽量不让他参加。那些年轻教员，每天一上班，就给他送去一瓶开水，每隔几天就去他的办公室打扫一次卫生。

起初，毛钧杰对大家的关心很感激，可久而久之，随着身体不断好转，他就有些不适应了。

这天，他终于找到系主任说：“以后，你们再也不能把我当病人了。”

系主任说：“毛教授，你现在第一任务就是休息，把身体养得棒棒的。”

“你还是把我当病人。”毛钧杰有些不高兴地说，“现在要是有干科研的机会，我照样能接，照样把它干出来！你信不?”

这样的机会，很快就来了。

根据国家“921”载人航天工程计划，“神舟七号”将完成航天员出舱活

动。可靠的舱外航天服是航天员完成出舱任务的关键，而舱外航天服天线是关键设备之一，承担着出舱航天员与航天飞船及地面指挥中心的语音通信信号、数据遥测信号传递的重要任务，关系到出舱活动乃至整个“神七”任务的成败。

2005年5月，“921工程”指挥部领导决定启动航天服天线研制工作，特意来到学校，与毛钧杰商量说：“这个任务交给你，我们最放心，可你的病尚未完全康复，我们又怕把你累着了。”

毛钧杰爽快地说：“载人航天是国家重大工程，没说的，这个任务，我接。”

指挥部领导还是有些担心：“你的身体能扛住吗？”

毛钧杰哈哈笑了：“你我都是干科研的，我们这些人哪，最怕的就是闲下来，一有任务干，什么病都好了，要是没任务，没病也会憋出病来。”

毛钧杰带领团队加班加点，突破了数十项技术难关。

他们奋力拼搏，先后研制了3套模样产品、5套初样产品和4套正样产品。这些样品均顺利通过电子系统、高低温、热真空、冲击振动、有人热真空等严格试验，产品质量十分可靠。

2008年9月27日下午，神舟七号航天员顺利出舱行走，并通过毛钧杰率领创新团队研制的航天服天线，清晰地向祖国人民和爱好和平的世界人民亲切问候。

2009年，在全军“践行当代革命军人核心价值观新闻人物”评选中，毛钧杰40多年倾心人才培养和科研攻关、在与癌症的抗争中坚持完成神舟七号航天服天线研制的事迹，感动了全军将士，特推举他为20位年度新闻人物之一。

表彰会上，评委会给毛钧杰的颁奖词是：“军令如山，他把执行命令看得比生命还重，挑战死神，他把挂包天线架上了太空！四十年如一日在微波领域燃烧自己，老骥伏枥，壮心不已！”

站在高高的领奖台上，被七彩灯包围、被掌声簇拥、被高声称赞的毛均杰，从颁奖嘉宾手中接过奖杯后，没有像别的获奖者将它高高举过头顶，而是一直放在胸前，显得那般宠辱不惊、镇静自若。

这就是毛钧杰的另一面：为人淡定，处事谦让。

1996年，毛钧杰教授还没到教研室主任最高任职年龄，但组织上为了培养锻炼年轻人，征求他的意见，看能否提前退出领导岗位。

毛钧杰郑重向组织表态说："我不当主任了，但一定要继续当好主人。"向新的教研室领导交接班时，他不仅交出室主任的工作，还把自己负责的科研项目和经费如数交给了接班人。

他从事科研数十年，和同志们一道完成了数十项科研任务，其中十几项他担任了课题负责人。但在这些项目的获奖名单上，没有一项他的名字排第一，都是在第二、第三、第四的位置上。

他和学生合作完成的学术论文在刊物上发表时，也从不把自己的名字署在学生的前面。

他担任教研室主任期间，事事处处模范带头，评功评奖时，大家多次推荐他立功受奖，他都把名额让给了其他同志。

20世纪80年代初，他和室里其他5名技术九级的同志达到了晋升技术八级的条件，但上级规定的指标只有4个，虽然他当时是教研室教研组组长，各项工作任务也完成得很出色，可他却主动提出缓调一年……

在金钱面前，毛钧杰也是一生谦让。

科研补贴金，他在担任室主任期间，一直坚持拿室里的平均数，哪怕他担任负责人的项目，也从不例外。最近几年，他更是每年都拿最少的，虽然系、室领导知道他的贡献，总想多给他一些补贴，但他坚持不要。他和同志们合作编写教材，他负责总体构思、提纲编写和撰写主要章节，但教材出版后分配稿费时，他也坚持拿平均数以下……

担任教研室领导时，毛钧杰对于自己的谦让是这样想的："我是室领导，

主要任务是把单位建设搞上去，事事处处多替大家考虑，把大家的积极性调动起来，个人名利是其次又其次的事情。”

从室领导岗位上退下来后，他仍然保持着自己一贯的谦让本色。

他对自己的谦让又是这样说的：“我现在精力不如年轻人，动口多，动手少，应该少拿一些。”

在科研中，他虽然不是负责人了，但他对自己的要求没变，与大家一起讨论研究、一道做野外试验。

每当科研攻关遇到困难时，他积极帮助大家出主意、想办法。每当过去的合作单位来找他洽谈科研项目时，他也和过去一样热情接待，真诚协商，但项目谈定后，又让年轻人去签合同和担任项目负责人。

毛钧杰作为学院教学专家组副组长和学校研究生院教学督导组成员，一直致力于帮助年轻人提高教学水平。

他经常去听年轻教员讲课，帮助他们发现存在的问题，改进教学方法，提高教学质量。

一些出版社慕名前来请他编写教材，虽然他对教材内容熟悉，经验丰富，完全可以独自完成编写任务，但为给年轻教员提供锻炼机会，提高知名度，给他们将来的发展创造条件，哪怕他们内容生疏，经验缺乏，需要他反复修改才能达到出版要求，他也要坚持把年轻人拉上一块干。带着他们在学中干，在干中学，而且让他们多拿稿费，教材出版署名时，还坚持让年轻同志排第一。

“舍得”，是大家常挂在嘴边的两个字。

但在毛钧杰教授的眼里，这个简单的词汇里却包含着深刻的人生哲学：有“舍”才有“得”；先“舍”而后“得”；不“舍”即不“得”。

他说：“我不舍得用细心、下恒心，一遍又一遍修改教案，克服困难，更新内容，我哪能上好课，又哪能获得教学优秀奖？我不舍得吃大苦、耐大劳，绞尽脑汁想办法，科研任务怎能完成，又怎能获得科技进步奖？如果我在名利面前不是退让，而是使劲地争和抢，报社记者怎么会来采访我，让我上报出名呢?”

好一个幽默、豁达、敏锐的毛钧杰教授。

DI SI ZHANG

第四章

冲高望远揽乾坤

ZHUJIAN

国防科技大学集合着一批用生命关注太空的科学家。变推力火箭发动机、新光测技术、气象火箭、探空火箭……一系列“中国第一”，在这里孕育。中国载人航天工程、“嫦娥”探月工程十余名总指挥、副总指挥、总设计师、副总设计师从这里出发！

20世纪末，中国的光测技术比别人落后40年。于起峰率领创新团队，仅用数年便把中国光测技术带进世界先进行列！

20世纪70年代，日本研制出碳化硅纤维并建成第一条生产线，所有产品被美国据为己有，造出隐形飞机等一系列先进武器装备。80年代，国防科技大学“纺”出“中国第一丝”。

1 航天“人才森林”的沃土

国防科技大学航天与材料工程学院毕业学员有13人成为中国载人航天工程、“嫦娥”探月工程正副总指挥、总设计师，形成了一道亮丽的“人才森林”风景线。

在宇宙大爆炸的烈焰中诞生的地球，用45亿年的艰辛孕育了人类，但人类却并不满足于永远生活在她的摇篮里。

早在远古时代，人们通过观察鸟类的飞行，产生了腾云驾雾的遐想。中国古代嫦娥奔月的传说，古希腊代达格斯和儿子爱琴向太阳飞行的神话，寄托了人们“飞天”的愿望。

19世纪最后几年，人类开始以科学的目光注视宇宙。1896年，秘鲁科学家佩德罗·E.保莱特，在利马市郊外发射了人类第一枚火箭，它使用的液体燃烧推进技术，至今仍是人类使用的主要火箭推进原理。

1898年隆冬，俄罗斯科学家康斯坦丁·伊万诺维奇·齐奥尔科夫斯基，在灰暗的煤油灯下，挥动鹅毛笔，在厚厚一叠书稿封面上郑重写上“利用喷气装置探测宇宙空间”。此书为人类叩开宇宙之门，开辟了正确的技术通道。

1920年，美国人戈达德设计了一种能把探测器送到大气层外，甚至月球上的多级火箭。

1923年，世界著名航天学家赫尔曼·奥伯特的著作《行星际火箭》，在德国慕尼黑出版，此书阐述了火箭的数学理论，提出了许多关于火箭构造和高空火箭新原理，使欧洲火箭技术遥遥领先于世界。

12年后的1935年1月，德国火箭专家冯·布劳恩得到了人类第一笔研究火箭的巨资——1100万马克，准备修建人类第一个火箭研究试验基地。

而这年的1月，毛泽东、周恩来率领中国工农红军刚刚占领贵州遵义，正为红军急需的小米、弹药和盐巴而发愁。

在人类探索攀登太空的历史年表上，中国比欧美落后了半个多世纪。

黑格尔说："一个民族有一些关注天空的人，他们才有希望；一个民族只是关心脚下的事情，那是没有未来的。"

作为拥有五千年文明史、火箭故乡的中国，虽然航天技术暂时落后，但却不乏关注天空的人。20世纪50年代初，中国共产党领导中国人民完成了最为紧迫的民族独立和解放的神圣使命，走出战争激流后，便立刻把求索的目光投向太空。

1955年10月8日，中国"航天之父"钱学森，在新中国领导人全力帮助下，终于摆脱了美国联邦调查局的控制，回到了祖国的怀抱。

两个月后，钱学森前往"哈军工"参观。正在北京开会、从不请客送礼的陈赓院长，于当天傍晚搭乘中央领导专机，赶回哈尔滨设宴招待钱学森，并请周明鸂、张述祖、曹鹤荪、马明德、任新民、沈正功、卢庆骏、罗时钧、庄逢甘等留学归来的航天技术专家作陪。

席间，陈赓与钱学森谈起了导弹问题（钱学森十几年后回忆，陈赓是他回国后第一个和他谈起这一问题的人）。

陈赓问钱学森："现在我们中国能不能自己研制导弹？"

钱学森说："为什么不能，外国人能搞，我们中国人就不能搞？难道中国人比外国人矮一截？"

钱学森说出了陈赓的心里话。陈赓赞许地向他点点头。

钱学森又说："发展导弹的关键，是解决自动控制的问题，我们已经具备了解决这个问题的能力。"

次年7月，"哈军工"设立了我国第一个导弹工程专业，开创了新中国导弹工程技术教学科研的先河。1959年，正式组建导弹工程系，人才培养规模达到1500人，并建成了航天技术研究急需的、国内最先进的空洞实验室，

取得了一批基础研究成果，有的成果还被应用于“两弹一星”工程。

遗憾的是，各种政治运动接踵而至。可即使在那些动荡的岁月里，学校的科研工作者，也没放弃对航天技术的探索。

1969年，珍宝岛自卫反击战爆发。阻止苏军坦克入侵，成为边境防御作战的重中之重。常显奇、雷碧文等航天技术专家，义无反顾地承担起反坦克火箭布雷车研制任务。

这时，学校接到南迁命令，使他们的研究突然间陷入没有实验室、没有科研设备、没有技术资料的困境。但他们并未因此退却，历经千回百转，终于完成了使命。

1975年，他们开着反坦克火箭布雷车，前往北京郊区给中央首长表演。主持军委工作的叶剑英元帅，观看了他们的实战演示。当看到一枚枚拖着一串串反坦克地雷的火箭腾空而起，飞向预设阵地时，叶剑英元帅热烈鼓掌，连声叫好。

表演结束，叶剑英元帅紧握着在一旁讲解的常显奇的手说：“有了你们这个布雷车，我们绝不让敌人的坦克在我们的国土上横冲直撞！”

反坦克火箭布雷车，获得了“国家科学大会奖”。

多次启动双组元变推力火箭发动机的诞生，是火箭发动机发展史上的一次革命。此前，人类使用的固定推力火箭发动机，无法对航天器进行姿态控制，实现空间对接或星际探测软着陆，也无法实现轨道机动。随着多次启动双组元变推力火箭发动机的问世，上述问题迎刃而解。1967年7月，美国运用这种火箭，成功地把“阿波罗”号飞船送上月球，开创了人类航天技术的新纪元。

然而时至20世纪70年代末，我国在变推力液体火箭发动机领域，还是一片空白。

1976年年底，共和国刚刚走出政治“严冬”，陈启智便挑起了多次启动双组元变推力火箭发动机研制任务。

这副担子很沉，可技术力量却很薄弱。任务组成员中，只有他一个人是行家，其他人都没有接触过火箭发动机理论。

在此情况下，陈启智决定采用“边教边干”，“先定型，后改进，再赶超”的研制战略。

研制初期，他先后给大家开出了数十个专题讲座，给大家系统介绍火箭发动机原理。为此，他晚上赶写讲义，白天上课，参与具体研制，指导实践操作，忙得恨不得有“分身术”，把一个人变成几个人用。

在陈启智带领下，一个个“门外汉”，渐渐变成一个个行家里手，实验样机也慢慢地做出来了，而且首次热试验就获得成功。

在此基础上，陈启智又带领大伙对变推力发动机的结构工艺、系统性能，逐一进行改进和优化。

1983年，中国第一台多次启动双组元变推力火箭发动机BYF－03终于诞生了。其加速时间和比冲性能指标，达到或超过了国外同类发动机水平，它能够控制推进剂混合比，而且系统简单、尺寸小、成本低。

陈启智招收的第一名硕士研究生张育林，在项目研制中深受启发，撰写了学术论文《变推力液体火箭发动机动态特性的状态空间分析》，参加当年的国际宇航学会年会，并在大会上宣读论文，引起强烈反响，获得本届年会“曼林”航天奖。

这是国际宇航联合学会将此殊荣第一次授予在校大学生和中国人。

该型火箭发动机唯一的不足，只是控制精度不尽如人意。

陈启智和大伙不能容忍这一疵点。他们坚信没有爬不过的高山。又经历5年艰苦探索后，终于攻克了“流量可调汽蚀文氏管”技术，这项技术不仅能准确地控制发动机在变推力过程中的混合比精度，使发动机的性能得到了有效提高，而且还可用于其他液体流量的精确调控。

陈启智带领大伙再接再厉，又于1989年攻克喷注器针阀同时调节技术。

1991年，可以与国外先进的同类发动机一较高低的“SBF－4多次启动

双组元变推力火箭发动机"终于诞生了。

多次启动双组元变推力火箭发动机，从最初接受任务，到最后通过鉴定，陈启智带领大伙攻坚克难十几年。

这十几年里，他"一肩三任"：学校训练部部长、多次启动双组元变推力火箭发动机总设计师、"织女一号"气象火箭总设计师。头绪繁多的工作，使他不得不把时间分成早晨、上午、下午、晚上四个单元，每天一个单元时间跑一个地方：部长办公室，多次启动双组元变推力火箭发动机实验室，"织女一号"气象火箭实验室，家。除了睡觉和洗漱时间属于自己，别的时间都属于工作。

他就像太空的一颗卫星，搭载着振兴中华航天事业的使命任务，沿着党和人民给出的轨道，不畏艰辛、不知疲倦地日夜兼程十几年，终于把中国落后的多次启动双组元变推力火箭发动机技术，带入了世界先进行列①。

20世纪八九十年代，国防科技大学在航天技术领域的攻关成果，获得部委级科技进步一等奖近10项，二、三等奖数十项。

高水平科研，推动了学科水平迅速跃升。

20世纪80年代，航天技术系在抓好导弹总体设计、结构强度、火箭发动机等专业建设基础上，拓展了飞行器总体、飞行器结构强度、液体火箭发动机、固体火箭发动机、固体火箭推进剂5个专业。

世纪之交，他们抓住我国实施载人航天工程的重大机遇，围绕出人才、出成果，进一步凝练学科结构，调整学科方向，将火箭发动机专业拓展为"空间工程"，将空气动力学专业拓展为"飞行器系统与工程"，并新增了飞行器测试发射工程本科专业，逐步形成了特色鲜明、优势突出的航天专业学科体系与课程体系。

---

①在学校建起了我国高等院校中唯一的液体火箭发动机热试车台、喷注器试验台、汽蚀文氏管试验台及数据采集控制系统等完整成套的试验设备。当年他给同志们讲课的讲义，先后被印成多个版本，成为国防科技大学航天专业学员的教材，1993年修订和充实为《液体火箭发动机控制与动态特性理论》正式出版，并荣获中国航天工业总公司优秀教材一等奖。

1999 年，航天技术学科与材料工程学科合并，组建了航天与材料工程学院，办学实力进一步提升，逐步形成了涉及 7 个一级学科、16 个二级学科的航天学科群，拥有 1 个国家重点学科和 1 个国家重点（培育）学科，27 个博士、硕士学位授权学科，成为我军航天人才培养和科研的重要基地。

高原出高峰，沃土育繁林。学校高水平学科平台，为国家培养输送了一大批航天精英：

周建平，中国载人航天工程总设计师；

张育林，“神舟六号”发射场系统总指挥；

陈善广，“神舟七号”航天员系统总指挥兼总设计师；

张柏楠，“神舟七号”载人飞船系统总设计师；

崔吉俊，“神舟七号”发射场系统总指挥；

王忠贵，中国“嫦娥”探月工程副总设计师；

……

国防科技大学航天与材料工程学院 20 世纪 80 年代毕业学员，有 13 人先后担任中国载人航天工程、“嫦娥”探月工程的正副总指挥、总设计师，在航天领域形成了一道亮丽的“人才森林”风景线。

一所大学的一个学科，为国家高端领域输送了如此之多的科技帅才，堪称奇迹。

2 “织女”巧补气象盲区

凭着一间土作坊式的实验室，扫除了太空气象“盲区”，中国成为世界上第三个研制出“气象火箭”的国家。

1976 年的冬天，长沙多雨而寒冷。厚重的乌云整日低悬在头顶上，细细的雨丝，没完没了绵绵延延地飘洒，天地间一片朦胧。

在这些凄风苦雨的日子里，国防科技大学甘楚雄、雷碧文等十几名火箭专家，身披雨衣，脚穿雨鞋，肩荷箩筐、镐头、铁锹，沿着那条在山峦间蜿蜒的泥泞小道，走进北郊的那片丘陵地，从一堆堆乱坟中掘出一块块砖头。

不久前，上级把“织女一号”气象火箭研制任务，交给了他们。

人类头顶上 60～200 千米空域，气球探不到，卫星测不着，一度被称为气象“盲区”。其气象资料只能依靠火箭去探取，是航天飞行的“险区”，很多航天悲剧都发生在这一空域，严重阻碍着航天事业的发展。因此，各发达国家在发射卫星、宇宙飞船、航天飞机、洲际导弹前，通常要向这一空域发射数枚气象火箭，为大型航天器安全飞行探路。

直到 1976 年，世界上只有美国和苏联的气象火箭，成功地进入这一盲区。

在当时，气象火箭是世界级尖端项目。

大家听到这个消息时，都无比欣喜。搞了 10 年的政治运动，总算可以搞专业、干科研了，而且干的是世界级项目。未等接到正式任务通知，大家便开始迫不及待地搜集资料，清点科研设备，进行可行性论证，拉开一副大干一场的架势。

可这股热情，很快便被窘迫的家境凉了下来。

1间80多平方米的办公室；

2台手摇计算机；

16张办公桌；

16把椅子；

8块制图板；

这便是他们的全部家当。

这些年，科学家成了“臭老九”，搞科研是“白专道路”，大伙的专业知识生疏了；设备废弃了，有的被当作废品卖掉了；有关科研资料，丢的丢，烧的烧。

在这样的情况下，上级有关部门想尽办法，也只能投资4万元，这笔钱连盖半间火箭专用装药房都不够。

晚上，大家来到办公室，把十几张办公桌一拼，围成一个圈，开了个圆桌会议，大家一块议议这项目究竟接不接！

大家说，20世纪60年代以来，以核武器、导弹、计算机、微电子和航天技术为代表的新科技群，异军突起，美国、苏联、西欧诸国和日本的新技术产业迅速兴起，中国比别人起码落后20年。落后就意味着被动，意味着挨打，甚至意味着丧权辱国。虽然如今别人不敢再像过去那样，明目张胆地闯进我们家园烧杀掳掠，但暗地里仍将核导弹瞄准我们的国土，瞄准我们的“心脏”北京。要想别人不把利剑对准我们的胸膛，我们自己就必须有利剑。国家航天事业亟待发展，运载火箭急需升天，中国人头顶上的“盲区”必须尽快扫除。不能再等待和观望，已经耽误太久的国家和民族，再也经不起等待和观望。在这个弱肉强食的星球上，等待就是坐以待毙。没有条件，就创造条件。钱少，就尽可能少花。

他们从乱坟堆里捡回砖头，从基建部门废品库里捡来废钢筋，自己拿起瓦刀，操起锯子，在校园一个杂草丛生的角落里，砌起了一排排地堡般低矮结实的小房子。然后找来一只粉碎中药用的碾缸、几张铁筛，建起一间土作

坊似的装药实验室，开始研制装药和点火剂。

火箭推进剂和点火剂，都是剧毒物质，接触它的人稍有不慎，让它们沾到皮肤上，就起红疹，奇痒无比。在装药房里待久了，头发一绺绺往下掉，整日头昏脑涨，晚上彻夜失眠。遇着火星或受到重压时，它还会发生爆炸。因此，火箭装药是件很危险的活儿。

这方面的教训还不少。

美国某装药厂，在一个朝阳喷薄、霞光万道的早晨，猛然间腾起一朵原子弹爆炸般的蘑菇云。烟雾散尽，人们发现那间有上百人正在工作的装药车间，已成一片瓦砾。

国内某装药厂，一个风和日丽的中午，也突然传来“轰隆”一声巨响，幸亏工人已下班午休。

这些，都是现代化的工厂，何况他们这样一间土作坊?

这天，雷碧文和王荣祥进行火箭发动机试验，连续干了五六个小时，早已被推进剂刺鼻的怪味熏得泪流满面，喘不上气来。两人刚走到门前林子想喘口气，忽听身后响起一声“炸雷”，强大的气流把他俩重重推倒在地。他俩爬起来回头一看，不禁倒吸了一口凉气：实验室近 20 厘米厚的水泥顶盖，被冲开一个近两米宽的大窟窿，门口那棵水桶般粗的泡桐树，也被拦腰劈为两段。

但他们拍干净身上的泥土，拖开堵在门口的树干树枝，找来水泥钢筋，补上屋顶的“天窗”，继续干。

为了把钱尽量用于购置材料和设备，他们外出调研从未领过出差补助，也没按标准睡过卧铺，一到目的地，就直奔亲戚朋友家，尽可能不住旅店；实验室门上的锁，平时用塑料薄膜包得严严实实，一把锁用了十几年；浇注装药切割下来的银屑，每次只有几毫克，值不了几分钱，他们舍不得扔，一毫一厘攒起来，十几年存了 50 克，到银器店卖了 40 元……

那年，已年逾五旬的高级工程师王荣祥去外地购买材料。上火车时，舍不得花几元钱雇一辆三轮车，扛着设备走了3公里。走进车站行包房，一看托运价目表，要好几十元呢，实在舍不得，又把它扛到肩上，挤进上车的人流，搬上硬座车厢。

那时已近春节，车厢里拥挤不堪，过道上甚至厕所里都塞满了人，空气闷得让人窒息。王荣祥在火车上站了一天一宿，困得上下眼皮直打架，实在顶不住困了，便从提包里掏出两张报纸，铺到座位底下，钻进去打个盹。

列车员来查票了，把他从座位底下拖出来。

一名乘警向他绷着脸："车票！"

他从口袋里摸出那张硬纸片递上。

乘警看了一眼，又说："行李！"

他指了指身边那只大木箱。

乘警左右看看，用手掂掂："超重了！行李票呢？"

他如实回答："没……有。"

乘警警觉地上下打量他，见他棉军装上没领章，领口、袖口都破了，"你是盲流？"

那年头，盲流属非法，要拘留。王荣祥赶紧否认："我不是。"

乘警步步紧逼："证件呢？"

"我……没有。"

其实证件就在他口袋里。但他不想让人知道他是军人，是个高级知识分子，因为他刚才那样子，的确有损军人和知识分子形象。

乘警终于不耐烦了："罚款100元！"

王荣祥这才急了，赶紧掏出工作证，低头递给警察。乘警瞄了一眼，只见上面写着"高级工程师"，张开的嘴巴，半天也没合上。

乘警把证件递还他时，一脸的不解："王教授，按标准，您可以享受软卧待遇，怎么行李都不托运呢？"

王荣祥不得不如实相告后，乘警二话没说，把那个木箱往自己肩上一

扛，把王荣祥带到了乘务员休息车厢，让他在自己的铺位上美美地睡了一觉。

课题组艰苦奋斗几年，终于装配了一枚气象火箭，前往酒泉卫星发射中心试飞。

试射的前一天晚上，大家心情很激动，兴高采烈地畅谈火箭发射的情景，几乎一宿没睡，次日天不亮，大家便爬起来做发射准备工作。

这天天气特别晴朗，太阳火红火红，辽阔的天空，一览无余，没有一丝云彩，似乎在预示着火箭发射无阻无挡、一飞冲天。

发射进入了倒计时：10，9，8，7……

大家屏气凝神，远远注视着发射架上的“织女”，期待着她直冲蓝天，与“牛郎”幸福相约。

指挥员一声令下：“点火!”

“织女”沉睡了似的一动不动。她怎么啦?

正当大家疑惑之际，她那洁白的胴体瞬间化作一团火光，然后大家听到“轰隆”一声惊天巨响。

大家都愣住了，脑袋里一片空白。大家明白过来发生了什么时，都顾不上火箭爆炸的有毒气体，冲过去抱住火箭残骸，泪水抑不住夺眶而出。

研制工作陷入了困境。陈启智临危受命，担任“织女一号”总设计师。

他对遭受挫折的“织女一号”经过一番会诊后，发现火箭总体设计方案是正确的，试飞失败的原因在于急于求成，点火剂等关键技术没有完全突破，生产的各个环节质量控制不严。

人称“老黄牛”的王荣祥，再次肩负起点火剂攻关任务。

他每天都把自己关在那间怪味刺鼻的装药房里，一干就是十几个小时。一个月下来，那张圆圆胖胖的脸庞，整整瘦了一大圈。

老伴心疼地瞧着他问：“这段日子，您在干啥?”

他说：“还能干啥?还不和往常一样上班。”

老伴说:“怎么掉肉这么厉害?明天我陪你去医院看看。”

他说:“没啥,只是工作有点紧张,累的呗。”

老伴说:“你可不要掉以轻心。医生说,掉肉太快,就要警惕了。”

他说:“看你风声鹤唳的,没病都让你吓出病来。”

一天,老伴做好午饭等他回来,左等右等不见人影,便提上饭篮打听着找到装药房。推门一看,只见老王汗流浃背、蓬头垢面,在粉尘飞扬、怪味扑鼻的屋子里忙来忙去,心疼得泪水一下子掉下来,二话没说,上前一把拉着老王就走。

王荣祥着急地说:“你、你、你这是干啥?”

老伴说:“我和你找领导去!”

“找领导干啥?”

“让他们看看你这副模样!这活,是一个师级干部干的吗?我要让他们给你换工作!”

他一听,放心了。把老伴带到了别的实验室,只见那里和装药房一样条件艰苦,闷热得如一口蒸笼,大家也都在光着膀子加班加点,也是一个个汗流浃背。

老伴不再管他工作上的事了,只是时常弄些好吃的,给他补补身子。

得到老伴支持,王荣祥干得更欢了。整日猫在那间陋室里,搬弄那些碾缸、铁筛和药粉子,经过 300 多次试验,终于研制出合格的点火剂。

在陈启智带领下,“织女一号”又经过两次试验,先后攻克助推器、丁羧复合推进剂装药、箭体与仪器舱分离、碳/碳材料耐烧蚀喷管喉衬等工程技术难点。

1987 年 4 月 22 日,“织女一号”以崭新的容颜,再次走进戈壁深处。

深春的暖风,绿了骆驼草,绿了红柳,绿了胡杨。伫立在发射架上的“织女”,高昂着头颅,用深邃的目光注视着苍穹。

“点火!”

随着一声令下，“织女”拖着一条长长的白飘带腾空而起，转瞬没入蓝天。紧接着，地面接收站收到了她不断传来的大气平流层各种气象数据。

鉴定表明，“织女一号”气象火箭的主要技术指标，达到或超过设计要求，其技术性能在国内领先，并跨入世界先进行列。

1976～1987 年，10 年磨一剑，“织女一号”终于飞天成功。中国成为世界上第三个掌握这一技术的国家。

静坐观心知玄妙

伽利略说："有必要测量一切可以测量的量，并努力使那些还不可测的量可测。"于起峰发誓："努力让中国尚不可测的量成为可测。"

现在，天上的卫星能清晰地辨别地球上的装甲车、汽车，甚至自行车。卫星距离地球数十千米甚至数百千米，其间还有重重迷雾，它为何能辨别地球上的物体呢？

这就是光学测量学的神奇所在。

于起峰 1981 年从西北工业大学毕业，以优异成绩考入国防科技大学攻读研究生，便一头扎进这个深奥的领域，并瞄准了当今光测力学的前沿方向——光测干涉条纹图分析处理理论研究。

将一个物体挂在弹簧秤上，根据弹簧变长了多少就知道物体有多重，那是因为弹簧很柔软。但将一个物体放在一块厚厚的钢板上，就难以得知物体的重量，因为肉眼看不到钢板的变化。于是科学家们便利用光来测出硬物质受力条件下的微小变化，把这种微小变化变成条纹，再根据条纹图状态，来分析计算压力情况。

这就是干涉条纹图分析处理技术。它是决定光测成像质量的关键技术之一。

1988 年，他围绕这一领域世界难题——"云纹、全息、散斑、光弹等干涉条纹图条纹相位频谱与噪声频谱混叠"开展研究，在国际上最早提出利用条纹方向信息，在条纹等值线或切线上进行任意干涉条纹图处理的新思路，首创、发展和完善了能滤除各种噪声并保持条纹相位不受损害的理论与系列方法，解决了条纹图处理中滤掉高频噪声的同时不可避免地模糊、畸变条纹

相位的技术难点。

这一成果发表在美国 *Applied Optics* 杂志上，被认为“具有国际水平”，获得部委级科技进步二等奖。

品尝了创新甜头的于起峰，为把我国“光学测量”这块蛋糕，做得更大、更好，于1990年受国家派遣，前往德国不莱梅大学做访问研究和攻读博士学位。

第一次走进不莱梅大学光测研究中心，于起峰发现中心形象墙上，赫然刻着测量学先驱伽利略的话：“有必要测量一切可以测量的量，并努力使那些还不可测的量可测。”

他导师的一本专著前言里也写着这句至理名言。

于起峰从这句话里感受到了使命与责任、坚定与执著。

当晚，他在出国后使用的第一本读书日记扉页上写道：“努力让中国尚不可测的量成为可测。”

于起峰深知自己肩上的担子非常沉重。光学测量技术研究开发，国际上始于20世纪30年代，最早的光测设备——靶场光电经纬仪问世于1940年。我国这一领域的自主研究，至少比别人落后40年。

落后，受制于人，也催人奋进。

于起峰立刻迈开匆匆步履，踏上赶超世界之旅。

留学，语言不通是最大障碍，学习语言是当务之急。但这需要占用大量时间。为尽快完成学位研究，尽早回国效力，于起峰放弃了德语学习，把自己封闭在实验室里潜心钻研。

德国学生获得博士学位一般需要6年。于起峰用了不到3年，便完成了高难度博士学位论文课题研究。

由于不懂德语，于起峰请求用英语写作和答辩博士学位论文。这在不莱梅大学机械系尚无先例。但在导师力陈下，系里经慎重研究，同意了他的请求。

系主任这样解释“破例”的理由：“一个民族的语言需要尊重，一个人的爱国行为更需要尊重。”

科学无国界，爱国之心亦无疆域。

回国后，于起峰制定了“在为军服务中求发展”的光学测量学科发展之路。

时至20世纪90年代中期，国内靶场光测仍停留在胶片记录、人工判读阶段，效率低，精度差，新武器装备研制试验周期长。

将先进的光测技术直接应用于装备研究和试验，成为于起峰的第一个目标。

但开始时，由于用户对他的光测新理论了解不多，对一个军校教员独立承担工程任务也缺乏信心，都不敢吃于起峰送上门去的“第一只螃蟹”。

但屡撞南墙的于起峰，却不思回头，且愈撞愈勇、愈撞愈勤，一个月跑三四个靶场，一年在机关、靶场、学校往返数十次，苦口婆心、不厌其烦地讲解、演示、宣传新光测理论和技术。

这天，他终于在“南墙”上撞开了一条“缝”：一名靶场领导表示“可以试试”。

几天后，正在北京出差的于起峰，得知这名靶场领导也到了北京，并准备搭乘当日航班返回基地，便立刻买了一张同航班机票，利用候机和飞行时间，继续向靶场领导宣传推广光测新技术。

飞机平稳降落了。他的第一个技术开发合同也终于敲定。

签订合同那天，双方签下名字后，基地领导紧握着于起峰的手说：“我之所以与你合作，一是被你锲而不舍的精神感动了；二是一个做事如此锲而不舍的人，值得我信任；三是我的要求不高，只要你们把原理样机拿出来，我这笔钱就花得值。”

但对用户，于起峰却有自己的准则：只要理论分析认为能达到的精度，就要千方百计去实现；只要用户有需求，就要千方百计去满足。

在某工程任务中，他和创新团队研制的图像测量系统，在120米测量范围内达到了10厘米测量精度，符合应用需求。但于起峰说："要确保任务保障万无一失，必须再提高精度，而且也可以提高。"

有人劝他："这个精度已经超过合同指标了，再提高很难。"

"再难也要干。"于起峰坚定地说，"实验精度达到理论值的百分之八九十并不难，难就难在再提高一个百分点，世界先进与国际领先，区别在哪里？就在这一个百分点上。"

于是，他带领团队又进行了近3个月的实验测试，终于把测量精度提高到5厘米，达到了世界领先水平。

有一台判读仪，判读速度比人工判读速度提高一倍多，顺利通过验收鉴定，交付基地使用。一天，于起峰到该基地调研，与基地领导共进晚餐。基地领导问他："判读仪速度还可以提高吗？"

返回学校后，他就此展开研究，发现还有提高的空间，立刻带领团队进行技术改造，创造性地采用了并行处理技术，使判读仪速度提高五倍。

当于起峰把改进后的判读仪送到靶场时，靶场领导感动地说："我无意间说的一句话，就换回这么一台先进仪器，真是没想到。"

于起峰自己也"没想到"，短短几年后，我军靶场全部用上了光测新技术，光测方法实现了从模拟到数字、从手工到自动、从三维测量到六维测量三大飞跃，速度效率提高了10倍，这是靶场40年来判读系统的重大变革。

想大家"想不到"的，做大家"做不到"的，是于起峰的创新风格。用他自己的话说，叫"零竞争"。

一次他与外国同行交流，得知干涉条纹图处理理论能够用于解决干涉合成孔径雷达图像处理中的国际难题，大幅度提高干涉合成孔径雷达的干涉质量。但这是一个电子技术领域的问题，且交叉性强，涉及遥感对地观测、电磁技术、雷达技术、信号处理、影像处理等10多个专业。

哪个光测领域专家，敢于挑战电子技术领域的世界难题呢？

于起峰敢。

不懂电子技术专业知识，他带领大家从头学起，借来30多本电子技术专业书籍，让课题组的同志认真研读，然后轮流讲课交流，再进行学科交叉。经过两年多艰苦研究，他们提出并实现了等值线相关干涉法的全新处理方法。这一方法突破了传统方法需要四幅子图的限制，仅用三幅子图便可得到结果，并解决了干涉合成孔径雷达图像的高随机斑点噪声问题，相关理论成果发表在美国《应用物理快报》等国际权威杂志上，申请了国际发明专利，在国际学术界产生了较大影响。德国联邦宇航中心和香港中文大学找上门来，要求与他们合作，国内有关单位也希望尽早将这一成果运用到新型雷达处理软件中。

照相机和摄影机，除了记录图像外，大概谁也想不到还有别的用处。

但于起峰想到了，而且还是一个大用处。

他将光测力学与光学工程、计算机视觉、精密仪器仪表、航空宇航科学与技术等学科有机融合起来，先后提出多种实用摄像系统和投影系统的一系列新理论、新方法，获国家或国防发明专利10余项，愣把一台普通的摄像机变成了一台测量型摄像机，它不仅能记录目标的平面图像，还能测出目标的大小、形状、位置和姿态。这些成果在国防和军队现代化建设中有着广泛应用前景。目前已在“神舟”系列任务和国防科研任务中得到了成功应用。其中“‘神舟’测量图像分系统”等部分成果，被鉴定为“在技术上有重大创新”、“我国首次”、“其技术在国内领先”。

如果说把一台普通摄像机变成一台测量仪，让人“想不到”的话，那么把一台普通摄像机变成能测出运动中的目标位置、俯仰、方位和滚转状态的六维测量仪，大家就更“想不到”了。

“想到”的，又是于起峰。

可这回从“想到”到“做到”的路却很长、很长，也很难、很难。

别的不说，测量平台标定问题，就让他伤透脑筋。但越是难题，越是让

于起峰魂牵梦萦、爱不释手。

他破解难题有自己的"绝招"——冥思苦想。

这招儿，是在德国留学时学来的。他发现德国人搞科研，从来不跟美国人跑，也不看美国人的论文，坚持自己思考问题，形成自己的研究体系。用德国人的话说，叫"亲手去感受问题"。这是德国在高技术领域独树一帜，而且许多技术比美国高出一筹的重要原因。

因此，他在攻关中遇到难题时，就把自己关在办公室，"亲手感受问题"两个小时以上，把问题想通悟透，形成自己的方法，再去看相关论文补充完善，只有这样，才能有"意想不到"的收获，才能出"原创"。

为了解决测量平台标定问题，他茶余饭后想，周末假日想，出差途中想，可想了两年多，愣是没想出一个好法子。

那天，他生病住院，医生给他打点滴时，病友都在看电视、聊天，他坚持让自己静下心来思考。4个小时过去了，就在护士拔掉针头的瞬间，"运动轨迹交会测量法"这个点子一下子蹦出他的脑海。这个成果，不仅解决了测量平台标定难题，而且具有世界领先水平。

在他的冥思苦想中，单像机长宽比法、面积比法、椭圆度比法、多像机目标轮廓中轴面交会法和四区域轮廓螺旋线法，及其在图像中提取所需信息的系列方法、数字化靶场光测胶片和视频图像分析系统等一系列原创成果，相继问世，终于把普通摄像机变成了六维测量仪。

这一技术问世前，世界各国导弹试验基地的光测手段，都只能把目标作为一个点来测量，只能掌控其运动轨迹，无法得到三维姿态参数。

应用于起峰发明的新技术，仅用一台摄像机，便可掌握目标在空中飞行的方位、俯仰、偏航和滚转状态，使我国靶场光测能力跃升至六维测量的世界先进水平。

由于它研制难度大，方法新，创新价值高，成为国防科技大学组建以来，第一个获得国家技术发明二等奖的重大成果。

但对此，于起峰却说："其实这些成果并不难，它就像一层很薄的纸，只是恰巧让我捅破罢了。"

当年哥伦布发现美洲新大陆后，轰动整个欧洲。但有一天，一位富绅对他说："你的发现并没有什么了不起，只不过恰巧让你看到罢了。"

哥伦布便把一个鸡蛋放在富绅面前，说："你能把它立在桌上吗?"

富绅摇着头说："我不能。"

哥伦布笑着把鸡蛋往桌上一顿，壳破蛋立。

富绅大惭，无言以对。

哥伦布"没什么了不起"的发现，让人们看到了一片新大陆。

于起峰捅破的这一层层"薄薄的纸"，也开辟了测量学的一片片新天地①。

2009 年 12 月，于起峰当选为中国科学院院士，成为中科院 35 名增选院士和 6 名当选外籍院士中，唯一以实验力学、精密光测为学科背景的科学家。

随着于起峰带领创新团队对这一片片科学新天地的深入开掘，并不断运用于航天事业，我们头顶上的卫星对祖国大地上美丽的景物将越看越清晰，越看越秀美壮丽。

---

①"条纹图旋滤波与中心线误差消除"、"ESPI 与 INSAR 等值线相关干涉法"，创立了条纹旋滤波法、等值线相关干涉方法和条纹中心线系统误差消除理论；

"靶场目标三维姿态测量"、"靶场光测图像判读系统"，创造了目标六自由度运动参数光测系列新方法，发明光测图像判读系列装备；

"折线光路相机/网络摄像测量"、"大型结构多点位移实时监测"、"不稳定测量平台静基准转换"，提出了用折线光路相机链摄像测量的新概念，解决了目标间不通视和测量平台不稳定的光测难题；

"单目运动轨迹交汇测量"，提出了对单目运动轨迹交汇测量的新概念，解决了单像机测量点目标三维运动的理论问题；

"景象匹配目标识别与跟踪锁定"、"飞行器景象匹配测速测向及导航"、"空间合作与非合作目标视觉导航"、"地形地貌/月貌重建与地形匹配导航"，创造了景象匹配与目标识别的新方法；

"飞行器着陆视觉引导"，创建了飞行器着陆光测引导的新体制；

"基于遥感序列图像"、"无地面控制点的三维对地精确定位方法"，为我国航空测量、卫星测量提供了全新技术手段和设备。

4 真丝不怕火炼

世纪之交，国防科技大学建成我国第一条年产数百千克级碳化硅纤维生产线。它向世界宣告：中国碳化硅纤维技术彻底扭转了受制于人的被动局面！

把双臂抱在胸前，是一个个独立的人。把两手伸向两侧，就可以抓住左右的伙伴，连成一条长长的人链。

工厂里打磨金属的砂轮（碳化硅）分子结构里，也有一双双“抱着的手臂”，经过化学方法处理，也可以让它们把手臂伸平，连成一根根长长的丝线——碳化硅纤维。

又脆又硬的碳化硅“纺”成纤维后，就具有了三大“神功”：

一是韧性极强。它相当于棉花韧性的数百甚至数千倍；

二是耐超高温。碳化硅纤维熔点高达600多摄氏度，无氧条件下甚至高达2000多摄氏度，以它作“钢筋”，以碳化硅作“水泥”，制作的碳/碳化硅纤维陶瓷，熔点则达到3000多摄氏度；

三是经过不同加工方法制备的各种复合材料，有的可以吸波，有的则能够透波。

因此，以碳化硅纤维为代表的新材料，不仅在经济建设中应用广泛，而且是国防建设和新技术发展的紧迫需求。

日本在20世纪70年代初，首先让碳化硅分子“伸开了双臂”，“纺”出了碳化硅纤维。美国当即严令日本当局“对华禁售”，把日本每年生产的数十吨碳化硅纤维，全部据为己有，造出了世界上最先进的火箭、航天飞机、隐形飞机等高新技术产品。

“对华禁售”，让中国人丢掉了幻想，下决心走自己的路。

1980年3月，国防科技大学材料工程与应用化学系，成立了碳化硅纤维及其复合材料研制小组。1981年，国防科工委把碳化硅纤维研制列入“1981～1990年国防尖端科研新材料规划”。中国探索“碳化硅纤维及其复合材料”的航船，在胡振渭、谭自烈教授领航下，驶出了港湾，一路劈波斩浪，坚韧前行。

经过5年多艰苦探索，他们研制开发出具有中国特色的常压高温合成聚碳硅烷和氧化性不溶化处理聚碳硅烷纤维制造碳化硅纤维新工艺，“纺”出了中国第一“丝”，获得两项部委级科技进步一等奖。

1987年，国家“863”计划启动，含钛碳化硅研究被列为首批重点科研项目，碳化硅纤维增强铝复合材料研究被列为新材料领域科研项目。此后，航天飞机防热系列材料碳/碳化硅复合材料研究、多功能陶瓷复合材料研究、红外隐身复合材料研究等，相继跻身国家“863”。国防科技大学形成了“一丝三基”研究格局：

“一丝”，就是碳化硅纤维，它在复合材料中相当于钢筋混凝土中的“钢筋”；

“三基”，就是金属、树脂和陶瓷，它们相当于各种标号的“水泥”。

“纺丝”，是复合材料研制的首要工序、基础工程，更是核心关键技术。在创新团队努力下，碳化硅纤维这根国防建设的“金丝银丝”，越“纺”越长、越“纺”越韧。

经过两年多不懈探索，连续碳化硅纤维和含钛碳化硅纤维研究首先取得突破，“纺”出了长度超过100米的碳化硅纤维，我国成为世界上能用先驱体制备、生产碳化硅纤维的少数国家之一。

碳化硅纤维研制虽然取得了初步突破，但它毕竟是20世纪末世界五大高新技术之一，是一项非常精密的工程研究，难度非常之大。国内十几家碳化硅纤维研制单位，都在取得阶段性研究成果后，使出浑身解数，都难以再继续突破。

中国碳化硅纤维创新之路，似乎突然走到了悬崖峭壁面前。

而且有人断言：仅凭中国现有的条件，要翻越这悬崖峭壁，难！

其他研制单位深感前途渺茫，纷纷宣布下马。

国防科技大学碳化硅纤维研制何去何从？

大家聚在一块研究，意见惊人的一致：天大的困难，也要坚持下去！

坚持的理由很多，却很简单：

因为民族需要崛起，国家需要富强，国防需要强大，中国不能没有碳化硅复合材料，所以国防科大不能放弃！

因为其他单位放弃了，所以国防科大不能放弃！

因为我们是军人，放弃研究，就是放弃阵地，就是后退，就是逃兵，所以不能放弃！

这就是中国军人，无论身处何地，无论执行什么任务，都有自己的秉性、自己的风格，都要留下自己的特殊印记。

为了拓宽视野，增强攻坚底蕴，肖教授受国家派遣，前往巴黎 CANM 大学攻读博士学位。

启程那天，他按出国有关规定，脱下军装，穿上笔挺的西服，打上整洁的领带。路上吃的，到国外用的，亲人们都给他想到了，备齐了。可临行前，他总觉得少了什么。这时，他猛然看见放在书架上的那个黄色的军挎包。

对，少的就是它。

肖教授拿过那只军用挎包，像往常那样把它挎在肩上，挎上飞机，挎到了法国巴黎。

这只军用挎包陪伴肖教授在异国他乡度过了六年留学生活。上课，进图书馆，做实验，拜访导师，他带着这只黄挎包；游览巴黎圣母院，凡尔赛宫，凯旋门，诺曼底……肩上挎着这只黄挎包。它夹杂在皮包、皮箱、密码箱中，显得这般落伍，却又这般独特、醒目。中国大使馆的工作人员，只要看见这只黄挎包，就知道肖教授来了。在人们心目中，黄挎包就是肖教授，肖教授就是黄挎包。

黄挎包，军人的标志，肖教授的象征。

1992 年 7 月，肖教授前往西班牙首都马德里参加第九届国际复合材料会议。签到时，突然有人从背后用中文大叫了一声："肖教授!"

他回头一看，是从国防科技大学前来参加会议的老战友。他把笔一放，奔了过去："赵教授!"

两双手紧握着。肖教授惊喜而又纳闷地问："我们四年多不见了，你在背后还能认出我呀?"

赵教授拍拍他肩上的黄挎包："认不出你的背影，还能认不出它吗?"

肖教授笑着说："背习惯了，放不下。"

放不下的，还有一颗永不改变的军心。

两年后，肖教授完成了高质量的博士学位论文，答辩一结束，他就背着这只黄挎包回到了祖国，回到了国防科技大学。

语言可变，衣饰可改，唯有中国心、军人魂不移。

李教授在加拿大蒙特利尔攻读了七年博士。在这个社会经济高度发达的国家，可以说他过得十分清苦。妻子王燕俐带着女儿到他身边陪读后，为维持一家三口的基本生活开支，她不得不东奔西走，去干一些临时性的体力活，以补贴家用。经济紧张时，他甚至连回国参加国际学术会议的路费都拿不出，最后靠大使馆资助才得以成行。

并不是李教授没本事。他就读的学校是世界名牌魁北克大学。导师是加拿大化学界"泰斗"，研究的专业是世界新兴的热门学科，而且对此有新的发现和新的突破。

本来，李教授每年可以得到加拿大政府 2 万美金左右的奖学金。

但他却不能拿。因为他没有领取加拿大的"PR"（永久居留证）。加拿大政府规定，没有领取"PR"的外国留学生，不能得到任何奖学金。

而且，由于他没领“PR”，他的学费比持有“PR”或美国“绿卡”的同学高，每年9000加元，几乎是导师每年给他的全部报酬。

没领“PR”，他的妻子很难找到工作。

没领“PR”，他每年要去移民局排一天队，交上300美元办理签证。

甚至，没领“PR”，有时还要遭到某些国人的白眼。

1993年，李教授回国参加学术会议，这是他出国六年第一次重返祖国。飞机在机场一降落，他心中便抑不住激潮涌荡，兴冲冲提起行李箱跟着人流向卫生检疫站走去。与他同机的人掏出“PR”晃晃，便过去了。可他掏出中华人民共和国出国人员护照，微笑着递给检疫小姐时，她却指着一旁的艾滋病检查室说：“请到里面检查。”

李教授不解地问：“前面的人不都没做检查吗?”

小姐一脸冰霜：“他们拿的是‘PR’，你拿的是国内护照。”

李教授一听，气就不打一处来。仿佛那些拿着“PR”或“绿卡”的人全是正人君子，而那些持国内护照的人，在国外专干些有伤风化的事。

李教授忍不住又问：“为什么持国内护照就要检查?”

小姐把嘴一撇说：“谁叫你没本事领‘PR’。”

听了这话，他心寒得几乎流眼泪。他不是没本事领“PR”，他的妻子、女儿都在加拿大，他是一个有成就的科学家，他比任何人都有条件领取“PR”，只要他提出申请，他不花分文就能得到，然后轻而易举地找到一份称心的工作，每年拿到五六万美元甚至更高的薪水。同学们、朋友们劝过他，导师委婉地提醒过他，甚至加拿大有关部门还暗示过他，希望他早日申请“PR”。但他一直揣在身上的是七年前由中华人民共和国外交部签发的护照，因为他一心一意想学成后回国，他不愿为自己的回归之路设置任何羁绊。

他说，七年来，他常常为自己国家的迅速发展而骄傲，也常常为自己国家尚未进入世界发达国家行列而焦急，因此，他始终想着回国。

他说，国内的条件虽然不如国外，但真正干事业的人不应该回避艰苦，艰苦的环境往往是成就大事业的摇篮。

他说，居里夫人靠一口大锅，从两吨沥青中提取了几克镭，获得了诺贝尔奖；前苏联火箭之父安德烈，在德国人的炮火下发明了“喀秋莎”火箭炮，然后又在战争的废墟上筑起了一座世人瞩目的航天城，把世界第一艘载人飞船送上宇宙太空。

他说，钱学森、钱伟长、邓稼先等前辈从国外归来时，国内的条件还不艰苦吗？那时国内战争刚结束，到处是废墟，不仅没有现在的实验室，就连风洞、爆炸测试仪这些起码的科研设备都没有。老一辈归国学者凭着几台手摇计算机和勤奋的双手、不屈的头颅，用罐头盒子做爆炸试验，用鼓风机做风洞试验，在荒芜的沙漠深处建立起现代化航天城、核基地，成功地研制出“两弹一星”，使年轻的共和国挺直了脊梁，昂起了头颅。

李教授说，他们新一代归国学者，渴望着像前辈那样，和广大科技工作者一起，用智慧和汗水，创造共和国的再一次辉煌。

肖教授、李教授学成归来后，一如既往地选择了碳化硅纤维攻坚，大大加强了创新力量。

他们的顽强坚持，得到了国家有关部门的大力支持，继续把碳化硅纤维列入国家“863”重点攻关项目。

他们团结一心，众志成城，迎着陡峭的悬崖，手抠着一条条细缝，脚蹬着一个个石笋，艰难地攀缘而上：

他们突破了一系列工艺关键技术，建成月产十余千克级连续碳化硅纤维实验线，纤维连续长度超过 300 米，单丝抗拉强度达到 2.4 帕，总体技术国内领先。

他们成功改进工艺技术，先后研制出具有吸波、特殊电磁性能等功能的多种碳化硅纤维，纤维长度、强度不断刷新。

1998 年，国防科技大学建成了我国第一条年产数百千克级碳化硅纤维生产线。

它向世界宣告：中国碳化硅纤维技术彻底扭转了受制于人的被动局面！

钢筋，只能与各种水泥结合为钢筋混凝土，才能构筑起高楼大厦和桥梁。碳化硅纤维，也需要与金属、陶瓷、树脂等各种基础材料融合为复合材料，才能转化为战斗力、生产力。

陈教授，自从1987年承担航天飞机防热材料研制任务，便开始了对陶瓷基复合材料的漫漫求索。此后，他矢志不渝深挖这口“井”，把它掘到了世人从未有过的深度。

他迈出的第一步，便是个创新之举。

此前，大家都采用“聚合物先驱体粘裹”工艺制备陶瓷基复合材料。它是一种类似于“往毛衣上撒盐粉”的方法，虽然工艺简单，易于实现，但把“毛衣”一抖，“盐粉”便纷纷脱落，因此制备质量不佳。

把“盐粉”和“毛衣”放在一起煮，让“盐分子”浸入“毛线纤维”里，两者的结合不就牢固了吗？陈教授突发奇想。

顺着这个思路，陈教授发明了“聚合物先驱体浸渍-裂解”（PIP）新工艺，实现了陶瓷基复合材料制备工艺的重大变革，人们似乎看到了碳/碳化硅纤维复合材料研制重大突破的曙光。

但陈教授和创新团队，首先迎来的是“黎明前的黑暗”。他们采用PIP新工艺制备出第一批陶瓷基复合材料，进行质量检验时，发现韧性十足的碳化硅纤维，突然变得十分脆弱，强度还不到200兆帕，稍一加压，便“粉碎性骨折”。因此，国内一些专家对PIP工艺制备陶瓷基复合材料的可行性产生了怀疑。

陈教授对自己的技术路线深信不疑。他和创新团队经过反复分析计算，发现问题的症结在于碳化硅纤维在制备过程中受到了严重损伤，纤维强度保留率还不到10%。防止和减少碳化硅纤维在PIP工艺中的损伤，成为提升材料性能的关键。

为了找到病根，陈教授在2000年带领两名博士研究生，开始了碳化硅纤维在工艺中损伤的机理研究，弄明了“什么时候损伤”、“怎么损伤”、“损伤程度”等基础理论问题，找到了PIP工艺的基本原理和规律，然后在此指导下，优化完善了PIP工艺，提高了工艺稳定性和复合材料的性能，碳/碳化硅纤维复合材料强度突破了600兆帕，材料韧性也大大提高，达到了工程应用水平。

工程化关键技术突破后，陈教授和创新团队立即展开应用研究，一年多时间相继突破应用构件成型技术、加工技术与尺度精确控制技术、抗氧化涂层技术，以及陶瓷构件的低成本制造技术，实现了陶瓷基复合材料从材料制备到构件制备，再到工程应用的跨越。

2005年，国家某重大工程型号任务，对火箭喷管性能要求很高，当时国内陶瓷基复合材料制备还没有达到这个水平。

陈教授认为这是冲刺科学高峰的难得机遇，勇敢地承担起这次“冲高”的任务。他带领大家围绕先驱体陶瓷理论创新、PIP工艺先进性和稳定性、碳化硅复合材料的力学性能和热物理性能、应用构件的成型制备技术和工程应用成熟性等方面，进行全面攻关升级，使陶瓷基复合材料性能迈上新台阶。

陈教授带着大家把火箭喷管送到用户单位后，对方兴奋不已，当即组织热试车。

试验首先就上工程任务要求的性能指标。

火箭发动机完成试验熄火后，大家跑到热试车间检查喷管，只见它没有任何损伤，完全满足工程需要。

用户一高兴，给它出了个难题，反反复复折腾它，它依然完好无损。

试验人员惊愕之余，又给它出了个高难度的“考题”。试验结束，它还是毫发无损。

用户领导一把抓住陈教授的手说：“你们创造了陶瓷基复合材料的奇迹啊！”

的确是奇迹。鉴定专家委员会给它的定论是：国际领先！

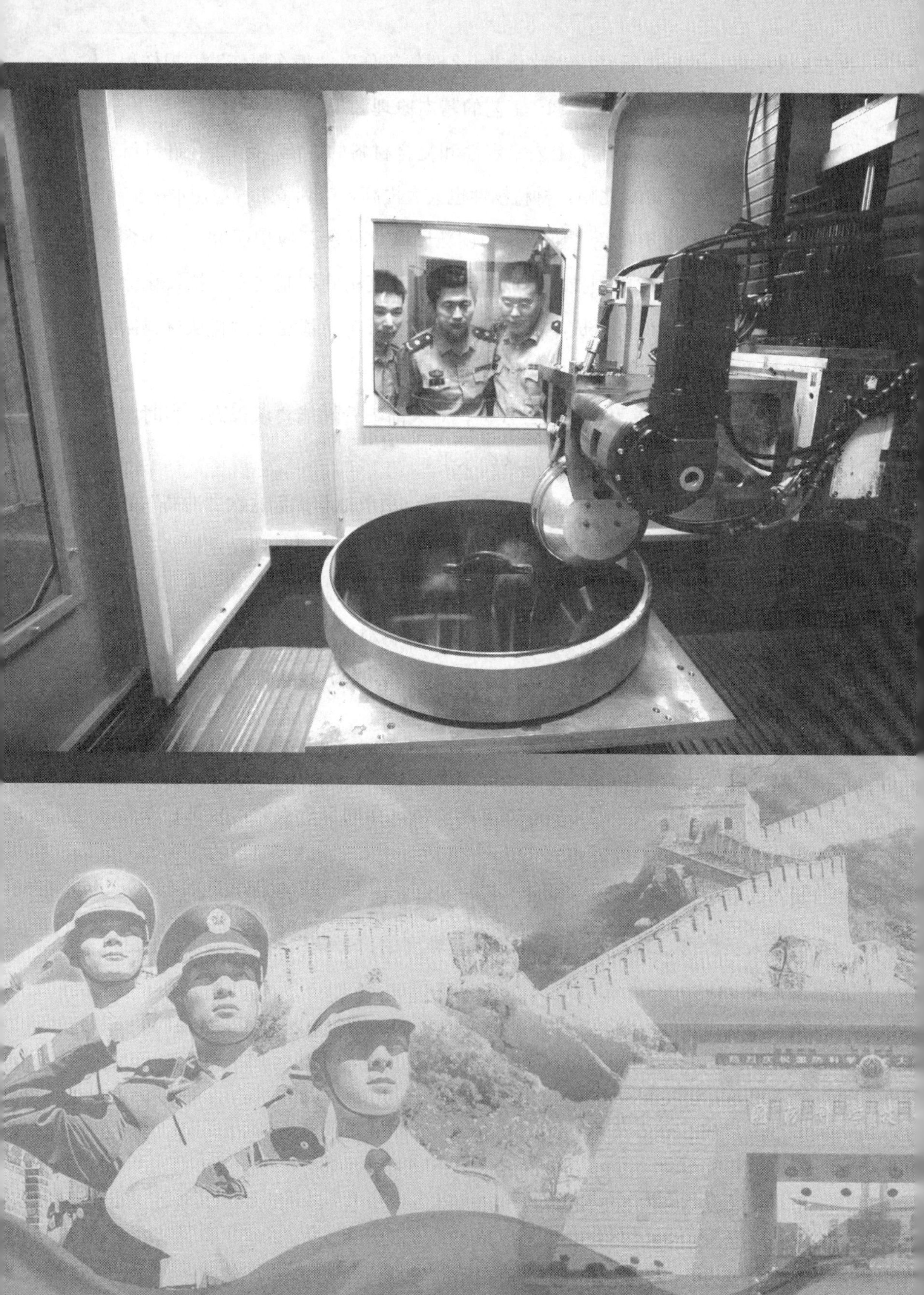

DIWUZHANG

第五章

军人走路的姿势

ZHUJIAN

2011 年 4 月的一天早晨，美军一架全球鹰无人机，在阿富汗与巴基斯坦接壤的山区上空盘旋，执行搜索本·拉登的任务。4 月 10 日的清晨，中国的无人车跑出了“世界无人车第一速度”。

德国、日本研制出磁悬浮列车。常文森说：“我一定要造出中国的磁悬浮列车！”钱学森说：“到了那一天，我一定去坐！”

美国的机器人获得了“里根总统奖”，日本的机器人被冠以“日本公民最高奖”。张良起说：“中国也必须有自己的机器人！”

美国运用世界最高纳米精度技术，造出了世界最好的 CPU、线宽最小的集成电路。李圣怡、戴一凡率领创新团队，创造了具有中国标记的世界纳米精度。

1 世界无人车第一速度

国际权威专家认为："无人车最高时速不能超过100千米。"贺汉根大胆突破国际无人车技术路线，创造了每小时170千米无人车速度。

20世纪30年代末40年代初兴起的自动控制技术，被学术界称为人与武器的离间"技"。

它一经问世，德国首先运用这一技术研制出人类第一枚"导弹"。20世纪50年代，美国又运用它研制出无人驾驶侦察机，不久苏联又把人造卫星送上太空，人类战争史上开始出现人与武器分离的趋势，美国随之提出战场"零伤亡"的终极目标。

这一终极目标的前提是战场无人化。无人作战平台作为未来三大作战样式之一，是空军向空天一体化转型、陆军形成特种作战能力、海军形成远海防卫能力、武警实施防爆反恐任务的重要支撑装备，对于提高基于信息系统的体系作战能力和新型作战力量建设具有重要意义。现在世界军事强国纷纷投入大量人力、物力和财力，开展无人作战系统研制。

美国五角大楼计划到2015年美军三分之一的军用车辆实现无人化，到那时美军在战场上打头阵、当先锋的全是无人战车。未来战争中军用机器人将像伞兵一样从无人机上空投到地面，并像昆虫一样在战场区域内爬行，执行伤员搜寻和救援、雷区或陷阱的探测侦察以及排雷、视频图像的传送等任务。

在阿富汗战争和第二次伊拉克战争中，美国已经将"地面勇士"系统、"全球鹰"无人机等大量无人作战武器投入战场，担任侦察敌情甚至直接攻击对方阵地等作战任务，大大减少了地面部队的人员伤亡。

2011年4月，阿富汗南部山区一个阳光慵懒的早晨，一架“全球鹰”无人机，从美军营地冲天而起，扑向阿富汗、巴基斯坦边境山区，执行搜索本·拉登的任务。

2011年4月10日上午10时，国防科技大学贺汉根教授率队研制的无人车——一辆黑色第三代“红旗”（HQ3）轿车，静静地停在京珠高速“长沙北”入口处。

此时的京珠高速长沙至武汉段，正值车流高峰期，轿车、越野车、大客车、中巴车、大货车……各种车辆从各个进口鱼贯涌上高速公路，汇成滚滚的车流，急速向前奔驰。

“红旗”（HQ3）驾驶座上没有人。坐在副驾驶位上的一名研究生，给它输入出发地、路径、目的地等信息后，轿车“轰”的一声，自行启动，徐徐起步，均匀加速，融入滚滚车流。

前方车道被两辆大货车占用，它缓缓跟随其后。一辆大货车渐渐完成超车，让出一个车道。它迅速打左向灯，快捷加速，从超车道上顺利超过两辆大货车，重新回到行车道上，并入车流……从长沙到武汉，除了在停车港一次短暂休息，经过收费站和两段维修路面时，为安全起见，人为干预1000多米，其他近300千米路程的所有驾驶行为均为车辆自主安全处理，平均时速87千米，超车时速110千米，这个时段的这个时速，完全达到熟练驾驶员的车速水平，而且其平稳度大大高于人工驾驶，乘员感觉十分舒适。

通过这次长途行驶实验，中国的无人车又突破了两大关键技术难点：适应复杂路况、并入车流。

试车回来，贺汉根轻轻抚摸着他的爱车，“嘿嘿”笑道：“你真给力，真给我争气呀。”

1992年，肩负某国防预研项目的贺汉根，受国家委派，前往德国卡尔斯鲁厄大学留学访问，与著名自动控制技术专家格莱弗教授合作研究车辆自主驾驶技术。

德国这片由奔腾东流的莱茵河哺育的美丽大地，孕育了一片片繁茂的森林，也赋予了这片土地上的人们超人的智慧。

卡尔斯鲁厄大学是日耳曼民族智慧的结晶。它的综合办学实力在德国仅次于柏林大学，拥有计算机技术、自动控制技术等优势学科。贺汉根牢记自己的使命，在这块科学的沃土上，勤奋学习，勤于思考，如饥似渴地吮吸知识的营养。

卡尔斯鲁厄大学东面，是无边无际的森林，一棵紧挨着一棵的白桦树，仿佛想触摸头顶上的白云，粗壮刚劲的树干，直直地刺向蓝天。温暖的阳光，穿过稀疏的叶缝，在铺满树叶的地上印上一块块金色的光斑。一阵阵微风像一群群调皮的小男孩，轻轻地吹着口哨，在林子里游荡。一只只小鸟，在树梢上追逐嬉戏，发出一声声动人的啁啾。

这片美丽恬静的白桦林，是贺汉根和各国自动化控制技术专家举办沙龙的地方。大家在林子里席地而坐，一边享受着温暖的阳光、凉爽的轻风，一边浮想联翩，畅谈科技发展的宏伟蓝图，好不惬意。

这天，沙龙的主题是无人车技术。话题一挑开，便引起大家浓厚的兴趣，热烈讨论起来。

素有大国情结的美国专家，一发言就把问题带到“战略高度”：“现在人类已经运用自动化技术，造出了无人驾驶飞机。无人车技术才刚刚起步。这是一项惠及全人类的技术，我们这些自动化技术专家，有义务让这项技术走进千家万户。”

生性浪漫的法国专家，似乎已经坐上时光火箭穿越到了那一天，慵懒地倚在树干上，抬头望着悠悠白云，美滋滋地说：“那个时候，我只要告诉爱车想去什么地方，它就可以把我带到什么地方，途中我可以睡觉，可以和同事谈工作，可以与情人耳语……”

处事谦恭的日本专家，微笑地注视着每一位发言者，不时地点头。

惯于沉思的德国专家，盘腿坐在地上，双手轻轻托着肥厚的下颌，慢悠悠地说："无人车技术虽然目前已经取得一些成果，但距离应用还有很长、很长的路。有些技术单靠一个国家，还很难突破，需要聚各国之力，联手解决。"

德国专家的话立刻得到各国专家响应，大家建议成立国际学术组织，并纷纷表示将来回国后，要力促各国加入这一个国际学术俱乐部。

贺汉根意识到这是中国向世界各国学习的好机会，便站起来说："我们中国也要加入俱乐部，参与关键技术攻关。"

德国专家听了，首先表示欢迎："你们中国是个大国，这个俱乐部没有你们参加，将是一种遗憾。"

美国专家说："中国人口众多，潜在应用市场大，你们参加进来，对无人车技术研究有帮助。"

英国专家说："中国现在发展势头很好，科技进步很快，国力迅速增长，有资格加入这个俱乐部。"

性格活跃的法国专家，赶紧跑过来与贺汉根紧紧握手："贺先生，欢迎你的中国呀!"

这时，只见日本专家笑眯眯地问了贺汉根一句："请问你们中国无人车速度达到35千米了吗?"

"这……"

贺汉根哑言。虽然日本专家问这话时，脸带笑意，一脸谦恭，但贺汉根听了，却觉得他话里的一个个字，像一块块坚冰，伤人心窝，让人心寒。

但贺汉根只能沉默。因为当时中国连无人车都没有。日本专家是知道的，但他为什么明知故问呢?

这不是在拐着弯说："你连无人车都没有，参加这个俱乐部能干什么呢?"

在世界科技俱乐部门前，科技水平就是入场券，就是发言权，就是人格与尊严。

沙龙散了，但日本专家留下的那个问号，那不阴不阳的口吻，那目光里的轻蔑、嘴角上的不屑……却还在贺汉根脑海里萦绕，久久挥之不去。

夜幕徐徐降临，白天的浮躁、喧嚣渐渐隐去，但贺汉根起伏的心头，依然不能平静。

定时的闹钟，响起了清脆的铃声，午夜了，他强迫自己躺到床上，但思绪依旧难平。

他索性起身走到阳台上，久久地眺望着东方。此时，他的妻儿正沉浸在香甜的睡梦里，他的家乡正沐浴在金色的晨晖里，清风正轻轻地吹拂着绿色的田野。

那是一个温馨的家园，也是一片屡遭列强践踏的土地。

历史的悲剧不能重演！

民族的尊严不容鄙薄！

军人的荣誉不容玷污！

贺汉根狠狠地对自己说："你一定要造出中国自己的无人车！"

留学回国后，他立刻将自己学习所获和研究所得引入教学，开出了新课——智能控制。这是20世纪90年代初，基于计算机、自动控制和运筹学相互交叉产生的新兴学科。遗憾的是，由于它年轻得如同"呱呱"坠地的婴儿，人们还没有意识到它将来会成为栋梁之材，课程刚开了两个学期，便停课了。

他提出的无人车项目，更是孤掌难鸣。

有人说："中国那么多人，现在失业率那么高，再搞什么无人驾驶车，将来失业率岂不更高。"

有人说："他这是盲目跟风。"

还有人说："他这是玩时髦。"

这时国际上对无人车也是一片唱衰的声音。

20世纪90年代中期，世界寄予厚望的日本第五代计算机——智能计算机项目宣布结束，它突破了逻辑推理这一计算机科学技术难关，推理速度达到每秒1000多次，但由于缺乏基础理论支撑，至关重要也是最本质的问题——自主学习技术，却没有如愿，甚至有人断言“数十年内难以突破”。因此，日本有关部门为它开“庆功会”的同时，也为它开了一个“追悼会”。

随着日本智能计算机项目的失败，美国智能车项目ALV也宣布下马，世人对智能车由期望变成了失望。

但贺汉根坚持要搞无人车。他说，自己在参加那次国际合作研制新型无人车讨论时受的刺激太大，作为一名中国老兵，他受不了别人鄙薄的目光，受不了别人轻视的口吻，受不了别人不屑的脸色。

贺汉根坚持认为，外国的智能车下马，并不等于中国搞不出无人车。任何新兴技术，只要能对人的能力提供有益补充，有益于人类认识和实践活动，就有存在的理由。车辆技术从20世纪初走到世纪末，其发展趋势、竞争焦点，已经从以舒适、大方和快捷为目标，转向追求安全、环保和节能，无人车技术是这一趋势的最佳体现。

无人支持，他从自己别的项目中匀出一部分经费，迅速启动了无人车项目。贺汉根对国外已经下马的车辆智能技术也不放过，安排一名博士研究生探索“车辆学习”技术，最终目标是希望运用这一技术制造出的无人车不仅能圆满完成人类赋予的各种功能和指令，还能自己不断总结实践经验，改进自身的操控水平。

中国的无人车技术水平，在贺汉根及其创新团队的顽强坚持下迅速跃升：

1997年，稳定无人驾驶时速达到30～35千米；

2000年初，稳定无人驾驶时速突破76千米。

这已经接近无人驾驶最高理论时速。国际学术界曾就无人车最高行驶速度进行过讨论，一位著名专家经过试验推断，无人控制系统有200毫秒左右延时，因此无人车最高时速不能超过100千米，一旦超过这一速度，车辆就

会像醉汉一样在路上东摇西晃，无法控制。

贺汉根带领创新团队创造的这一时速，极大振奋了中国无人车技术领域的相关研究人员。这年年底，贺汉根又带领大家打了一场突击战，攻克了一项国防预研重点项目的关键技术——无人车。

通过这场突击，他们的无人车技术积累更加深厚，向生产力、战斗力转化的时机已经成熟。

贺汉根找到南方一家汽车厂家。厂领导听完无人车技术介绍，非常振奋。但几天后又回话说："该技术太先进了，大厂家都还没用，我们小厂不敢用。"

他又联系了南方一家大型汽车生产企业。企业负责人也觉得他们的技术太超前，目前应用风险太大。

碰壁挡不住贺汉根的"上下求索"。2001 年，他通过长春市电话查询台，找到我国汽车业"龙头老大"一汽集团的研究所。研究所领导听了贺汉根介绍，看了有关录像资料后，立刻向集团董事长竺延风汇报。

竺延风在电话里听了不到两分钟，便果断决策："这个项目，我们一汽马上干，而且要用最好的汽车来做实验车!"

当时一汽集团仓库里有两辆"红旗旗舰"顶尖高档车。其中的一号车后来成为江泽民总书记的专车，二号车则给了贺汉根作试验车。

找到了应用合作伙伴，贺汉根瞄准了更高更远的目标——突破无人车极限理论时速。

他想，虽然国际学术界认定无人车极限时速为 100 千米，从纯技术理论上是成立的，但现实生活中，人类的反应速度并不比机器高，却能驾驶车辆行驶到 100 千米/小时以上，世界一级方程式赛车手甚至突破了 300 千米/小时。

通过仔细观察人们的驾车过程，贺教授发现人们对道路环境的感知是实时的，能够观测到前方数十米范围内的各种信息，然后根据不同情况作出各种预先反应。

一个大胆设想跳出贺汉根脑海：能否在车上加载智能控制系统，让它像人类一样针对各种信息随机应变呢?

通过研究国外有关技术，他发现过去人们只是简单地把无人车当成控制系统，所有行驶指令都是通过对某一段路况集中分析后再一同发出，无人车遇到情况变化时不能迅速作出判断，反应十分迟钝，严重影响了车速。

经过反复摸索，贺汉根提出了新的无人车技术路线，他大胆改变传统自主车控制框架结构，创造性地将控制系统和感知分析系统结合成一个有机整体，实现了多任务处理功能，车辆能“超前”感知前方路况，还能“眼到心到手到”，适时、准确地发出各种驾驶指令。

2003 年，“红旗旗舰”无人车进入最紧张的调试阶段，他们天天外出试车。这年 3 月，“非典”肆虐神州大地，长沙几乎所有餐馆都关门歇业，他们在环城高速公路连续奔波几小时，累得精疲力竭，饿得饥肠辘辘，却找不到一个喝口热水、吃碗热饭的地方。但他们一天也没停止试车实验，连续几个月，实验人员每天午餐都是方便面，外加矿泉水。

2003 年 7 月，一个阳光灿烂、蓝天无云的午后，贺汉根和学生冒着炎炎酷暑，在长沙环城高速公路上试车。平坦宽敞的路面上，车辆稀少。“红旗旗舰”以 130 千米/小时的正常速度超越几辆大巴后，前方出现一段近 2 千米无车无人直线路面。

“红旗旗舰”计速表上的数字快速上升，130，140，145，150……它的峰值时速达到 170 千米，不仅超过国际学术界认定的极限理论时速，而且大幅超出美国、德国同类车速，名列世界第一，至今还没有任何国家打破这一纪录。

达到这个速度时，人的反应时间为 500 毫秒，无人车只有 70 毫秒，比人快 7 倍；人的视力左右误差 40～50 厘米，而无人车是 4～5 厘米，比人小 10 倍。

2003年，第一汽车集团成立50周年。贺汉根和他的“红旗旗舰”无人车应邀参加庆典。

9月1日上午，庆祝建厂50周年大会隆重召开。原中共中央政治局常委、国务院副总理李岚清来了，党和国家机关相关领导及吉林省、市领导来了，各大新闻媒体的记者来了，受邀的世界各大汽车厂的老总们也来了。

主持人宣布：“节目表演开始!”这时，一辆“红旗旗舰”远远地从场外公路上快速驶来，以130千米/小时的速度驶入会场后，慢慢减速，徐徐停在主席台前，四扇车门同时打开，只见车里空无一人。

会场上爆出铺天盖地的掌声、呼声、惊叫声!

当天下午，李岚清在汽车研究所听取了贺汉根的汇报，紧紧握着他的手，满怀期待地说：“贺教授，你一定要帮我们汽车工业的忙，把中国的汽车工业搞上去。”

我国媒体报道了“红旗旗舰”无人车峰值时速达到170千米的消息，在世界相关领域引起了强烈反响。包括日本在内的多个国家的专家，向贺汉根表达了合作愿望，发出了讲学邀请。

面对国人的喝彩、世界的热捧，贺汉根冷静地提醒大家：“‘红旗旗舰’无人车表演成功，只是万里长征走出了一小步，打完了一个小战役，没准哪一天，更大的战役就突然出现在我们面前。”

果然，2006年7月14日，与“红旗旗舰”一起飞奔在高速公路上的贺汉根，突然接到一汽集团领导的电话，说两个月后召开的东北亚博览会上，中国展品多为劳动密集型的农产品和工业加工品，而日本、韩国带来了很多高科技产品，博览会筹委会想让一汽集团刚下线五天的“红旗HQ3”实现自主驾驶功能，并在博览会上表演。

一汽领导问：“能搞出来吗?”

贺汉根回答：“没问题。”

一汽领导却似乎有些担心：“9月1日吴仪副总理要看表演，只有45天了。”

贺汉根语气更坚定："没问题!"

他的自信和从容，来自平时的准备。"红旗旗舰"在一汽成立50周年庆祝大会上表演成功后，贺汉根没有一丝懈怠，依然和过去一样，经常带着学生加班加点上路试车，不断发现问题，改进系统，连续三年从未停止，技术积累更加厚重、更趋成熟。

贺汉根带着学生紧张突击35天，便研制完成"HQ3红旗轿车自主驾驶系统"，提前一周把车交给东北亚博览会筹委会，其总体技术性能达到国内领先、国际先进。

吉林省王珉省长、一汽集团竺延风董事长闻此喜讯，都想体验一下HQ3红旗轿车自主驾驶的感觉。

次日早晨8点，贺汉根把红旗HQ3自主驾驶车带到长春环城高速路口，让王珉省长、竺延风董事长坐在后座，自己坐在副驾驶座上，一名研究生输入各种指令后，挽起两臂蹲在驾驶席上。

红旗HQ3自主驾驶车徐徐启动，平稳加速，以120千米的时速平稳地奔驰在高速公路上，前有车辆，它能完全自主地实现从容超越，遇到情况它能极快地自动作出准确处理。看到这种情况以后，坐在后座的两位领导脸上露出了满意的笑容。

9月1日，吴仪副总理如期视察东北亚博览会。看完红旗HQ3自主驾驶车精彩表演后，吴仪副总理走下主席台，向贺汉根表示祝贺，并关切地询问自主驾驶车的用途、成本等问题。当听到贺汉根介绍说："据美国有关部门统计，使用该技术可以减少高速公路安全事故三分之一以上。"国务院一名部长由衷地赞叹道："贺教授，你的研究功德无量啊，如果现在全国行驶在高速公路的车辆都用上这项技术，每年可以保住五万条生命啊。"

临别时，吴仪副总理深情嘱托创新团队："你们一定要继续努力，争取让中国人早日用上自主安全系统技术。"

15年，贺汉根带领无人车创新团队，把中国落后的无人车技术带进世界

先进行列，发展之快令人惊叹。可贺汉根心里依然有一种紧迫感："世界智能控制技术发展太快了，稍有懈怠就会落后于人。"

为让中国智能控制技术不落后于人，贺汉根把追求的目光投向了"机器学习技术"，让以后的机器不仅听从人的指挥，而且能像人一样会学习、会思考，能自圆其思、逐步完善自身功能。15 年前他开始布局的该项研究，已取得一系列基础理论成果，新一轮冲刺的出发阵地已经筑就。

贺汉根定能带领创新团队再创"中国奇迹"。

中华牌“零高度飞行器”

2011年2月，中国第一条中低速磁悬浮列车运营示范线建设工程在北京开工启动。常文森闻讯，热泪盈眶：“这一天，我等待盼望、为之奋斗了30年啊。”

一次，常文森教授前往北京参加国际学术会议。刚出机场口，一名手举会议接待牌的年轻人立刻迎上来问：“你是常文森教授吧。”

常文森不解地问：“你怎么认识我?”

年轻人说：“我从专家名册里知道您是国防科大的，是军人。”

常文森还是纳闷：“你怎么看出我是军人?”

“你身材魁梧，表情坚毅，还有您走路的姿势。”年轻人说，“你走路时，抬头挺胸，目视前方，摆臂自然有力，步履坚定沉稳，给人一种任何困难都挡不住的感觉，只有你们军人才能走出这种气势。”

常文森以军人这种特有的姿势，在科学探索的道路上跋涉了30年，开创了中国自己的磁悬浮列车技术，也走出了中国军人的雄壮与豪迈。

党的十一届三中全会后，科学技术作为第一生产力，首先冲破严冬的束缚，迎来久违的春天，神州大地上，处处传来科技新苗破土、拔节的声音。

常文森教授再也按捺不住创新的冲动，很快把主要研究方向锁定在磁悬浮列车上。

磁悬浮列车是20世纪70年代兴起的新技术。它巧妙地利用电磁力抵消地球引力，通过自动控制手段使车体与轨道之间保持约1厘米的间隙，使列车悬浮在轨道上运行，与普通轮轨列车相比，具有噪声低、振动小、无污染、转弯半径小、爬坡能力强、易于实施等特点，有着“零高度飞行器”的美誉，学术界认为它是21世纪的交通工具。德国、日本已相继研制出磁悬

浮列车实验样车和工程样车，并修建了磁悬浮列车试验线。

常文森认为，人口众多、幅员辽阔的中国，比任何国家更需要先进的交通工具，中国的21世纪不能没有磁悬浮列车。

那时的中国，科技落后，经济更落后，这注定中国磁悬浮列车的起步之旅，将非常艰难。

科研经费短缺，而实验用的电子元器件当时却很昂贵。他们只能“偷梁换柱”，以教学实验名义，到学校教学器材库领取一些晶体管、运算放大器、电阻电容等电子元器件。但磁悬浮最主要的原件——铁芯材料，学校仓库里却没有。

万般无奈的常文森带着大家到学校废品库里找到一台报废的变压器，抬进实验室，用钢锯、铁锤锯开砸掉坚硬的铁包壳，取出铁芯用于研制磁悬浮。

材料具备了，可做成磁悬浮试验装置后，铁块却悬不起来，大家使尽浑身解数改进调试，都无济于事。

“我们现在干的事情，将来可能是一桩大事业。”每次试验失败，常文森都这样勉励大家。

经过几个月“试验—失败—再试验”的循环往复，铁块终于奇迹般的悬浮起来了。

领导和兄弟单位闻讯，纷纷前来参观，充分肯定了他们的技术路线。

但也有人看了后摇头：“这玄玄乎乎的东西，将来能变成列车吗?”

不管别人点头还是摇头，常文森只顾埋头朝前走。两年后，他带领大家研制完成10千克重的三点悬浮磁悬浮车原理模型。

1985年春天，国际科技博览会在日本筑波举行，常文森作为中国参观团成员前往日本，观摩这一世界科技界的盛会。

飞机降落在东京机场，常文森走出舱门，只见眼前高楼大厦巍然屹立、直耸云天。机场通往市区的公路，宽敞平坦，车辆奔驰如飞。公路两侧，现代化厂房鳞次栉比。来到市区，街道明亮洁净，各种现代化豪华轿车，让人目不暇接。人行道上，虽然和国内一样，行人如织，步履匆匆，但大家脸上都荡漾着幸福的笑容。走进商店，只见货架上的商品琳琅满目，妇女们带着小孩，推着手推车，从容地挑选着各种商品……

眼前的情景既让常文森大开眼界，也让他深感疑惑？日本作为第二次世界大战的战败国，战后初期经济水平与中国旗鼓相当，而30年后，他们的经济建设起码比我们先进了20年，他们的发展为什么如此神速？而我们却进展缓慢？

常文森心想：也许因为东京是日本国都，是举全国之力重点建设给外人看的，是特例吧。

哪知，第二天到达筑波后，这里的繁华比东京毫不逊色。

常文森心中的疑惑，更是百思不得其解，直至次日随中国参观团走进国际科技博览会宽敞明亮的展厅，他才似乎找到了一些原因。

博览会展出的现代科技产品，千姿百态，争奇斗艳，而它们大部分来自美国和日本等发达国家，发展中国家展台，科技类展品十分稀少。

正当常文森举目搜寻中国展品时，一辆新颖别致的列车，一下子跳入他的眼帘。

“磁悬浮列车！”常文森心里一亮，快步向它走去。

一位服务小姐微笑着迎上来：“先生，您想体验一下吗？”

常文森说：“当然。”

服务小姐说：“请您购票。”

常文森顺着她手指的方向看去，只见那里已有许多人在排队。走过去一看，售票窗口旁赫然写着“票价500日元”。

他心里不禁“咯噔”了一下。他这次出国，国家给的费用相当少，但他毫不迟疑地把手伸进口袋，掏出身上仅带的500日元，递进了售票窗口。

列车轻轻浮起来，徐徐向前滑行，感觉真好啊！平稳，无声，仿佛置身

于“嫦娥奔月”的梦境，飘飘欲仙，不知不觉便跑完了 300 米轨道，到站了。

他还不想离去，一会儿摸摸这，一会儿看看那。下车后，又俯下身子仔细察看车底和轨道。

他想起了国内长期超负荷运行的铁路线，想起了都市里密集的人群、拥挤的车流……

“不行，我还要上去看看。”他心里这么想着，再次来到登车口。那名服务小姐伸手拦住他：“先生，您的票呢？”

他这才意识到没买票，而且自己已身无分文。他这位大专家，连忙向别人道歉，赔不是。然后步行几公里回到下榻的旅馆。

科技博览会上遭遇的尴尬，更加坚定了常文森的决心：“到 21 世纪，我一定让中国人坐上自己的磁悬浮列车。”

回国后，他立刻把国外磁悬浮列车研究情况和自己的设想，向国防科工委领导汇报。听取汇报的国防科工委副主任、著名科学家钱学森特意坐到他身旁，关切地询问一些关键性问题。

常文森自信地承诺：“不久的将来，我一定要结束中国没有磁悬浮列车的历史。”

钱学森听了，向他许诺：“你们研制出磁悬浮列车后，我一定去坐。”

4 年经历 4 个回合激战，常文森又率领团队把中国磁悬浮列车技术向前推进了一大步：我国第一台小型磁悬浮实验样车问世。它重约 80 千克，在 10 米长的轨道上平稳运行，具有悬浮、导向、牵引与制动等全部功能。

虽然相对于正常标准的列车，它还显得这般弱小。但它依然让我们这个人口最多、增长最快，在两条脆弱的轨道上缓慢行驶了太久的大国，给一票难求、一车难求的国人带来了莫大的希望。

1991 年 3 月 17 日，江泽民视察国防科技大学，兴致勃勃地参观磁悬浮实验样车，亲切地指示常文森：“你们要注意研究磁悬浮列车的发展趋势。”

从国家领导人的深情嘱托里，常文森读出了紧迫，读出了肩上担子的沉重，也读出了战胜困难的决心和力量。

他为中国磁悬浮列车研究制定了“由简到繁”的攻关路线，并首先瞄准了磁悬浮列车基本单元——单转向架。

他们的创新计划，引起了国家科委的高度重视。1991年国家科委委托铁道部科技司组织立项论证，1992年“磁悬浮列车”正式列入国家“八五”科技攻关计划。

有了国家科委的支持，常文森带领大伙向前奋进的信心更足、步伐更坚定。

研制工作一开始，第一只“拦路虎”——大功率斩波器，便跳了出来。过去，创新团队里只有杨泉林搞过小功率H开关，其他人都没有接触过这方面的技术，毫无经验可言。

常文森说：“磁悬浮列车我们都敢干，这点小难关，我们还不敢闯?”

虽然走了不少弯路，吃了不少苦头，但最终他们还是研制出了大功率斩波器。

单转向架悬浮重量，比实验样车增加近百倍，试验装置将有八九吨重，二楼实验室装不下，也承受不起，别的房子又没有。

常文森拿着卷尺来到系大楼楼梯口，前后左右量了量，把脚往水泥地上一跺：“咱们的实验装置就安这里!”

那是个炎热的夏天，无遮无挡的楼梯口，气温高达40多摄氏度，徐水红、杨泉林等科研人员，每天光着膀子做试验，身上裹满臭汗污垢。

那天，国防科工委聂力副主任来校视察，看到这一情景非常感动：“没想到中国未来的交通工具，大家是这样干出来的呀。”

他们艰苦奋战几个月，初步解决了单个电磁铁的悬浮控制问题。

研制工作正式转入单转向架研制。他们首先花了一年多时间，认真研究国外大型磁悬浮列车技术，弄清了大型磁悬浮列车转向架与汽车、常规火车

转向架的区别，掌握了它的特性，在此基础上，形成了大型磁悬浮列车的转向架机械解耦概念。

这是指导后续研究的一块重要理论基石，也是中国磁悬浮列车发展史上的一次重大突破。根据这一概念，他们经过模型制作、结构图纸设计、加工制作等一系列艰苦工作，完成了单转向架磁悬浮列车系统。

车子有好几吨重，如何把它抬到两米多高的轨道上呢？

自己买不起吊车，那就租吧。可租金也要上万元。这可是他们捉襟见肘的项目经费无论如何也支付不起的。

“我就不信，一泡尿能憋死一群大活人，”常文森往机器旁一站，“咱们扛也要把它扛上去！”

于是，几十名科研人员如群蚁搬骨头，用肩扛，用手抬，加上木杠撬，愣是把几吨重的单转向架磁悬浮列车，搬到了两米多高的铁轨上。

哪知一试车，问题又来了：它像一只热锅上的大蚂蚁，在铁轨上乱蹦乱跳。调试改进几个月，都没让它稳定下来。

关键时刻，常文森亲自点将：“李云钢博士，你负责解决稳定悬浮控制问题。”

李云钢博士不负众望，和龙志强等人一起，连续奋战几个月，找到了问题的症结，降服了它触电就跳的怪脾气，让它变得温驯安静起来。

1995年5月11日，磁悬浮列车进行第一次载人试车。

“启动！”

随着常文森一声令下，数吨重的列车从轨道上轻轻浮起。

“开车！”

操作人员按下运行电钮，列车开始平稳向前行驶……

中国第一台载人单转向架磁悬浮列车诞生了！

虽然它还显得有些粗糙，轨道也只有10米长，但它毕竟悬浮起来了，平稳地向前移动了，并乘载了30个人，这已经是令人振奋的重大突破。它标志着中国成为世界第三个掌握磁悬浮列车技术的国家。

当年，该项目获得部委级科技进步一等奖，并当选为“1995 年中国十大科技新闻”之一。

领奖归来，创新团队聚餐庆贺，大家共同向常文森敬酒。

第一杯酒，常文森高兴地喝了。

大家再敬第二杯时，常文森端起酒杯，但没喝，而把它郑重地交给一名博士研究生，说：“这杯酒，你给我保管好，哪天我们研制的磁悬浮列车在中国大地上奔驰起来了，我再用它敬大家。”

把单转向架磁悬浮列车从实验室开到原野上，并不像把轿车从车库开到大街上那样简单，它甚至比过去走过的道路更艰难。

仅技术问题就困难重重：走行机构技术、多转向架解耦控制技术、大功率直线牵引控制技术、车载供电技术……哪一个都是难以逾越的深沟巨壑。

而经费问题、市场问题，更是难中之难。磁悬浮技术要走向应用，还必须经过漫长的工程试验阶段，至少需要投入数千万元。这可不是学校甚至军队能够解决的。

为争取政府部门和企业支持，他们四处游说，但大家听了常文森的介绍后，都说“技术成熟了再来找我们”，都“不见兔子不撒鹰”。

正当磁悬浮列车工程化，在“有了资金技术才能成熟、技术成熟才能获得资金”的怪圈僵局里艰难徘徊时，北京控股有限公司和北京科委，为振兴国家磁悬浮列车技术，毅然出资支持他们，开辟了国内企业支持新型轨道交通技术发展的新模式，为国家磁悬浮列车技术发展作出了巨大贡献。

常文森终于可以心无旁骛地带领团队开展技术攻关了。

研制工程化样车首先要解决整车稳定悬浮控制。由四五个单转向架组成的磁悬浮列车整车，需要加速减速，需要拐弯爬坡，车厢里的乘客分布也不均衡，它就像四五个壮汉抬着一大桶水，既要在山间小道上奔跑，还要桶里的水不晃荡。

为突破这一核心关键技术，常文森带领大家从建立车辆系统动力学模型入手，运用先进控制理论，优化轨道和车辆结构，创造性地设计出一种新的悬浮控制算法，巧妙地在每节列车下面设计了 20 个悬浮点，它相当于 20 个轮子，平稳地托举着列车，使其始终与轨道保持 1 厘米悬浮间隙。

经测试，列车的动态调节与有效承载两项技术指标，均达到世界领先水平。

2001 年，我国第一条磁悬浮列车试验线在国防科大校园内建成，工程试验样车同时下线。

随着列车徐徐启动，加速行驶，磁悬浮列车技术国际难题——“车轨共振”，如期出现了：列车在行驶时经常晃动，带动轨道一起震动，有时还发出“咚咚”的响声。

面对这一难题，最先研制磁悬浮列车的德国，采取加固和改造轨道的方法解决，可收效甚微。美国刚建好的线路因这一问题无法运行，不得不返回实验室重新研究。我国引进德国高速磁悬浮交通技术建造的上海浦东机场磁悬浮交通线，采取加大水泥梁单位长度质量、加固改造轨道的方法来解决，系统造价高了很多，也未能从根本上解决问题。

常文森说：“我们绝不能重蹈别人的覆辙，要另辟蹊径，找到自己的解决办法。”

自己的解决办法在哪里？大家都绞尽脑汁思考。

一天，研制团队成员周博士的鼻炎犯了，医生给他开了一剂“猛药”。鼻炎虽然治好了，却给他的身体带来不少副作用。

他由此联想到“车轨共振”：用强有力措施抑制振动这剂“猛药”，虽可“杀菌”，减轻“病情”，但却伤了“元气”，还不能铲除“病根”。

能不能打破常规，来个彻底的“外科手术”？

负责这一关键技术攻关的李杰教授，充分肯定了周博士的这一思路。

为了找到“车轨共振”的“病根”，他们把铺平的轨道拆松，集中团队几十个人，推着列车在200多米长的轨道上来回跑，一次一次测试、记录、分析。

外国同行探索数十年没有解决的难题，他们显然不可能在一朝一夕解决。但磁悬浮列车工程进程，绝不能因此耽搁。

于是，李杰肩上又多了一副担子：全面改进工程样车。

肩负双重重担的李杰，投入了紧张的攻关。

那些日子，他带着课题组每天8点登车，傍晚下车，在200多米长的轨道上来来回回地开，反反复复测试各种数据，晚饭后，又来到实验室，分析研究测试数据，一直工作到深夜。他的一名博士研究生，在博士论文致辞中动情地写道："深夜里，李杰老师办公室不眠的灯光是我不断前进的动力。"

那些日子，他不知外边的世界发生了什么，只看见车窗外的草丛树叶，绿了又黄，黄了又绿，然后又黄……

当草丛树叶三度泛绿时，他终于找到了"车轨共振"的症结。

他们大胆破除国际惯性思维，采用改进磁浮控制算法的方法，"开刀"切除"病根"，然后运用抑制振动算法，对其慢慢"调理"，把曲线上那些"增生"的高峰渐渐削平，振动慢慢消失了，悬浮的"元气"没受到任何伤害，列车行进时的稳定悬浮水平，处于世界领先。

与此同时，改进型磁悬浮工程样车，也于2005年顺利下线，它的研制完成，大大推进了磁悬浮列车技术应用的进程。

工程样车实现了由模拟电路悬浮系统向数字化悬浮系统的飞跃。列车所有调试和修理，坐在电脑前便可完成，再也不用钻到车底下进行人工操作。此外，它还可以实现模拟电路望尘莫及的复杂控制算法。

列车部件加工告别了手工作坊模式，实现了型材化，具备了批量生产能力。

"十一五"期间，常文森主持的"中低速磁悬浮交通技术及工程化应用研究"，再次被列入国家科技支撑计划重点项目。

工程化研发驶上快车道。李杰和战友们的工作节奏，也再次提速。

他的妻子，国防科大军用仿真研究室主任黄教授，也承担着重大科研任务，因此大家都说他俩是“攻关伉俪”。平日里，两人都是上午一早上班，中午在实验室吃盒饭，午夜才回家。因此，他俩笑称自己是“半夜夫妻”。儿子刚够半岁就交给了老人去照顾。难得见父母一面的儿子，三岁时就嚷嚷着要爸爸妈妈一起带他去烈士公园坐碰碰车。几年过去了，儿子这一小小的愿望，他俩还没有满足。

磁悬浮列车工程化应用研究开始后，研制工作重心由长沙转到北京，李杰需要北京、长沙两头跑，有时在北京一住就是一个多月，而恰在这时，妻子也承担了一项紧急攻关任务，需要经常出差在外。这对“半夜夫妻”，又成了“牛郎织女”，经常他在家里，她在外地，她回来了，他又出差了，常常一两个月见不上一次面。

那次夫妻俩已经三个多月没见面，儿子就要上小学了。上哪个学校、接送问题怎么解决、谁带孩子去学校面试等问题，他们当爸爸妈妈的总得面对面商量一下。两人便约好过几天她去北京出差时，一起吃顿饭，谈谈孩子上学的事。为此，她早早地买好了机票。

哪知到了那一天中午，磁悬浮列车试验突然出现新问题，需要他紧急返回长沙查找资料。于是这对相约在北京见面的夫妻，在北京和长沙同时登上飞机。

飞过华北大平原时，他和她不约而同地向着窗外眺望。眼前只有起伏的云海、无垠的长空、无边的蔚蓝……

一周后，各自科研任务的需要，他们又要在同一天飞向对方所在的城市。订票前，两人约定他晚起飞两个多小时，以便在长沙黄花机场会个面，聊聊儿子上学的事。

哪知天公不作美，北京浓雾锁天，她乘坐的航班晚点两小时起飞，在黄花机场降落时，离他登机时间只有一刻钟。她一下航班，以冲刺的速度奔到二楼安检口，只见他已通过安检，站在里面焦急地向外面张望。

她使劲向他招手。

他也使劲向她挥手。

她望着他，微微地笑着。

他也望着她，微微地笑着。

他朝她招招手，示意她赶紧回家。

她也向他挥挥手，让他赶紧上飞机。

但她和他都还站在那，直至登机截止时限前一分钟，他才离开。转身的那一瞬，他隐约看见，她抬手擦拭了一下眼睛。

两人只能在晚上打电话商量儿子上学的事，说了一个多小时，直到手机没电……

创新团队的忘我奋斗，迅速推进了磁悬浮列车应用进程。

2008年，一条1.5千米长的试验示范线，在北京控股有限公司唐山试验基地建成。

2009年，实用型中低速磁悬浮列车问世。它在示范线上累计运行6万千米，不仅行驶平稳，节能性强，而且采用了吸力型电磁悬浮、低频（小于100赫兹）悬浮牵引供电制式、新材料电磁防护等一系列创新技术，把电磁辐射减小到最低程度，车厢磁场与一般家电产生的磁场相当，甚至更低，对身体没有任何伤害。车内基本无噪声，车外噪声也很小，距列车10米之外，噪声只有64分贝，比平常说话的声音还要低。

专家鉴定结论指出："完全称得上是一种电磁环境友好、安全可靠、绿色环保的城市轨道交通系统。"

2011年2月，北京市委、市政府决策：采用国防科技大学自主创新掌握的中低速磁悬浮列车核心关键技术，在北京门头沟石门营至石景山区苹果园间，建设一条10.2千米长的中低速磁悬浮列车运营示范线。

这是我国首条中低速磁悬浮交通运营示范线。它表明国防科技大学与北

京控股有限集团密切合作、共同努力，已使我国中低速磁悬浮交通系统具备工程化、产业化能力，综合技术达到世界先进水平，成为世界上继日本之后拥有中低速磁悬浮交通线路的国家。

项目建设开工启动的消息传来，常文森热泪盈眶："这一天，我等待盼望、为之奋斗了 30 年啊。"

当晚，团队再次聚餐庆贺，大家纷纷向常文森敬酒。他一概不拒，喝了一杯又一杯。

3 超精密加工梦之队

李圣怡、戴一凡带领创新团队提出第三代光学加工技术，使中国成为世界上唯一同时掌握磁流变、离子束加工技术的国家。

速度，标志着科技水平，如计算速度、飞行速度、车速、航速、转速……

而精度，不仅自身就是“高度”，而且在一定程度上制约着一个国家整体科技的“高度”。

20 世纪 60 年代，诺贝尔奖得主海因里希·罗勒说：“150 年前，微米成为新的精度标准，最早学会并使用微米技术的国家都在工业发展中占据了巨大的优势；同样的，未来的技术将属于那些以纳米作为精度标准、并首先学习和使用它的国家。”

罗勒的这席话，标志着世界进入了纳米精度攻关时代。

美国率先投入巨资研究超精密加工技术，并迅速将成果转入应用，成为世界超精密加工研究和应用“龙头老大”，造出了世界上最好的 CPU，线宽最小的集成电路和一系列尖端武器装备。

看美国是如何控制超精密加工技术的吧。

1948 年由美国发起，联合英国、法国、联邦德国（西德）、意大利、丹麦、挪威、荷兰、比利时、卢森堡、葡萄牙、西班牙、加拿大、希腊、土耳其、日本、澳大利亚等国，于 1949 年成立了 Coordinating Committee for Multilateral Export Controls（简称巴统）。这个总部设在巴黎的组织机构，其宗旨是执行对社会主义国家的禁运政策。其禁运物资包括军事武器装备、尖端技术产品和战略产品。其中超精密加工设备，是巴统组织重点禁运产品之一。

巴统成立的第二年，便把中国列入了禁运范围，而且其禁运品比头号社会主义国家苏联和东欧国家还多了 500 多种。

巴统组织的成员国，若违犯了禁运政策，其他各国将共同采取措施，联合对其进行严厉惩罚。

冷战时期，苏联为与美国争夺海上霸权，不断发展壮大海军力量。苏联的潜艇尤其是核潜艇，每每出海行动，便很快被美国海军发现，且难以摆脱其跟踪，令苏联当局伤透了脑筋。

可是到了 20 世纪 80 年代初，苏联潜艇部队突然从美军的鼻子底下消失了，美军再也难以从茫茫大海中寻觅到它们的踪迹。

这是为什么？美国情报局通过分析认定，这是苏联从日本引进了超精密加工技术，提升了核潜艇发动机和螺旋桨加工精度，大大降低了潜艇噪声，从而销声匿迹了。美国当局立刻要求巴统组织国家，共同严厉制裁向苏联出口该设备的日本东芝公司，该公司董事长被迫下台，作为日本“巨无霸”企业的东芝公司，从此元气大伤，险些一蹶不振。

这就是 20 世纪 80 年代初轰动世界的“东芝事件”。

遗憾的是，由于历史的原因，中国的超精密加工研究直到 20 世纪 80 年代才刚刚起步，比别人落后了整整 20 年。而这时亟待腾飞的国家经济和国防建设多么迫切需要超精密加工技术。

正是基于国防和经济建设的迫切需要，1981 年国防科技大学成立了超精密加工实验室，在国内率先开展超精密加工和测量技术研究。

课题组成立仪式上，学科带头人欧阳教授对大家说：“咱们要像越王勾践那样，卧薪尝胆十年，让中国超精密加工技术赶上世界先进水平。”

他们在深入研究了国外大量资料的基础上，决定把计算机、自动控制等新兴技术引入超精密加工领域，开拓了“超精密加工误差在线检测、误差分离和补偿技术”这一崭新的专业技术方向。

从20世纪80年代初到90年代初，超精密加工创新团队，在欧阳教授、李教授、袁教授、王教授等带领下，开展了航天部重大工艺研究项目“精密机床与精度控制”、“超精密车削加工综合控制系统”，国家自然科学基金重大项目“超精密圆柱度在线检测与误差补偿技术”等重要项目研究，获得国家科技进步二等奖、国家发明三等奖、部委级科技进步一等奖等数十项奖项。

这一块块金光灿灿的奖牌是构筑中国超精密加工技术大厦的“奠基石”和创新团队继续“长征”的“标向牌”。

为学习吸收外国先进经验和技术，掌握学科前沿信息，1988年，李圣怡教授受国家派遣，前往美国哥伦比亚大学留学访问。

李圣怡1968年大学毕业后分配到工厂工作，1978年国家恢复研究生考试后考入浙江大学攻读硕士学位，1981年研究生毕业后他毅然投笔从戎，来到国防科技大学机械工程系，加入了超精密加工创新团队。他从自己20年求学、工作和科研经历中，深深感受到亟待腾飞的国家经济建设对科学技术的迫切需要，也深深领悟到自己肩头沉甸甸的责任。

振兴民族科技的紧迫感，把李圣怡一年半的留学生活“紧”成了“压缩饼干”。一年半，547天，他只偶尔上上街、逛逛公园，稍稍领略一下国际大都市纽约的迷人风光，其他时间他不是待在实验室，就是待在图书馆，每天图书馆闭馆后，还要协助图书馆工作人员送书和整理书架，或者饭后到学生食堂打扫卫生，挣些劳务费维持生活。

那时国家经济落后，每个月只能给他400美元生活费。当时在纽约曼哈顿区，生活费用是全世界最昂贵的地区。这些钱，连饭都吃不饱。

钱少，他就想方设法少用钱。

住房非常贵，他租不起，就每月花100美元在其他中国留学生公寓里租下一个小走廊“蜗居”。

食堂饭菜方便可口，但一餐要花好几美金，他吃不起，就买来一个酒精

炉，每天一大早跑菜市场，然后荤、素、主食“一锅烩”，就是一天的口粮。

外出旅游要花钱，他一步也没离开过纽约市。

艰苦生活土壤里结出丰硕的果实。他先后参与两项课题研究，均取得圆满成功，在美国著名学术杂志上发表了2篇学术论文。

与他合作研究的美国教授，得知李圣怡就要回国，盛情挽留：“李先生，你很勤奋，研究能力很强，我们合作很愉快，希望你能留下，深入研究我们的合作课题。”

“非常感谢你的帮助和信任。”李圣怡真诚地说，“但我想回国，我的家在那里，事业在那里，梦想也在那里。”

李圣怡与他深情拥抱、握手言别后，带上平时省吃俭用余下来的2000美元，到商店买了一台梦寐以求的当时最先进的“286”电脑，然后又到书店买专业书。在美国，专业技术书籍非常昂贵，买了几本，便已囊中羞涩，还有十几本爱不释手的书，只好回到学校图书馆复印其重要的章节。

1990年，李圣怡刚回到祖国，老同志相继退休，超精密加工创新团队“领头羊”的重任，历史地落在他肩上。

他运用自己掌握的学科前沿信息和更加厚重的技术积累，带领大家沿着超精密加工精度在线测量及误差补偿这一技术方向，深入进行基础研究。

他们首先研究了“圆”的加工。“圆”是最容易画的几何图形，但是机械加工出几乎没有误差的圆，却是“最难”的。从最难做起，虽然困难最大，风险最高，但它是一条赶超世界的“捷径”。

超越，容不得四平八稳，亦步亦趋，它需要胆略，需要速度，需要心无旁骛、埋头赶路的冲劲。

凭着这种拼劲，他们终于加工完成了第一个“圆”，它是误差为0.2微米的机床上加工出的误差度仅有0.01～0.03微米的圆，相当于一根头发丝的三千分之一，处于国际领先。

一名报社记者得知这一成果，称赞他们“车出了世界上最圆的圆”。

他们用数年时间走完了国外精密工程领域几十年走过的路，研制了国内第一台超精密压电陶瓷微量加工装置、第一台超精密气动孔径和轴径测量装置、第一台高精度车削尺寸精密控制系统。

然后，他们探索的目光开始投向“光学制造”这一难度更大的超精密加工领域，在更高层次上寻求新突破。

从300年前的牛顿时代，人们制造光学望远镜时，就开始采用“简单机械+人工”的“经典加工”方法，即第一代光学加工技术。

20世纪70年代，人们把计算机技术引入光学加工领域，出现了以“数控小工具研抛技术机械+人工”为特征的第二代光学加工技术。

数控技术的使用，有效提高了加工精度，但其研磨工具还是硬质盘，不仅精度有限，而且这种方式制造光学零件，机械压力会在光学亚表层造成损伤，严重影响高性能光学系统性能和长期稳定。对此，世界各国科学家长期艰苦探索，一直在寻找科学的新方法。“硬损伤”似乎成了超精密加工的“死结”。

瓶颈，意味着难以突破，也意味着这是超越的机遇。

李圣怡教授和新一代团队带头人戴一帆，带领创新团队迎难而上，果断提出超精密加工方向，由“机械零部件加工”向“光学制造”迈进的战略转变，开启了中国纳米精度技术时代。

针对“硬损伤”这一世界难题，李圣怡一头扎进烟波浩瀚的信息海洋里，展开了拉网式调研，筛选出几种新原理光学加工技术，对其共有特征进行抽象升华，创造性地提出了第三代光学加工技术——基于可控柔体制造。这一加工方法，把抛光模式从传统的“不可控的硬工具盘”，转变为“以柔克刚”式的“软工具盘”，研抛工具的柔韧度，可根据需要，通过计算机调控。

什么材料最适合做可控柔体的“磨盘”呢？

带着这个问题，李圣怡于2000年暑假应邀到香港科技大学访问。20世

纪80年代苏联科学家提出的用磁流变加工光学零件的想法，引起了他的关注。他了解到，苏联解体后，美国罗切斯特大学光学中心引进这些科学家，继续研发磁流变加工设备，直到90年代末，美国才推出商品化的设备。

这一新技术让李圣怡精神为之一振，创新的“胃口”为之大开。回国后，他立刻跟踪研究国际磁流变加工技术。

但他对自己的创新觉得有些意犹未尽：磁流变加工技术，毕竟是别人干过的东西，有“跟跑”的感觉。

于是，他带领大伙同时展开了对另一种别人尚未触及的新加工技术——离子束加工技术的研究。

俗话说“不以成败论英雄”。李圣怡却对大家说：“要以成败论英雄。对磁流变技术、离子束技术，虽然我们没‘吃过猪肉’，也没‘见过猪跑’，但一定要造出世界一流的加工系统，而且还要用我们自己开发的工艺、自己研制的机床加工出世界水平的光学零件。这个目标实现了，我们就是英雄，实现不了，再辛苦，也是狗熊！”

在戴一帆教授带领下，团队对磁流变、离子束抛光装备与工艺开展了技术攻关。

彭小强博士负责磁流变抛光装备设计。在构建原理样机时，急需一个输送磁流液的抛光轮。但是制造这样一个抛光轮从材料购置、淘空到成形，需要很长时间，他们耗不起。

怎么办？在办公室，他脑子里转的是这个抛光轮。回到家里，他眼前晃的还是这个抛光轮。

“还愣着干什么，”妻子笑道，“帮我端菜去。”

他走进厨房，灶台上的高压锅映入眼帘，他灵机一动：把它端部锯掉不就是一个抛光轮吗？

他放下菜碗，抱着高压锅就往外跑。

妻子追出来喊：“吃饭了！”

他头也不回地说："你吃吧，我不饿!"

他一口气跑到加工厂，只用了半个小时，便制作完成了第一个用于实验的磁流变抛光轮。

彭小强灵机一动的发现，使整个项目研制进度提前了几个月。

那些日子里，"基于可控柔体制造"研究，成为创新团队成员生活的"中心"，生命的"上帝"。

2003年年初，李圣怡外出参加学术会议，和中国科学院光电技术研究所杨力研究员同住一个房间。当时，杨力在大型光学零件高精度、高效率、无损伤制造方面，也遇到了困难，迫切需要新型加工技术支撑。会议期间，每晚两人都谈到深夜，甚至彻夜长谈，这种深层次的交流，碰出了很多火花，共同拟定了大型光学零件可控柔体制造技术发展规划。会议结束后，两人还难分难舍，又一道前往成都光电技术研究所参观学习。最终，他们的努力得到了专家的认可，以李圣怡为首席专家的国家973重大基础研究项目，在2004年获得批准。国防科技大学和成都光电所携手合作，开始了可控柔体制造这一新技术的全面系统研究。

连续奔波劳累的李圣怡，一回来便病倒了，住进了校医院。护士刚在他右手臂上插上输液的针头，他左手就从包里掏出手机，把一名博士研究生叫到病床前，一边输液，一边和学生研讨如何深化研究可控柔体制造技术，布置攻关课题。

时不我待、锲而不舍的求索，赢得了"上帝"丰厚的馈赠：他们在经费十分紧张的情况下，完成了磁流变、离子束两种新制造方法的机理、制造模型和规律、测量原理与理论、评价与论证方法、微观和宏观表征等理论研究，并把实验平台做成了国内先进、国际一流的工程样机，实现了理想的实验结果，更可喜的是，通过攻关，培养和锻炼了一支科研骨干队伍，项目组具备了在相关领域展开攻关的强大实力。

李圣怡、戴一帆带领的创新团队，以厚重的技术积累、顽强的攻关作

风，饮誉国内学术界。

为了摆脱在高端电子产品领域受人掣肘的局面，我国在“2006～2020年国家中长期科学和技术发展规划”中，设立了“02”重大专项。对其中的超高精度光学零件制造装备与工艺研究项目，专项负责人、中国科学院微电子所所长叶甜春亲自来国防科大考察后说：“这个任务，只有交给李圣怡他们干，我们才可以放心。”

签订项目研制协议时，中国科学院老一辈研究员韩荣久给创新团队的50多个成员，每人赠送了一套《把信送给加西亚》、《成功人士的七个习惯》等图书。

美国作家阿尔伯特·哈伯德的长篇小说《把信送给加西亚》，叙述了这样一个故事：

美西战争爆发后，美国总统麦金利交给罗文一封信，让他交给不知去向的加西亚。罗文驾着一叶小舟，在海上漂泊了四天，穿过重重惊涛骇浪，然后徒步三个星期，历尽千难万险，终于找到加西亚，完成了信使的任务。

韩荣久研究员此举可谓意味深长：希望大家都像罗文那样忠于使命、勤奋敬业、锲而不舍。

创新团队的“罗文”们，肩负着开发民族纳米精度技术的“使命”，踏上了求索的征程，一路披星戴月、劈波斩浪、披荆斩棘、百折不挠、奋勇前行，仅用一年半时间，便研制完成中国第一台具有自主知识产权的纳米精度磁流变和离子束抛光装备。

这种关键设备的问世，标志着中国具有超精密光学制造成套装备的研制能力，突破了大型光学零件高效、高精度、无损伤制造的技术瓶颈，标志着我国光学自动化加工装备进入到纳米精度的世界先进水平，为推动我国现代光学制造技术的跨越式发展和高端光学产业的升级换代奠定了基础。

创新团队再接再厉，每一年半升级换代一代装备，现在第三代磁流变和离子束抛光设备已经问世，团队成为战无不胜的“超精密加工梦之队”，中国成为世界上唯一同时掌握磁流变、离子束两种抛光技术的国家。

叶甜春所长闻知喜讯，赞叹之余，给创新团队及其研制的系统出了一道考题："你们能不能在两周之内完成一次'冲高'试验，加工一个光学零件，将面形精度的峰谷值控制在5纳米以内？"

这考题有多难？

高精度光学零件的加工是一种"磨洋工"的细活，一般以月为加工周期，大型光学零件加工则以年计算，而他们只有两周。

还有5纳米峰谷值，意味着随便一个细菌就会导致整个面形崩溃，只能对其分子逐层剥离加工。

但李圣怡没有逃避，带领大家废寝忘食，凝神应考。

那天，大伙遇到了一个难题，讨论了一个上午没有结果，去吃饭的路上，大家一边走一边说，到了食堂围坐到桌边还在争论，半个小时后终于找到大家满意的方案。大家一高兴，抬腿就往实验室里跑，用了一个多小时证明方案科学可行，大家终于松了一口气，这时才突然想起还没吃中饭呢。

2010年12月12日，"冲高"成功，均方根误差突破5纳米。

李圣怡说："冲高还有空间，实验继续。"

12月18日凌晨1点，实验再次"冲高"，均方根误差达到0.88纳米，峰谷值达4.7纳米——与美国等发达国家纳米精度水平旗鼓相当。

面对这一科学奇迹，李圣怡微微笑了，然后平静地告诉大家："如果将光刻物镜头制造看成是攀登珠穆朗玛峰8848米峰顶，目前我们还只是处在海拔7000多米的北坳C4营地，前面的道路更艰难、更惊险、更难走。"

纳米精度，没有最精，只有更精。

4 机器人的“小王国”

国防科技大学研制的机器人越走越快，从事的人脑认知研究能破解人类的某些思维。中国未来的机器人，不仅有四肢，还有头脑；不仅步履稳健，还懂得思考。

人类作为这个地球的主宰，在世间万物面前，已经勇武无比、十分强大了。然而，人类还不知足，总是希望自己的胳膊腿再健壮一些，身躯再高大一些，力量再强大一些……

抱着这个执著的愿望，公元前2世纪，亚历山大时代的古希腊人发明了最原始的机器人——自动机。

猿猴用了千万年，才逐渐进化为“人”。机器人的“进化”同样缓慢。虽然16世纪至20世纪初，日本、法国、瑞士、美国……不时制造出具备机器人某些功能的器物，但两千年来，基本停留在原始机器人水平上徘徊。直到20世纪中叶，第一台数字电子计算机问世，并迅速向高速度、大容量、低价格方向发展，推动着自动化技术突飞猛进，美国人才运用这些技术，于20世纪60年代初，研制出手臂可以绕底座回转、沿垂直方向升降、沿半径方向伸缩的被学术界公认的机器人。

从此，机器人“进化”迈上了“快车道”，短短十几年间，人类研制出各式各样的具有感知、决策、行动和交互能力的特种机器人和智能机器人，如移动机器人、微机器人、水下机器人、医疗机器人、军用机器人、空间机器人、娱乐机器人……它们的应用越来越广泛，种类越来越多，渐渐成为一个特殊的群体。

文学家们夸张地把它们称作地球上的第二类“人群”。

随着机器人的迅速“进化”、“繁衍”，它们与人类的矛盾和冲突将不可避免，一个重大的伦理学问题引起人们思考：将来机器人与人是什么关系？两者应该如何相处？

为了保护人类自身的利益，美国天才科幻作家阿西莫夫，早在1940年就提出了机器人“三原则”：

一、机器人不应伤害人类，而且不能忽视机器人伤害人类；

二、机器人应遵守人类的命令，与第一条违背的命令除外；

三、机器人应能保护自己，与第一条相抵触者除外。

“三原则”的核心是：机器人不得伤害人类。

尽管机器人“三原则”得到相关国际组织认同并被广大科学人士接受，但这很难执行。事实上，世界强国在把机器人技术应用于和平事业的同时，都在研制战场机器人，如核侦察机器人、扫雷机器人、排爆机器人和保安机器人等。有些国家承诺严禁机器人携带武器，那是因为机器人技术还没有成熟，当军用自主机器人发展到一定阶段，它将在战场上用于攻击和消灭敌人，这是人们不愿看到却无法逆转的趋势。

到了那天，机器人与人、机器人与机器人之间将如何博弈？美国电影《变形金刚》和《阿凡达》中的那些机器人战士，充分展现了人们丰富的想象力，直观形象地预示了未来战场可能发生的惨烈情景。

有着数千年文明史的中国，对机器人的制作，并不比西方“落后”，早在西周时期，偃师就研制出了能歌善舞的伶人。春秋后期，鲁班曾制造过一只木鸟。1800年前，张衡发明了计里鼓车。三国时期，诸葛亮创造了“木牛流马”。但要承认，我国历史上是个重文轻理的国家，因而机器人制作技术，要落后于西方国家，在世界机器人技术长足发展的18、19世纪，中国没有世界级的成果，尤其是在机器人技术突飞猛进的20世纪中叶，机器人研制在中国是一块近乎无人开垦的“处女地”。

中国的机器人研制工作一开始就“先天不足”。

20世纪80年代，我国被冰封了太久的科学大地，终于开始解冻，迎来风和日丽的春天，科学家们开始把探索的目光，投向机器人这块神秘的领地。这时，正值世界机器人技术由工业机器人向仿人机器人过渡的转型期。这意味着，我国的机器人技术，一开始就站在了一个高起点上。

1985年，国防科技大学常文森教授出访日本，参加世界著名的筑波博览会。在那里，他看到了当时美国研制的世界第一台两足步行机器人和日本研制的同类产品。它们分别获得了里根总统奖和日本公民最高奖。面对挑战，常文森心潮起伏。

筑波博览会结束了，常文森无心欣赏富士山的美丽风光，在返程的飞机上，也无心观赏窗外碧蓝的大海和柔美的白云。他脑子里一直在琢磨：中国的两足步行机器人什么时候能够站起来？

回到学校，他连家也顾不上回，就冲进我国自动化专家张良起教授的家，把博览会上的所见所闻和自己的想法，一股脑儿端了出来。

张良起坚定地说："美国人有，日本人有，中国人也必须有！"

自动控制技术专家张良起，1923年7月生于浙江湖州一个中学教师之家，自幼苦读，功课甚好，上海南洋模范中学毕业后，顺利考入上海交通大学。这时，抗战爆发了，张良起不愿当亡国奴，愤然离开上海，辗转前往重庆，重入西迁的交通大学。抗战胜利后，他随校重返上海，于1946年完成大学学业。

大学的教育、艰难的求学，让张良起领悟到这样一个理儿：科技不发达，国家就落后；国家落后，必受强敌欺凌，百姓必遭凌辱！

怀着强国的梦想，张良起投身中国人民解放军海军，当了一名教员，然后又北上哈尔滨，成为哈尔滨军事工程学院第一批教员，他在教学科研岗位上迅速成长。1983年，他被中央军委任命为国防科技大学校长。

中国两足步行机器人，在张良起等老专家带领下，艰难而又顽强地起步了。

机器人研究是自动化领域最复杂、最具挑战性的课题。它集机械、电子、计算机、材料、传感器、控制技术等多门学科技术于一体，属于典型的高、精、尖技术领域。发达国家纷纷投入巨资，力图抢占世界机器人研制技术制高点。

面对仿人机器人这座技术高峰，国防科技大学机器人创新团队，却只有一张白纸、一把尺子、一支铅笔，外加一个科学的梦想和中国人的骨气。

“没有条件，创造条件也要把中国的机器人造出来!”

这是团队成员对祖国作出的铿锵承诺，它是一个战士在战场上受领任务时回答的那一声“是”，这是创新团队牺牲生命也必须完成的使命。

凭着这些近乎原始的设计工具，他们历尽艰辛，经过两个多月反复研讨、设计，我国第一台两足步行机器人的图纸诞生了。

常文森和张教授带着图纸来到车间，和工人师傅一起围坐在炉火边，谈起了筑波博览会、机器人，谈到了机器人对中国现代化建设的影响。从“哈军工”时期就一直从事精密加工的杨凤山师傅拉着常文森的手，激动地说：“你说怎么干，咱就怎么干!”就这样，这间简陋的车间就成了日后诞生中国两足步行机器人的产房。

两足机器人的研制是机器人研制领域最大的挑战。

伟大的发明家爱迪生曾说过：“上帝创造人类，两条腿是最美妙的杰作。”因为两条腿不仅要支撑全身的重量，还要保持身体的平衡。一个多世纪以来，全世界的机械学专家都把攻克“两足机器人”作为机械和自动化控制领域的最高目标之一。

18 世纪，瑞士发明家丁宝若伯特用发条制造了一个机器人，但他只走了一步就倒下了。这位发明家伤感地说，谁能解决机器人的腿，谁就是最伟大的制造家。

机器人的各个关节必须高度灵活和可控，对电机的要求十分苛刻。机器人要真正实现站立、行走等功能，它的大腿、小腿、脚面必须协调配合。科

研人员加班加点忙了几个月，采用皮带传动模式，做好了机器人的两条腿，并写完运行程序。但试验效果很不理想。

望着两根僵直的机器腿，大家的热情一下子凉了下来。

这时，离春节不远了。有人便建议："大家辛苦几个月了，就先休息几天，过完年再干吧。"

但博士生小竺却找到高级工程师马锁祥说："咱们春节不休息了，继续干！"

马锁祥爽快地答应："好，我们一起干！"话刚一说完，他又迟疑地望着小竺，"你不是定好了年前结婚吗？你不好好准备准备？"

小竺说："是啊，是有很多事情要做。可这机器人的事一天没干好，我心里就一天不踏实，干什么事情都没心思。"

小竺回家说出自己的想法后，得到了未婚妻的大力支持："你去忙科研吧，婚礼的事我包了。"

就这样，他把装修新房、分发请柬、张罗宴席等一揽子事情，全交给了未婚妻。自己和马锁祥天天猫在实验室，每天都要忙到半夜才回家。看着未婚妻那张圆润的鹅蛋脸，都快瘦成瓜子脸，小竺心疼不已，满怀歉意地说："亲爱的，真是对不起。"

她幸福地朝他笑笑："你们的事大，我帮不上，就忙家里的事呗。"

他说："你一个人忙得过来吗？"

她说："你放心，到时你只管参加婚礼就好了。"

他说："那我岂不成参加婚礼的客人了？"

她调皮地说："你这个客人不用打红包。"

举行婚礼的那天，婚宴一结束，战友们便趁着酒兴，呼啦啦跑去闹洞房。哪知新房里只有新娘一个人。大家急切地问新娘，新郎哪去了？新娘笑而不答。大家四处寻找，始终不见新郎的影子。

"他准是又去实验室了。"一名战友说。

大家找到实验室，轻轻推开房门，果见他正埋头调试程序。大家不忍打搅他，轻轻拉上大门，回头找新娘子讨喜糖去了。

新婚之夜，小竺同样凌晨一点才回家。

闹洞房的战友早已散去。但妻子还没睡，坐在窗台边，双手托着粉红的腮帮子，静静地望着窗外。见他回来了，回头莞尔一笑："回了。"

他说："让你久等了。"

她指着窗外："快来看，下雪了。"

他走到窗边一看，外边这会儿果然飘起了大雪，大朵大朵的，在橘黄的路灯下，飘飘洒洒，给宁静的夜色增添了许多诗情画意。

"这雪花飞舞得多美呀，这是在祝福我们呢！"

妻子幸福地微笑着，轻轻搂住他脖子说："幸亏你回来得晚，不然天公送来的这份厚礼，我们就收不到了。"

小竺感动地把妻子紧紧搂进怀里……

新婚的妻子成了他的保姆，一日三餐把热腾腾的饭菜送进实验室，晚上还陪着他加班，直至深夜夫妻俩才披着满天星斗手挽手回家。

这一个月里，小竺和马锁祥对几万行程序命令，逐字逐句反复清理、校正、调试，终于完成了我国两足步行机器人的第一套程序命令。

中国两足步行机器人，终于迈出了颤颤巍巍的第一步。国防科技大学的机器人研究，从此走进了一个全新的时代。他们的目光不仅聚集于两足机器人，还瞄准了实现机器人双手协调功能、神经网络、生理视觉应用等一系列机器人研究的前沿课题。机器人研制团队于 1989 年在国家自然科学基金和校预研基金的支持下研制成功我国第一代平面型两足步行机器人。

1989 年，国防科技大学自动控制系党委把机器人研究列入基础研究的重点课题。在各方面的大力支持下，机器人实验室正式向两足步行机器人展开攻坚。

从国外留学回国的博士王教授，把目光盯在了机器人神经网络等一系列

高难度课题上。他潜心研究，艰苦攻关，终于完成了我国第一套机器人神经网络系统并多次填补国内空白。

1990 年，第二代空间运动型两足步行机器人研制成功，这是我国第一台两足步行机器人系统。这一成果获得部委级科技进步一等奖。它的问世标志着我国机器人技术成功跻身世界先进行列。

那年马宏绪考上了机器人专业硕士研究生。这是他日后成长为机器人研制团队骨干人才的起点。

他走进实验室的第一天，导师张良起教授郑重地对他说："你的任务是研制仿人机器人。目标就是与发达国家比一比、赛一赛！"

这是一场以青春作本钱，以智慧为武器的较量。

从此，肩负着国家、民族利益和荣誉，马宏绪和创新团队把全部心血和智慧都倾注在机器人研制上。为了计算一个人体垂直点，他一次次跑到医院，虚心向医生请教；为了改进一个电机，他在工厂泡了一个多月，诚恳地向工人师傅学习；一天，有一个学术难点，他思考到凌晨一点还没想通，便在深夜敲开了导师的家门；运行程序浩如烟海，他和大家对每一行程序、每一个指令，反复推敲，精心设计……

在顽强攻关的岁月里，马宏绪不仅圆满完成了硕士学业，还考上了博士研究生，博士毕业后他又成长为机器人创新团队的领头羊。不久，马宏绪当选为中国自动化学会机器人专业委员会常务委员。

伴随着马宏绪的成长，仿人机器人也渐渐成熟起来。

1996 年，仿人机器人的步速有了明显的提高，达到了每秒钟迈两步。遇到小台阶，它还能慢慢爬上去。

2000 年 11 月 29 日，被命名为"先行者"的仿人机器人，在国家"863"专家、众多媒体记者关注的目光里，完成了行走、扭动等一系列复杂的动作。它具有与人一样的身躯、脖子、头部、眼睛、双臂和双足，并具备了一定的语音功能。

“先行者仿人机器人”被评为“2000年中国十大科技进展”。

2003年，第二代仿人机器人诞生了，它体重63千克，具有36个自由度，可以在机载专用键盘、无线遥控、语音、无线视觉导引等多种模式下进行控制并实现了无缆行走，其最快步行速度可达每小时近1千米，最大步幅达到25厘米。

在不断推进仿人机器人技术的同时，创新团队还对昆虫机器人、蛇形机器人、机器鱼、小型地面侦察机器人等系统进行了全面攻关，创建了一个机器人的“小王国”。

当你走进这个“小王国”时，仿人机器人会向你亲切地打招呼：“您好，我是国防科技大学研制的第一台仿人机器人，我的名字叫先行者，希望您能喜欢我，爱护我，我要快快长大。”你还会发现6个机器人兴高采烈地踢足球；机器人昆虫战士，它虽然没有伟岸的身躯，但步履却是那么矫健；三指机械手缓缓伸向桌上的一个鸡蛋，并轻柔地将它拎起来；工业机器人双手协调地拿着一个工件，准确地插入台面上的一个小孔里。如果你走近一个玻璃鱼缸，会发现一条机器鱼和几条金鱼一起在鱼缸里游来游去，其形态和灵敏的程度，足可以假乱真……

8年后，这个“小王国”里又增加了不少新成员。仿人机器人已陆续“繁殖”了四代，迎来了第五代。与第一代相比，它又有了明显的“进化”：体型更加端庄美丽，体重由近70千克“瘦身”到46千克；步态更加优美，步幅更大，步速更快了。每小时行走距离突破了1千米大关，达到1.2千米。

人类的大脑是由多个脑区组成的。人的每一个活动，都是由多个脑区协调控制完成的。

人在观察某个物件时，需要有一个脑区判断它的颜色，一个脑区判断它的形状，一个脑区判断它的大小……然后综合多个脑区的信息，最后判断它是什么物件。人在走路时，不仅需要多个脑区协调控制身体各个部分的运动，还需要多个脑区判断前后左右的各种信息。

这些活动是由哪些脑区协调控制的？这些脑区又是如何协调配合的？

21世纪初，胡德文教授[①]带领创新团队开创了人脑认知、脑机接口等新兴学科领域，团队主要从脑区对视觉协调控制、脑区对运动协调控制两个方向展开了开创性研究并取得了阶段性成果[②]。

一天，一名军报记者前往模式识别与智能系统研究室参观。研究室主任刘博士指着身边的一台仪器说："它能知道你脑袋里想的一些东西。"

记者疑惑地望着刘博士："它有这么神？不会吧？"

刘博士说："你不妨试试。"

刘博士让军报记者坐在一张转椅上，并在他的脑袋上装上十几个脑电波采集头，说："现在26个英文字母和10个阿拉伯数字，你随便想一个。"

记者凝神聚气沉思起来。

坐在电脑前的刘博士说："你现在想的是英文字母G。"

记者惊讶道："天哪，刚才我心里想的就是G！"

刘博士说："你再试试。"

记者又聚精会神想一个阿拉伯数字。

刘博士笑道："恭喜你，你要发财了。"

记者说："为什么？"

刘博士说："因为你想的是8。"

记者连声说道："神了，神了，真是神了。我想的的确是它！"

刘博士取下记者头上密密麻麻的电波采集头，又指着一个机器臂说："你不用动手，它可以帮助你拿到你想拿的东西。"

记者将信将疑地坐到一张桌子上，又让刘博士将一束脑电波采集头接到他的脑袋上。

刘博士说："桌上这些东西，你想要哪一件？"

---

①长江学者、国家杰出青年科学基金获得者。

②先后获得教育部自然科学奖一等奖，作为主要完成者获得湖南省自然科学奖一等奖。

桌上有乒乓球、小积木、胶棒等十几件小物品。就让它把墨水瓶给拿过来吧。

记者这么想着，不一会机器臂便缓缓移向那个墨水瓶，用三只灵巧的手指将它轻轻捏住。

记者惊愕之余，抑不住赞叹："今天，真是大开眼界了！"

1995年，生物信息技术领域出现了一个新名词——"蛋白质组学"。

几乎与此同时，国防科技大学生物信息技术研究室谢教授，带领创新团队开始了蛋白质组学研究。

人的大脑有数万种蛋白质，每种蛋白质又有数十万到数百万个，可谓浩如烟海，是典型的海量数据。这些蛋白质之间存在着什么联系？它们是如何发生联系的？发生联系后又有什么作用？蛋白质组学研究，试图解开这一个个谜团。

谢教授带领团队对这块科学"处女地"经过数年开垦，已取得阶段性成果，在蛋白质相互作用方向等方面取得了初步突破①。

2011年学校围绕机器人技术创新发展，对仿人机器人、人脑认知、蛋白质组学三个技术方向进行了有机整合，提出了"并行发展、有机融合"整体发展思路。

国防科技大学在不久的将来研制的仿人机器人，不仅有四肢，还将有头脑；不仅步履更加稳健，还能学会思考。

人和机器人面对面交流思想和感情，让它去做更多人类无法做到的事情，成为人类感情上亲密无间的挚友、生活中相互依靠的伙伴，这是人类久远而执著的梦想。

也许这一天还十分遥远，但一定会到来。

---

①在国内外刊物上发表学术论文30多篇。这些成果，达到世界同类研究水平，获得3个国家自然科学基金支持。

ISR技术国防科技
MAK Technologies
Stealth
M1A2

DI LIU ZHANG

第六章

“艺术 + 科学”破解战争迷雾

ZHUJIAN

C³I 指挥系统，在第一次海湾战争首次投入使用，便发挥出巨大威力。张维明说：“我们中国军队也要有 C³I。”

指挥信息系统指挥所设备，别人不卖。老松杨说：“别人不卖的东西，我偏做出来给别人看看！”

北京奥运会开幕式参演演员数万名、保障岗位上千个，导演还像过去那样用喇叭喊吗？张教授巧妙地把音乐变成开幕式现场“导演”。

1 现代战神之颅

海湾战争让张维明深感震惊。镇静下来后，他立刻带领创新团队在国内率先开展C^3I技术攻关。

世界著名军事理论家克劳塞维茨说："战争是迷雾。"

它的确是迷雾：战略意图神秘莫测，战场环境云遮雾罩，战场态势瞬息万变，摆兵布阵掩真示假，战场情报真伪难辨……没有一个战争元素会公然"晒"在阳光之下。

军事指挥员面对这一团团迷雾，谁能去粗取精、去伪存真、由此及彼、由表及里，看到最真实的情况、掌握最本质的信息，谁就拥有战争主动权，就能最终赢得战争。

自古以来，军事指挥员破解这团迷雾，以及在此基础上的决策，更多的是依据指挥员的个人素质，凭着经验、直觉、顿悟等主观因素，处理情报，决策指挥，仿佛一名戏剧导演，运用在长期舞台实践中养成的艺术灵感，导演一场场波澜壮阔、惊天动地的人间悲喜大剧。

因此，军事学术界把军事指挥谋略称为"军事指挥艺术"。

20世纪四五十年代，核能技术、航天技术、电子计算机技术、电子科学技术、系统工程技术等各种新兴科学如雨后春笋，竞相破土问世。

恩格斯说，任何科学技术一经出现，都必然被强制性地首先运用于军事领域。

毫无疑问，这些新兴科学的问世，也会反映在军事指挥上。于是20世纪50年代中期，苏联军事学术界出现了"军事指挥科学"这一崭新的学科。

军事指挥科学要求军事指挥员不能仅凭个人直觉和灵感去判断战场情报，决策军事行动，而更多地借助科学手段，对纷纭复杂的战场信息进行准确计算，破解战争迷雾并运用科学手段进行准确、快速、有效的战场管理和指挥。

“军事指挥科学”一经面世，美国、苏联等军事强国，立刻对这一领域展开研究，着手探索军事指挥的流程、模型和功能。军事指挥步入了“艺术＋科学”（两者有机融合）的时代。

20 世纪 50 年代末，美军开始建设一个半自动化防空体系。它是世界上第一个军事指挥自动化系统。它的问世标志着人类军事指挥开始转向谋略与科技的结合。

20 世纪 60 年代，美苏冷战不断升级，双方强大的战略核武器库，均给对方造成极大威胁和恐慌。美国为有效应对苏联战略核武器突袭，首先建立了战略预警系统。然后又建立了集空中、地面、地下、水上指挥系统于一体的战略通信系统。这是世界上第一套自动化军事指挥系统，它把对苏战略核武器突袭预警时间提前了几倍。

应该说我国是较早认识到军事指挥科技重要性的国家之一。早在 20 世纪 50 年代末，我军就开始建设第一个防空自动化处理系统。它实质上是军事指挥自动化系统的雏形。但由于各种原因，此后的十几年我军在该领域的研究几乎停顿。直到党的十一届三中全会召开后，我军军事指挥自动化系统的研究才迎来了真正的春天。

在我军该项研究处于停滞状态时，美国等世界军事强国已着手建设集指挥、通信、控制、情报于一体的军事指挥自动化系统，并于 20 世纪 90 年代初，建成了覆盖全球的 C^3I 系统。

我们整整比别人落后 20 年！

落后就要挨打。只有瞄准前沿，着手研制我军自己的指挥系统，才不会受制于人。这是勇于担当的国防科大将士的一致想法。

他们勇敢迎接挑战，奋起直追，集中力量开展基础理论研究和实践探索[①]，为我军指挥现代化建设作出了重要贡献，也为我国信息系统技术学科的崛起积累了宝贵经验，打下了扎实基础。

1991年春，进入旱季的阿拉伯海沿岸国家伊拉克受到了美国暴风骤雨般的军事打击。各种战机、导弹、远程火炮同时扑向伊拉克心脏地带，仅用了半个月时间便基本清除了伊拉克重要军事目标。这时，美军地面进攻开始了。数万陆军，在海、空军掩护下，以摧枯拉朽之势，6天打垮伊拉克100多万部队，伊拉克总统萨达姆被迫向美国投降乞和。

这就是第一次海湾战争，也是人类历史上第一次真正意义上的陆、海、空、天、磁一体化联合作战。它的战法让人耳目一新，其威力使人触目惊心。

这场战争深深地震撼着国防科技大学信息系统与管理学院张维明教授的心。

生于安徽合肥的张维明是在爷爷和父亲讲述的日寇在家乡烧杀掠夺的故事中长大的。

那时，他常常问长辈："日本的部队打到我们中国了，我们中国军队为什么不打他们呢?"

长辈告诉他："打了，但打不过。"

他又问："是我们没他们人多吗?"

长辈说："不是，我们比日本人多，但武器没有他们好。"

小小年纪的张维明，那时便渐渐悟出了一个朴素的道理：武器不好，我们人再多，也要受别人欺负。

长大后，这个朴素的道理在张维明心里凝结为报国的理想，立志要为部

①20世纪80年代初，与总后自动化研究室协作，为总后军械部雷达处和计划处建立物资管理系统，并研制了总后勤部与各大军区后勤部之间的计算机网络系统接口设备；1985年，为某步兵师建立指挥自动化系统；1986年为某集团军建立野战指挥自动化系统……近10年间，他们为总部和部队建立了近10个指挥自动化系统。

队装备现代化出力。

1980年高考时，张维明虽然取得了能够跻身清华、北大学子行列的高分，但他毅然选择了国防科技大学，攻读信息系统工程专业。

1985年毕业留校工作后，张维明跟随老专家开始为野战部队研制指挥通信管理信息系统。1989年，他在图书馆阅读一份外军资料时，发现了一个陌生的名词："C^3I"。

张维明敏感地意识到，这是一种美军装备的新技术，立刻搜集有关资料，对它进行跟踪。

他还大胆地推测在海湾战争中，美军必定使用C^3I技术。

张维明利用在北京出差的机会，密切关注着这场战争的进展。有关海湾战争的电视、文章，他都仔细观看、阅读。

张维明渐渐地发现，海湾战争中，美军指挥员对战场情报掌握十分全面，判断非常准确，战场管理很是缜密，战斗指挥快捷到位，各军兵种战术配合默契……这些，完全得益于集指挥、控制、通信、情报于一体的C^3I自动化指挥系统。

C^3I是美军在这场战争中创造"以一胜十"神话的幕后英雄。

张维明判断，随着计算机技术、系统工程技术、感应科学技术等新兴技术的不断发展及其向军事指挥领域的迅速渗透，突飞猛进的信息系统技术必将成为决定未来战争胜负的关键因素之一。

C^3I指挥信息系统是战争各要素之间的黏合剂；是军事指挥的智囊团；也是战斗力的倍增器。它已经成为国防现代化建设的重中之重和世界军事强国竞相抢占的制高点。

张维明从北京一回来，便找到教研室几名年轻人讨论刚刚结束的海湾战争。

张维明说："在作战指挥信息系统技术方面，我们中国已经严重落后了。"

大家说："是啊，这样下去后果不堪设想。"

张维明说："我们必须迎头赶上，否则，战争一旦打起来，我们这些搞信息系统的人，将无颜面对党和人民!"

"对！战争不会等我们条件成熟了再发生。"大家齐声响应，"没有条件，创造条件也要上!"

没有科研经费，连一台电脑都买不起。张维明跑到兄弟单位，借回一台"286"计算机。

学校西北角上有一栋建于20世纪70年代初的四层住宅楼，经历20多年风雨侵袭，已显得十分陈旧。房子的一楼有一间40多平方米的屋子，阴暗潮湿，通风不良，排水不畅，下雨季节，污水便顺着下水道往外冒。正是这些原因，在当时住房十分紧张的国防科技大学，它无人问津，一直处于闲置的状态。

张维明抱着那台借来的电脑，带着几名年轻人，走进这间长年积水的破屋子，开始了在信息系统技术领域艰辛求索的历程。

阴暗的陋室，挡不住他们高远的目光。张维明作为信息系统技术创新团队的"掌舵人"，一开始就瞄准该技术未来发展的趋势，为团队科技创新制定了"两条腿走路"的发展规划。

张维明知道，他们无法绕过美军C^3I技术探索阶段。因此，他首先带领团队积极与总部、部队和地方政府联合攻关，先后完成一系列信息系统研制。

通过一系列艰苦繁重的项目研究，团队成员积累了丰富的工程开发经验，取得了丰硕的科研成果，并创造了较好的经济效益，科研条件也得到相应的改善。更重要的是，这些项目还为团队带来了较好的学术声誉，磨炼、壮大了科研队伍。

但他们并不满足于撵着别人的背影追赶。他们把目光投向下一代指挥信息系统。邓教授、罗博士、刘博士等几名年轻专家，各率领一支科研团队，分别从指挥信息系统顶层设计理论、指挥与控制、数据工程、系统验证与评估等技术方向，展开深入的基础研究，为将来冲刺世界信息系统技术制高点，实现我军指挥手段跨越式发展储备技术、开辟通路。

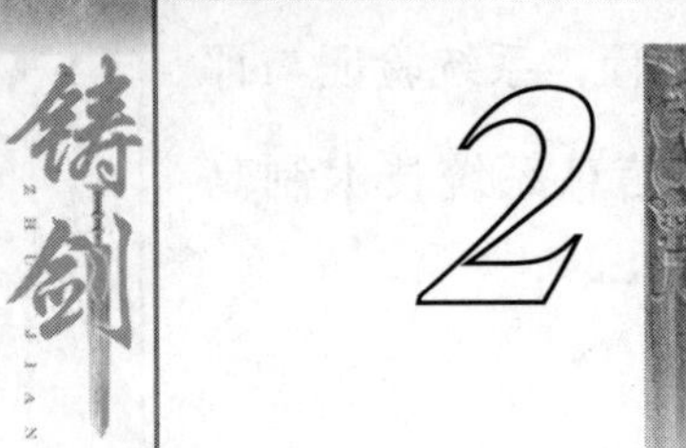

2 闹市里寂寞的角落

指挥信息系统基础研究是个“闹市里的寂寞角落”。三名年轻人蛰伏在这个角落里苦苦思索，为我军打响指挥信息系统工程攻坚战开辟通道。

湘籍军人自古就具有吃苦耐劳、坚忍不拔、锲而不舍、勇于牺牲的性格特质。用湖南俚语说，就是：“吃得苦、耐得烦、霸得蛮、不怕死。”

湘籍军人的这些特点，在邓教授、罗博士、刘博士身上表现得淋漓尽致。

出生于湖南攸县农家的邓教授，经常这样激励学生：“别人不想干的事你敢干，就是你的机会；别人吃不了的苦你能吃，这是你有能力；别人耐不住的寂寞你能耐住，说明你有能耐；别人干不成的事你能干成，这是你成功的途径。”

这是他从几十年科研实践中得出的真知灼见。

1991 年，他获得国防科技大学应用数学硕士学位后，组织上想把他留在数学教研室当教员，但他却坚决要求到信息系统教研室工作。

领导问他：“你为什么放着自己的专业不干，去涉足自己不太熟悉的信息系统领域?”

他说：“我从海湾战争中发现，军队建设急需信息系统技术。研制信息系统，可以直接为军队现代化作贡献，也有利于个人成才。”

领导说：“信息系统专业 20 多门专业主干课，你一门没学过。”

他说：“我一年把它学完。”

果然，20 多门专业主干课，他 11 个月加 20 天全拿下。这 11 个月 20 天里，他陪妻子逛过一次商场，带孩子游了半天公园，其余时间都泡在图书馆里。

他的专业知识迅速厚实起来。第二年便给本科生和硕士研究生开出 11 门信息系统主干课，编写出版 3 门主干课教材，填补了这些课程教材的空白。在准备本科课程“数据与结构”教案时，有一个算法，算起来得心应手，但一直没搞清为什么要这么算。按常规，本科课程讲清怎么运用就够了，但他坚持要给学生解开这个“为什么”，直至上讲台前一天晚上还在教室里熬了一个通宵，找到了自己满意的答案，才走上讲台。讲到这个算法时，他作了深入浅出、系统全面的解析并介绍了自己的求证过程。下课后，一名学员对他说：“邓老师，从你对这个算法的求索中，我们懂得了以后如何做学问。”

与此同时，他把求索的触角伸向信息系统领域，在科研资料及设备等条件近乎一无所有的情况下，向实验室借了一个角落，开始研究美国第一代 C^3I 指挥系统“法国女神”军用语言技术。

那年，学校信息系统创新团队，在张维明带领下，正式拉开向信息系统进军的序幕，承担了国防科工委后勤部事业费管理系统研制任务。这个项目让他们终于有了一间房子。虽然这房子有些破旧，遍地污水，浊气扑鼻。但他和战友拿到房门钥匙那天，依然高兴得直蹦：“房屋虽破，却可挡风雨啊。”

每天打开房门，他们的第一件事就是拿着撮箕把污水舀干，然后打开电脑，开始全神贯注地工作。常常污水漫到脚下，泡湿了鞋袜，也浑然不觉。在房子里一关就是十几个小时，中饭、晚饭也不离开，久而久之，饭盒子堆满了半间屋。系统项目终于通过国家鉴定。

1993 年，国防科工委交给他们一个预研课题，难度非常大，但经费只有 7 万元，买一台“486”电脑用去两万，买系统软件再花掉两万，再扣除外出调研的差旅费，就没多少钱了。

结果项目没干到一半，那几万元钱便分文不剩。

他说："没钱了，也要干到底！"

大家昼夜加班加点，总得吃个盒饭吧。但这钱哪出？他叹口气说："各自掏腰包吧，就当回家吃饭的伙食费。"

电脑主板烧了。修理费要好几千元？他对维修师傅说："这账，我先赊着，以后还你。"

打印机的硒鼓用得都打不出字迹了。他对课题组内勤说："这钱你先垫付，以后有钱了再报。"

他们这样苦熬了三年，终于熬完了预研任务，并获得部委级科技进步二等奖。

上级有关部门领导听到他们的获奖消息，感慨地说："项目干得不错，但经费确实给少了。"

他们的无私奉献，赢得了上级领导的信任和支持，领导把一系列基础研究任务交给了他们，并在当年无偿资助10万元，让他们还清了欠债，建设了一个局域网。学校领导也为他们腾出了一间45平方米的实验室，大大改善了科研环境。

邓教授在科研中发现，现代战争离不开指挥信息系统，而没有数据的指挥信息系统，就像没有加工原料的机器，形同虚设，只有得到完整准确的数据，指挥系统才能发挥作用，最终获取信息优势。他当即把数据工程作为主攻方向，结合一系列项目研究，对其进行深入探索，取得了一系列原创性成果，完成了学术专著《数据仓库》的写作。

2000年秋末，邓教授进京联系《数据仓库》出版事宜时，在总装备部过道上与一名大校迎面相遇。

邓教授出于礼貌，朝大校点头笑笑。

大校也朝他点点头，随意问道："小伙子，来干嘛？"

邓教授说："我来联系出版《数据仓库》。"

大校站住，看着他："你是哪个单位的？"

邓教授答："国防科技大学。"

"你是搞数据工程研究的?"

"是的。"

大校迟疑一下，说："你跟我来。"见邓教授犹豫，又说："我是总装数据库李主任。"

邓教授在主任办公室坐下后，李主任给他倒上一杯龙井茶："给我说说你们的研究成果。"见邓教授感到突兀，便如实相告："我们正在建设一个大型数据库，我刚才送走的就是这个项目的研制专家，我想听听你们这方面的研究情况。"

于是，邓教授边喝着清香的龙井茶，边将自己的成果和盘托出，一说就是两个多小时。

李主任专注地听完他的介绍，微笑着说："他们说到的你都说到了，有些他们没有说到的，你也说到了。你回去后也给我们写一份研制报告来。"

真是天赐良机啊。邓教授当晚就登上火车赶回学校，向团队带头人张维明汇报情况，大家昼夜奋战，拟制了一份研制报告。

总装领导看了他们的报告后，果断决策：让国防科技大学担任总师单位，牵头研制建设这个大型数据库。

通过这个项目，信息系统创新团队融入了军队高端信息化建设行列。

如今说起这段机缘巧合，邓教授依然感慨万分："机遇的出现是偶然的，但它属于有准备的人却是必然的。要是过去面对那些艰难我们不敢去闯，那些明显吃亏的项目我们不愿去干，我们怎么会有如此深厚的技术积累，上级又怎么敢临阵易帅?"

凭着这股子敢想敢干的闯劲，邓教授近十年来在数据工程基础研究领域取得了一系列突破①。

---

①研究成果成功运用于我军数据组织筹划、边境管控、奥运安保、抗震救灾、联合军演、黄淮防汛等任务，先后获得军队科技进步一等奖 3 项、二等奖 8 项、三等奖 7 项。

生于湖南衡阳市祁东县的罗博士，则是一个耐得住寂寞的人。

虽然旅游、唱歌、看小说、打乒乓球，罗博士都喜欢，但他最喜欢的还是找个安静的地方，静静地看书，深入地思考问题。每凡遇到一时想不通的问题时，就不想睡觉，不想吃饭，坐在那里冥思苦想，直到找到满意的答案才罢休。为此，他在上大学时悄悄学会了抽烟，20 多年来多次下决心戒烟，都因为思考的需要无功而返。

1985 年大学毕业后，他报考了国防科技大学信息系统技术专家常梦雄教授的硕士研究生。研究生考试刚结束，尚未接到学校正式录取通知的小罗，听说英国马可尼公司有一批 C^3I 技术专家来国防科技大学讲学，便立刻前往旁听。

读研后，导师告诉他美国从 20 世纪 50 年代就开始 C^3I 技术研究，比我们早几十年，但其 C^3I 系统理论研究到 1978 年还没有开始，直至 1979 年美国国防科学技术委员会给国会递交报告，要求国防部安排指挥系统相关理论研究，才开始这方面零散的、肤浅的、不系统的研究。直到 20 世纪 80 年代末，还没有触及本质问题，更未形成系统理论。我国更是到了 20 世纪 80 年代初，还无人涉足这一领域。而这时，C^3I 指挥信息系统在世界上已经成为研究热点。

因此，C^3I 指挥信息系统理论研究，被学术界称作“闹市里的寂寞角落”。

而它恰恰是个不该寂寞的“角落”。

一般地说，新兴技术在人类实践活动中萌芽后，向深度发展离不开理论的指导。以人类建筑技术为例，它起始于挖掘洞穴，然后盖茅屋，再到建砖瓦房，当人类想要修建楼堂宫殿时，仅凭简单的工程经验就远远不够，而需要运用建筑学各种概念、规律和方法。

C^3I 指挥信息系统技术也是这样。

事实上，美国滞后的 C^3I 指挥信息系统理论研究，在当时已经阻碍了美

军 C^3I 指挥信息系统建设。20 世纪 80 年代末，美国空军拨出一笔专款，想建立空军 C^3I 指挥信息系统。但在对其进行论证时，专家们提出了疑问：这笔钱可以购买几十架最先进的 F－16 战斗机，用这笔巨款去建一个 C^3I 指挥信息系统，能发挥出比几十架先进的战斗机更高的效能吗？而 C^3I 指挥信息系统技术专家们面对质疑，却由于缺乏相关理论支撑，而迟迟未能说服论证专家，致使空军 C^3I 指挥信息系统项目久久未能上马。

罗博士决定把信息系统基础理论研究作为自己的研究方向。

他喜欢这个“寂寞的角落”。一是与他的性格契合，二是它“寂寞”，意味着在这个决定着指挥信息系统未来发展的领域，还是一块尚无人开采的“富矿区”，意味着我们和别人站在同一起跑线上，意味着这是一个千载难逢的赶超世界先进的好机会。

罗博士把探索的触角伸进这个“角落”，发现它的确很“寂寞”。没有一分钱经费，没有一本参考书，网上没有任何相关资料，身边没有同路人，遇到难题了，连一个讨论的人都找不到……

罗博士感到了孤独，但他坚守着这份“寂寞”。课余时间，同学们上街、逛公园、跳舞，他拿上一本书，带上一包烟，找个僻静处，边看书边思考，遇到一时弄不懂的问题，就点上一支烟，任思绪像那袅袅烟雾，在抽象的空间里峰回路转，寻找突破。实在憋得慌，就找别的专业的同学讨论，以期由此及彼、触类旁通。

不久，导师调北京某研究所任总工程师，把罗博士调去帮助工作，并给他介绍了几位信息系统技术专家。他像一个又饥又渴的赶路人遇到了一眼甘泉，伏下身子急切地吮吸知识的琼浆，一有空就钻专家们的办公室，或是去敲他们的家门，缠着与他们讨论问题。

罗博士用不懈求索的精神，编织了第一个信息系统理论研究的花篮，完成了硕士学位。接着又报考我国系统工程专家汪浩教授的博士研究生，再次把信息系统基础理论研究作为自己的主攻方向，继续在这个“寂寞领域”艰

辛地孤独前行。

罗博士当时已经26岁了。爱情女神幸福地走进了他的生活。她是个活泼漂亮的姑娘。但他由于研究任务重，每周只能和她见一次面，时间不超过两小时。陷于难题不能自拔时，还常常忘记和她约会的时间。

但他说，他从孤独的思考中得到更多的是快乐。

机械化条件下的系统分析方法强调目标确定性、稳定性；系统总体设计，追求系统的生命周期性和系统的严谨结构。而他在深入思考后发现，信息化条件下的系统分析方法却截然相反，它更需要强调系统的不确定性，要求合理变更，具有动态演化和成长性，可横向集成等。

每一次有了这样的发现，就像一个独自在黑暗狭窄的山洞里爬行很久的人，突然走出了洞口，暖洋洋的阳光照在身上，清新的空气扑面而来，心旷神怡啊。

到了20世纪末，这个“寂寞的角落”在中国不再寂寞，在网上键入关键词“信息系统理论研究”，点击一下“搜索”，便有一系列文章跳出来。这些论文，基本上都是罗博士的作品。

十几年里，他一次次潜入“黑洞”，一次次走出黑暗，发现光明①。

罗博士的研究成果，成功运用于我军各军兵种数十个单位的信息系统建设，在国家科技攻关重点项目研究中发挥重要作用，为我国经济建设和军队信息化建设作出了重要贡献。

①提出了指挥信息系统需求工程的理论方法，突破了指挥信息系统需求工程关键技术，自主开发了指挥信息系统需求集成开发工具；突破了体系结构技术，提出了具有我军特色的军事综合电子信息系统体系结构框架，建立了基于可执行模型的体系结构验证评估方法，自主研制了“指挥信息系统体系结构集成开发环境”；研究了指挥信息系统顶层设计方法，紧紧围绕军事斗争准备的需求，把解决长期困扰我军指挥信息系统建设中缺乏顶层设计技术、标准规范不统一、基础功能不通用、接口方式不规范、基础数据不一致、信息流程不顺畅等问题作为研究重点，创建了指挥信息系统结构模型；提出并构建了指挥信息系统标准规范体系；确立了指挥数据环境构成及基于服务的数据管理方案；提出了指挥信息系统关键技术体系及实现途径和要求；构造了“典型引路、联合推进”的开发模型和“以数据为轴心、业务为驱动”的滚动应用模式，为我军指挥信息系统建设的方向把握和快速推进发挥了重大作用。他的这些研究成果，先后获得国家科技进步特等奖1项、二等奖1项，军队及省部级科技进步一等奖1项、二等奖2项、三等奖2项。

生于湖南邵阳的刘博士，中等个儿，身材敦实，举止儒雅，言语轻细，浑身上下都透露出浓浓的知识分子气息。

先后采访过他的七名媒体记者，都有两个深刻印象：

一是他的嘴唇。刘博士嘴唇厚实，唇纹粗深，唇间流出的话语，节奏沉稳，不慌不忙。对记者提出的每一个问题，都回答得有头有尾，力求圆满，而且不喜欢包括记者在内的其他人插话。这表明他是一个追求完美，性格坚韧的人。

二是他的眼睛。他视力不好，鼻梁上架着一副金框眼镜，但从镜片后边透出的目光，却非常犀利灵动，犀利得仿佛能穿透迷雾，灵动得仿佛能捕捉到眼前的一切变化。

1997 年攻读博士学位期间，他深入野战部队调研，与一名作战参谋在食堂进餐时，两人边吃边聊。

“我们研制的指挥信息系统，你们的使用情况如何？”

“好啊。”

“就没有不好的地方？”

“没有，使用起来太顺手，太省心了。”

“用起来太省心？”

“因为我不知道自己在哪，用不着动脑子呀。”

“不知道自己在哪？”

仿佛一道闪电从脑海划过，刘博士夹着红烧肉的筷子突然在空中愣住了。

参谋用筷子敲了敲他的饭碗：“你瞪着我干什么？不认识呀？”

刘博士醒过神来，微笑道：“不知道自己在哪？你说得真是太棒了！”

饭后，他立刻对我国各种信息系统展开调研，果然发现所有系统都是纯粹的计算机系统，都把所有功能交给计算机去完成，而把人的因素完全置于系统之外。

他再查美、英、日等发达国家信息系统，发现它们也只有体系结构框架、作战视图、系统技术视图几个模块，同样没有“人的视图”。

而“人”恰恰是信息系统最重要的因素。如何把“人”置入信息系统呢？

他开始苦苦思索。随着思考的不断深入，头脑中的问号越来越多。

人的因素有哪些？它们包含哪些内容？又分别有哪些特点？

信息系统需要哪些因素？它与人的因素有哪些共同点？怎样优化这些因素？

它们牢牢地盘踞着他的大脑，紧紧地钩住他的思绪。刘博士用了整整三年，才把这一个个问号捋直了，变成一个个惊叹号。

2001 年，他在世界上首先提出“基于人类组织的信息栅格建模”这一崭新的信息系统建模方法。这一方法，把人和计算机作为有机整体，进行优化设计，把人和计算机的优势最大化，达到人机合一。

2004 年，美国开始倡导这一建模方法。而这时，刘博士已经在这一领域进行了深入开掘，取得了一系列研究成果。

2006 年，刘博士作为信息系统创新团队第一个出国留学人员，前往英国朴次茅斯大学访问学习。有着“军港之城”美誉的朴次茅斯，军用电子信息技术特别发达，世界上最先进的军用电子信息设备公司总部就设在这里。刘博士运用这块专业技术前哨阵地，努力跟踪世界相关技术发展的趋势。他的“基于人类组织的信息栅格建模”方法，也引起了英、美等外国同行的浓厚兴趣。瑞典学术团体邀请他去讲学，以色列海法大学力邀他去举行学术讲座。

截止到 2006 年年底，刘博士在国内外学术刊物上发表数十篇学术论文，对“基于人类组织的信息栅格建模”进行了系统的论述①。

①有关“基于人类组织的信息栅格建模”学术论文 70 多篇，其中 50 多篇收入 SCI、EI 检索，并在国际学术会议上作专题学术报告。

留学回国后，刘博士立刻将这些信息栅格建模新发现、新技术，引入信息系统领域，从指挥控制方向进一步开展基础研究，取得了人机一体指挥控制组织设计理论与方法、指挥控制任务联盟体系的概念模型、信息综合处理与态势生成技术等基础技术成果。

刘博士把这一系列基础研究叫“顶天”：它们的成果仿佛夜空的点点星光，虽然遥不可及且光线微弱，但它为黑暗中摸索的人们指引了方向。

接着，刘博士就开始“立地”：运用基础研究成果，解决我军信息化建设紧迫需求，研制开发了近50项子系统和构件①。

创新团队开展的这些艰难的基础研究和艰苦的系统开发，使我国指挥信息系统科研方法，实现了从感性经验体会向理性抽象思考的转变，为指挥信息系统理论、方法、技术教学，开展军队信息化建设顶层设计、战略咨询研究，打下了坚实的实践基础。

这标志着国防科技大学已经成为我军军事指挥自动化人才培养和科学研究的重要基地。

---

①获得军队及省部级科技进步一等奖2项、二等奖2项、三等奖9项；验证与评估技术成果，获得军队科技进步一等奖1项、二等奖6项、三等奖4项。

3 未来胜利号角的强劲音符

美军提出了“信息球”构想。党中央、中央军委作出“未来战争是体系与体系的对抗”的战略判断。国防科技大学指挥信息系统创新团队连续作战、屡建奇功！

第一次海湾战争爆发后，世界密切关注它、研究它，美军自己也对这场战争进行深入总结和反思。他们发现战前装备部队的 C^3I 系统，虽然在战争中大显神威，但由于缺乏统一标准、规划和领导，各军兵种子系统之间相互隔离，犹如各自独立的“烟囱”，还不能满足各军兵种联合作战需要。

基于上述认识，美军于 1992 年提出“网络中心战”理念，依托高速发展的计算机科学和互联网技术，建立 C^4ISR 一体化指挥系统。1996 年 7 月，在深入研究未来可能出现的信息化作战的基础上，美军公布《2010 联合作战构想》(JV2010)，提出并论述了“主导机动”、“精确打击”、“全维防护”、“集中后勤”四个作战新概念，并指出获取信息优势是实现上述四个作战概念的基础。为获取信息优势，美军指挥自动化系统的建设思路从“搭桥”实现互联互通互操作，转变为向整个战场提供一个通用的信息平台，实现“信息球”的构想。

到了 20 世纪末，随着信息获取和传播手段的不断创新，“战争迷雾”已渐渐演变为“信息眩目”。美军认为，提供给指战员的信息并非越多越好，恰恰相反，“信息眩目”可能使指战员眼花缭乱，让一些有价值的信息被“垃圾信息”淹没。只有将信息优势转化为决策优势，才能最后赢得战争。4 年后，美军又推出《2020 联合作战构想》，明确提出要获取决策优势，进而实现战场全面优势。这要求 C^4ISR 系统不仅要实现系统各部分之间的有机联结，而且要在“信息眩目”中去粗取精，去伪存真，让战争指挥员直接从地图、报表和文件中获取有用信息，感知战争状态，做出科学决策，进而实现指挥自动化、智能化，甚至战场无人化。

党中央、中央军委敏锐洞察到世界军事指挥信息系统技术突飞猛进的发展趋势。2000 年 3 月 3 日，江泽民在第九届全国人大三次会议上高瞻远瞩地指出：“未来战争是体系与体系的对抗！”

胡锦涛在党的“十六大”向我军提出了建设信息化军队的使命任务，并强调“指挥手段建设是重中之重”。

张维明对创新团队的战友们说：“我们干大工程、打大战役、作大贡献的时候到了。”

他们带领创新团队拉开了大战前的战役战术演练。2003 年，创新团队承担了一项无线通信应用软件系统开发任务。这个系统包括通信协议、应用接口、上层应用等部分，并涉及硬件、软件、协议等技术领域，结构复杂，领域陌生，而且还是个国际合作项目，管理协调任务艰巨。项目研制中，张维明大胆让年轻人担当重任，锻炼一支年轻队伍，培养一批年轻学术骨干。年轻人顽强拼搏，大胆创新，不负厚望，出色完成了系统开发任务。他们成为未来攻坚克难的中坚力量。

2004 年，创新团队敏锐地洞察到，某重大工程是我军信息化建设的紧迫需求，当即派出两名博士担任先锋，前往北京做战前准备。

这些准备工作包括立项论证、技术路线选择、军事需求分析、总体方案初步设计等，它处处充满挑战。

挑战之一：编程任务艰巨。行内人都知道，编程如同写小说，不是一把剪刀、一瓶糨糊就可以完成的。每一个程序，都是一个新的开始，都是一个运用经验重新创造的过程。而且这个系统涉及面宽，纵深大，结构复杂，容量巨大。

挑战之二：该工程项目涉及对象种类繁多、业务复杂，而两名博士过去

从未接触这方面工作，对有关业务了解不深。

挑战之三：该项目是个国家级大系统工程，技术体制非常复杂。他们作为分系统，对大系统技术体制不了解，学习任务十分繁重。

挑战之四：任务重大，但时间紧张。学院要求他们必须在三个月内完成准备工作。

对科研战场的勇士来说，挑战就是激情，压力就是动力。

这两名年轻博士就是这样的勇士。

为了掌握有关对象业务，他们搜集了近40万字的专业书籍和有关资料，然后把自己关在总装综合计划部会议中心的一间小房里，开展“封闭式”攻关，吃在小楼里，睡在小楼里，早上七点开始阅读资料，直到次日凌晨两三点才休息，连续几天足不出户，实在憋得不行了，就上总装机关去请教一些问题，顺便到外边喘口气。

大总体单位离他们驻地很远，为了掌握工程项目技术体制要求，他们一次次前往大总体单位学习请教，然后回来反复试验，光乘出租车费用就花了五六千元，经过一番艰苦摸索，成功地找到了技术实现途径，圆满完成“战前侦察”任务。

他们预测的重大工程，果然于2005年初启动了。他们立刻前往总部请缨承担其中某系统攻关任务。

总部有关部门领导说：“这个系统是工程的重中之重，研制单位要从16家单位遴选。”

言外之意就是：“你们和他们打擂台吧。”

长期的艰苦攻关，磨炼了团队敢搏敢拼的坚强意志。他们抱着必胜信念投入紧张准备，组织各路技术专家，通宵奋战五昼夜，在前期准备的基础上，拿出了系统框架结构。

总部如期“开擂”。参与竞争的几家兄弟单位使尽浑身解数，亮家底，摆实力，讲优势。

该是国防科技大学代表邓教授"攻擂"了。他既没陈述过去的辉煌战绩，也没有介绍自己年轻有为的团队，而是将自己和战友们刚刚完成的系统框架结构娓娓道来。

他们是竞标单位中唯一拿出系统框架结构的单位。

他们毫无悬念地成为该系统研制技术总体单位。

2005 年 6 月，工程攻坚战正式打响。

总部有关部门领导要求：三个月拿下项目，用于 9 月份全军演习。

攻关动员大会上，总装备部有关部门领导充满激情地说："你们今天编写的一行行程序，都将变成未来胜利号角的一个个强劲音符。"

三个月内完成一个覆盖全军的大系统研制，是一场名副其实的突击战。

看他们怎么突击吧。邓教授带领 50 多名精兵强将前往北京，与来自十几家科研单位的 50 多名科研人员会合，当天召开动员会，第二天投入攻关，此后三个月，他们每天 7 点上班，晚上 12 点下班，然后总师组召开碰头会，总结一天工作，布置次日任务。遇到难以攻克的"堡垒"，就通宵达旦，连续奋战，不破难题不收兵。

那天大家进行系统调试时，突然"卡壳"了。邓教授带着大家干了一个昼夜，没有排除故障。又熬了一天一晚，还是没有拿下……连续四天四夜没合眼，"绊脚石"依然没扫除。

大家都把目光投向邓教授。这时邓教授脑袋"轰"的一声，身体一个趔趄险些倒下。大家赶紧把他扶住。

邓教授轻轻推开大家说："我没事。"走进洗漱间，把头伸到水龙头底下冲一把凉水，抬头对大家说："咱们继续干，我就不信找不到解决的办法!"

第五天，系统调试终于"柳暗花明又一村"。

他们在京攻关期间，有家有室的，每月利用回校办事之机与家人小聚一两天，尚未婚配的，基本上没有离开过北京。因此，大家都把回家叫"出差"，而把到北京出差叫"回家"。

那天晚上9点，总师组戴超凡总设计师正在会议室讨论学术问题，手机上突然跳出一条短信："我明天下午做手术，医院要你签字。"

信息是他妻子王琼发来的。

戴超凡为难起来。这周安排的都是事关全局的大事，他作为技术总师离不开呀。可不回去，他心里实在过意不去。2003年6月她病倒时，他就已经很对不起她了。

那次戴超凡到杭州执行科研任务，一走两三个月没回家。好不容易腾出几天回家与妻女团聚，可在家刚待了两天，就接到同事从杭州来电，说攻关遇到了难度极大的技术问题，需要他立刻返回负责攻关。他立刻购买了当晚飞往杭州的飞机票。

哪知，他收拾好行装正准备出门时，妻子突患急性肾盂肾炎，疼得在床上翻来覆去。戴超凡要立刻送她上医院，但她坚强地说："超凡，你快走吧。"

戴超凡为难地说："我走了你怎么办?"

妻子说："我自已是医生，知道怎么处理自己的病情。再说不是还有爸爸、妈妈嘛。"

他紧紧抓住她的手。眼前是病重的妻子，那头是急需解决的问题。他揪心呐。

妻子强忍病痛安慰他："这不是什么大毛病，过两天就好了。你走吧，不然就赶不上航班了。"

戴超凡慢慢松开了妻子的手，一步一回头地离开了家门。

开往机场的大巴，疾驰在宽敞平坦的高速公路上，离家越来越远、越来越远……

但他那颗对妻子的牵挂之心却越揪越紧、越揪越紧……

他从身上摸出手机，拨通了岳母的电话："妈妈，我对不起王琼。妈妈，王琼，就全拜托您了……"

说着，说着，两行泪水从眼眶滑落下来。

现在，既要上班又要持家带孩子的妻子，又因劳累过度，生病住院手术治疗。

戴超凡无奈地叹了一口气。

他的轻叹，被坐在身边的总部参谋听到了，笑着问他："戴总平时总是乐呵呵的，今天怎么唉声叹气了？是不是家里出事了？"

在总部参谋再三催问下，戴超凡说了妻子明天手术的事。参谋听了，转身出去了，把这事向领导作了汇报。

总部机关和课题组领导立刻重新部署工作，特意为戴超凡挤出一天时间回家看望妻子。

那天，他一起床就往机场跑，乘上了北京飞往长沙的最早航班，一出长沙机场，乘了一辆出租车就朝市里奔，心急火燎赶到医院。这时，离约定手术时间还不到一个小时。等他办完签字手术时，妻子就要进手术室了。

妻子对他说："我这次手术是全麻，要好几个小时才醒。只要手术成功，你立刻就回北京，不要等我醒来了，不然赶不上最后一趟航班。"

多么通情达理的妻子啊！戴超凡紧紧拥抱着她，勉励她坚强，祝福她手术顺利。

妻子的手术进行了近两个小时。对于在手术室门口焦急等候消息的戴超凡来说，那是30多年来最漫长的两个小时，漫长得如同两天、两月、两年……

妻子总算被轻轻推出了手术室。医生通报说："手术很顺利。"

岳母轻轻吁了一口气，对他说："好了，超凡，没事了，你可以放心回北京了。"

这时，离最后一趟航班只有两个小时了。他含泪告别依然不省人事的妻子，踏上了归程。

艰辛的付出，创造了惊人的科研速度。三个月时限，他们提前一周完成

系统研制，而且专家委员会认为该系统实现诸多创新，达到国内领先。

鉴定会上，总部有关部门领导称赞国防科技大学信息系统创新团队“是一支使命感特别强，吃苦精神特别强，战斗力特别强的队伍”。

项目总结时，这支创新团队的钢铁战士们哭了。他们流的是被战友们牺牲奉献的事迹感动的泪、流的是为自己终于闯过重重险阻完成了党和国家交给的使命任务而欣慰的泪。

该项目结题不久，总部又要启动另一个大工程项目。邓教授听到这个消息，精神为之一振，立刻向学院领导报告，并搭乘当日航班，于晚上 8 点多赶到北京，敲开了有关部门领导的家门。

领导笑问道：“你心急火燎来找我，有什么急事?”

邓教授直抒来意：“我们想承担下一个项目研制任务。”

领导把他请进家门，递上一杯热茶，笑着说道：“说说让你们干的理由吧。”

邓教授说：“第一、我们国防科大是直属军委领导的我军最高工程技术学府，有义务有责任承担我军信息化建设重任；第二、我们国防科大有一支过硬的信息系统技术创新团队，具有拿下这个任务的实力；第三、经过十几年不断探索，我们取得了一系列科研成果，为完成这个系统研制积累了雄厚的技术基础。”

领导沉吟良久，说：“有十几家单位申请承担这一任务，他们的理由也很充分。你们国防科大敢不敢和他们打擂台?”

邓教授说：“为什么不敢？我还怕你们不摆擂台呢。”

领导说：“我现在就联系专家，通知各单位，今晚 12 点开会，各单位陈述，专家最后定夺。”

邓教授深知，仅有攻擂的胆略还不够，还得有攻擂的策略才行。他立刻联系张维明教授，两个人在电话里讨论了两个多小时，拿出了系统研制技术路线。

午夜12点，十几个竞标单位负责人和十几名专家院士准时赶到，激烈的论证答辩拉开了序幕。面对兄弟单位咄咄逼人的攻势，邓教授毫无怯色，沉着应战，陈述思路有条不紊，现场答辩不慌不忙、针对性强。

战至凌晨5点，专家领导达成共识："国防科技大学的技术路线独辟蹊径、目标明晰、科学可行。这个任务由国防科技大学牵头完成。"

于是，刚拿下一个制高点，尚未洗去征尘的信息系统创新团队，又整装出发，再次投入科技攻关的新战场。

军人知识分子的骨头

老松杨科研中遇到难题向外国同行咨询。外国同行说：这是美国军方控制的技术，我们不能说。6个月后，他研制出的设备水平堪与美军同类装备媲美，成本却只有美国的三分之一。

指挥信息系统人机交互界面，直接影响着指挥员使用信息系统的效益。信息系统技术重点实验室老松杨教授，一直致力于研究自然和谐、形象直观的人机交互技术。

2004年，老松杨作为访问学者赴爱尔兰留学。他利用爱尔兰处于世界信息技术发展前沿的有利条件，努力跟踪世界人机交互技术发展趋势。回国后，结合自身研究基础，创造性地提出未来指挥所“智能交互协作指挥空间”体系结构，并展开了基于自然手势的双手/多指触摸交互技术的研究。

攻关时，他们很快就遇到了“拦路虎”，而且久攻不下。

这时，老松杨教授想到了在留学期间参与的一个美（国）爱（尔兰）合作项目——美国一家公司最新研制的触摸桌，它正好可以解决这个难题。

老松杨教授便给这家公司发去电子邮件咨询，但杳无音讯。

他又向英国朋友咨询，得到的答复是：触摸桌是信息系统关键技术，不仅公司不卖，而且办不了运往中国的手续。

他再给自己在爱尔兰合作的教授打电话，请他帮忙买一台触摸桌。几天后，教授回电话：“触摸桌是美国中央情报局严令对华禁售技术，我无能为力。”

放下电话后，老松杨在心里撂下一句狠话：“别人不卖，我非自己搞出来给别人看看!”

老松杨是一个为人随和但骨头很硬的中国军人。

2004年，他前往爱尔兰都柏林城市大学数字视频处理研究中心留学时，因为其中国与爱尔兰互访学者的身份，校方对他的接待和生活安排格外热情、周到，独立的办公室里，沙发、电脑、用具一应俱全，让刚刚经受了远涉重洋之苦的老松杨心里热乎乎的。

但次日，与该校数字视频处理研究中心主任Alan教授见面时，老松杨心里就不那么舒服了。

Alan教授说："我是都柏林城市大学数字视频处理研究中心主任Alan教授。"

"久仰，久仰。"老松杨微笑着与他握手，"我是国防科技大学教授老松杨。"

Alan教授一笑置之。老松杨看出了他笑里的意思：你们中国的大学教授太多了，水平如何难说。

良久，Alan教授才又问："你在国内主要从事哪个方面的研究？"

老松杨说："和教授一样，也是研究数字视频处理技术。"

Alan教授说："你们也搞数字视频处理研究？"

老松杨说："我们国防科大也有一个多媒体技术研究开发中心，还有一批顶尖的专家，并搞出了一批水平很高的成果。"

"没听说过，我只知道你们中国的清华大学和微软亚洲研究院在搞这方面的研究。"Alan教授摇着头站起来，"你先去和我的学生谈谈吧。"

Alan教授和老松杨的第一次交流，就这样三言两语，不到五分钟。人家哪把他当教授、访问学者？在人家眼里，他这个教授只是一个学生。

Alan教授是很"牛"。爱尔兰排名第三的都柏林城市大学计算机学院，只有4名教授、2名副教授，大多五六十岁了，只有Alan教授例外，只有42岁。他不仅是爱尔兰数字视频处理研究的"霸主"，还是世界多媒体界的权威人物，曾是美国计算机学会多媒体技术组、图像视频检索国际会议等多个

多媒体领域国际组织和会议的主任委员或执行委员。

可他老松杨也不“熊”！不说别的，就说科研成果奖，光军队科技进步一等奖就有2项，还有学术论文，只要打开SCI、EI、ISTP检索，他老松杨的名字有数十个。

老松杨真想把自己的这些成就也抖一抖，并告诉他：国防科技大学是中国多媒体技术研究的发源地。

但老松杨什么也没说。作为一个炎黄子孙，他信奉这个民族做人的信条：与其说给别人听，不如做给别人看。

老松杨按照Alan教授的要求，先和他的学生交谈。但几次交流下来，Alan教授的学生便发现，他们的这个“同学”不仅视野宽广，专业理论深厚，学术研究方法科学、思路明晰且具有独创性，水平远在他们之上。于是纷纷向Alan教授诉求，让老松杨在全院举行学术报告。

Alan教授接受了学生的建议，把老松杨请上学院的学术讲台。结果，老松杨以自己独到的学术见解，彻底征服了都柏林大学的师生，这次讲座反响极佳。在爱尔兰期间，他先后做了三场学术报告，都受到了师生的好评。

不久，国际CIVR学术年会在都柏林城市大学举行，Alan教授担任执行委员会主席。

老松杨赶写了三篇论文，又动员母校的研究生撰写一批论文，共向会议投稿7篇，经过执委会严格筛选、把关，其中3篇被录用，投稿量和录用率，都是世界各国最高的。会议执委们纷纷称赞：“没想到中国的国防科技大学数字视频处理研究水平这么高。”

Alan教授听了老松杨的几次学术报告，看了老松杨领导的课题组给CIVR的投稿后，才正式和老松杨谈研究课题。

Alan教授说：“你就做体育视频处理课题的检索模型好了。我想，你只要把检索模型搞出来，就很不错了。”接着，就让老松杨谈谈自己的研究思路。

研究思路，老松杨早就胸有成竹，便向 Alan 教授细细道来。Alan 教授开始是仰坐在沙发上听，听着，听着，就把身体坐直了，后来又微微前倾着身子，眼睛一眨不眨地注视着他，当老松杨谈完自己的想法时，Alan 教授说："我想让你多做一些，你愿意吗？"

老松杨说："当然可以。"

他在不到三个月的时间里，完成了多项研究，写出了《一种基于基本语义 Petri 网的足球视频查询描述模型》研究报告。正在外地休假的 Alan 教授看过老松杨的研究报告后，立刻给他发来了电子邮件，称赞他的研究"很有意义，很有价值"。

老松杨把论文投给了美国计算机学会多媒体技术学会 2004 年年会。这是国际上代表多媒体技术领域最高水平的学术会议，论文录用率只有 9%，报告率更低，不到 1%。老松杨的论文，不仅被大会录用，并被定为会议报告论文。

遗憾的是，老松杨没有来得及参加这一学术盛会，归国日期已到。还在外地休假的 Alan 教授，得知老松杨将启程回国的消息，赶紧打来电话挽留："我们的合作是成功的，希望你能留下来和我继续合作，扩大我们的研究成果。"

老松杨说："谢谢了，我的国家还有重要任务等着我，我作为中国派出的访问学者，没有理由不回去为国家效力。"

不久，Alan 教授以第二作者的身份，带着论文参加了美国计算机学会多媒体技术学会 2004 年年会，并代表老松杨宣读论文，引起了强烈反响，同行们纷纷向 Alan 教授索要论文实验数据。Alan 教授在机场高兴地给老松杨发来电子邮件："报告非常成功，真没想到！"

老松杨心想，西方列强掐新中国的脖子掐了几十年，新中国照样一天天发展壮大起来。一张小小触摸桌就能把中国人难住？

"我一定要干出中国自己的触摸桌让别人瞧瞧！"老松杨暗下决心。

在没有技术支持的情况下，老松杨教授带领课题组伏下身子，摸着石头过河。他们不知跌倒多少次，只知道每次跌倒后爬起来继续摸索。

老松杨用行动向世人证明：没有别人的支持，我军照样建设现代化！

他们经过6个月的艰苦攻关，研制完成的我军具有自主知识产权的“智能交互式通用指挥平台”，功能水平堪与美式触摸桌媲美，而成本却只有美军的三分之一。

5 音乐“导演”奥运会开幕式

张教授把音乐变成了奥运会开幕式、闭幕式“导演”。北京奥运会总导演张艺谋说：“张教授，你给我解了燃眉之急啊。”

《封神演义》中的二郎神，额头上长出了第三只眼睛。大家知道，那是神话。

在国防科技大学俱乐部广场上，经常停着一辆迷彩越野车。坐在车上的人只要打开电脑，仿佛后脑勺上、脑袋两边忽然长出无数双眼睛，同时清晰地看到了四周的景物。这却是真实的故事。

这个能让人“长出无数双眼睛”的神秘“宝器”，就是国防科技大学信息系统与管理学院张教授带领大家研制的“高清全景凝视摄像机”。

2011 年 8 月，张教授的这一创新成果，在中国发明协会、山东省科技厅和威海市人民政府联合举办的第 20 届全国发明展览会上，一举夺得金奖。

1994 年春的一天早晨，张教授到长沙烈士公园散步。

那天，公园景色真是美不胜收，烈士塔顶云遮雾绕，年嘉湖微波荡漾，道路两旁鲜花绽放，山上的树木郁郁葱葱。被美景包围、花香环绕的张教授，正感目不暇接时，忽然想到一个问题：

现在普通光电成像设备，一次只能对一个特定方向成像，不能让指挥员快速、动态、无盲区地感知战场态势。

要是有一种光电成像设备，能实现 360 度成像，不就可以同时感知前后左右的信息，把战场态势看得通通透透吗？

散步回来，张教授立刻收集资料，结果没有发现任何相关信息。一无所获没让他觉得沮丧，相反，他感到异常兴奋。因为这意味着它是一个尚无人

涉足的新技术领域，是一次重大创新机遇。

1994年，张教授带领课题组开始了在“战神”头颅四周“安装眼睛”的创新历程。

他们从360度成像这一基础问题开始研究，经过反复摸索推导，提出了一种基于柱面投影模型的快速全景图像生成算法，实现了从四周八个角度一次性成像，并把这八张照片无缝连接，形成了360度全景照片。

这一成果很快得到人们青睐，成功应用于国防和经济建设。

21世纪初，张教授受国家派遣，前往加拿大渥太华大学留学，师从N. D. Georganas教授做博士后研究。

2003年1月留学归来后，羽翼更丰的张教授决心让我国全景视频处理技术更上一层楼，实现由360度静态成像向360度实时动态成像的飞跃。

他带领三名本科学员经过反复摸索，提出了一种基于主导区域映射的快速颜色校正算法，解决了全景图像拼接中相邻图像色差快速校正问题，为实现全景实时动态成像奠定了理论基础。

2005年，第二次伊拉克战争爆发！

美军装甲部队进入巴格达市区后，伊拉克武装人员经常利用美军装甲兵视线盲区悄然接近，用燃烧弹、炸弹袭击装甲车，让美军装甲部队防不胜防，迫使美国军方不得不紧急启动全景实时成像技术研究。

这些战例，让张教授看到了国防建设对全景实时成像技术需求的紧迫，感到了自己肩负使命的重大和任务的沉重。

全景实时成像从“静态”转变为“动态”，面临的最大挑战是DI分辨率问题。

当时，世界上性能最好的摄影机的DI分辨率，也只有40万像素，它远远不能满足360度实时动态成像技术要求。

人从暗处走到明处或从明处进入暗处时，都会感到视线模糊。摄影机也一样。适应时间越短，影像分辨率越高，反之亦然。

张教授带领课题组反复推导，突破若干核心关键算法，大大提升了设备适应各种对象的能力。创新团队于2008年研制出我国第一个全景实时成像系统，技术性能达到500万像素×每秒20帧，跻身世界先进行列。

此后，他们又运用数字视频处理技术、智能分析技术，对系统进行升级改造，把技术性能提升到2500万像素×每秒50帧，成为国际市场上成像最清晰的摄像系统。

改进后的全景实时成像系统还具有预警功能：如有可疑目标接近，它能自动识别、自动报警，是国际市场上“头脑最聪明”的摄像系统。

目前，该技术成果已转化为产品，成功应用于安全防控、远程教育，并开始运用于视频会议、汽车导航等领域。

1971年生于湖北黄梅的张教授，经常对学生说：“我是个农家孩子。”

他对小时候看过的电影《我们村里的年轻人》印象非常深刻，对影片插曲中的两句歌词更是记忆犹新——“樱桃好吃树难栽，幸福生活不会自己来”。

“创新机遇，就像樱桃，也不会从天上掉下来。”张教授深有感触地说，“要想为国家和军队现代化建设作贡献，就要努力跟踪世界科技发展趋势，深入研究国家和军队现代化建设紧迫需求，处处留心，事事留意。这样才能发现创新机遇，继而抓住创新机遇，取得实实在在的创新成果，为国家和军队建设作出重大的贡献。”

凭着这种主动作为的精神，这些年来，张教授在多媒体信息系统、虚拟现实技术、指挥控制技术等领域，先后申请并主持完成一系列科研项目①。

2007年7月，北京奥运会进入倒计时，各项技术保障工程招标工作随之紧锣密鼓地展开。

①国家自然科学项目2项、国家重大基础研究项目子项目1项，国家科技支撑计划项目1项，国家“863”项目3项，国防预研项目7项，国防预研基金项目2项，军队型号项目2项，军队横向合作项目9项，横向合作项目5项。

张教授得知这一消息后，立刻前往北京参加开幕式、闭幕式指挥信息系统投标。

可有关人员告诉他：技术保障工程没有这一项目。

张教授也告诉他：该项目非常重要，国外的重大活动都采用指挥信息系统技术。

有关人员说：我们一直是用喇叭喊的，前些年我们组织的一个大型活动，有数千人参加，规模也不小，也是用喇叭喊的，效果也不错。

张教授无语。

他深入调研历届奥运会情况后发现，作为人类规模最大的体育盛会，北京奥运会运动员、工作人员数以万计，保障岗位数以千计，尤其是开幕式和闭幕式，更是场面宏大、环节繁琐、持续时间长。

如何在同一时间里，让成千上万的人按照统一安排执行不同任务，如何能保证所有人员、岗位、仪器设备同步工作？其指挥协同难度之大，绝不亚于一场战役，单靠“用喇叭喊”来指挥，难免顾此失彼，造成混乱。

张教授对课题组的同志们说：“他们现在意识不到，但到时肯定用得着。我们现在就要开始干，不然到时来不及。”

同志们有些担心：“他们没给我们下任务，也没有一分钱经费，就怕到时垫进去的钱都收不回。”

张教授说：“北京奥运会，是展示国家实力、彰显民族风采、提振国人信心的大平台，其成败与否，事关国家声望、民族信誉，是天大的事。为奥运会提供万无一失的指挥手段，是我们革命军人义不容辞的责任，是党交给我们的政治任务，哪怕贴钱也要干，而且一定要干好。”

张教授在没有资金支持的情况下，立刻带领课题组搜集有关数据，展开基础理论研究，于 2008 年 4 月研制出指挥信息系统原理样机。

这时，奥运会开幕式、闭幕式已经进入预演阶段。

随着参与演出人员、保障部门的不断增加，演出场面越来越大，“用喇叭喊”渐渐喊不过来了，直接影响着后续排练。

奥运会开幕式、闭幕式指挥部门，看到张教授研制的原理样机后，喜出望外，请求他们尽快研制出北京奥运会开幕式、闭幕式演出流程指挥信息系统。

音乐贯穿北京奥运会开幕式始终。随音乐而动，是对演员、灯光、音响以及机械舞台设备的根本要求。传送音乐时间码，是开幕式、闭幕式实时指挥监控系统的核心任务。在专门建立的局域网上，从总指挥、总导演、总调度到各部门各系统指挥操作岗位，都有两个屏幕分别显示音乐时间码，以及由此生成的指挥流程信息。音乐时间码不仅是开幕式、闭幕式工作的“指挥棒”，还为演出前50多天的现场排练和节目调整定型提供了依据。时间码的存在，使舞台、灯光、音响等系统设备可以按每场节目设定操作程序，并根据最终程序参与演出。

张教授带领课题组，创造性地将音乐时间码引入奥运会开幕式、闭幕式演出流程指挥信息系统，研发了一套音乐时间码提取技术，通过在音乐中加入时间码，为音乐打上时间标记。

在播放音乐时，实时地从音乐中精确地提取出时间标记，以音乐时间码为基线，为开幕式和闭幕式涉及的众多技术部门提供协同一致的指挥指令，确保导演的艺术创意得到最忠实、最完美的实现。就这样，张教授把音乐巧妙地变成了北京奥运会开幕式、闭幕式的“导演”。

奥运会指挥部门认为这一指挥信息系统非常科学，感到十分满意。但张教授还不满足。他想，要是音乐时间码的编制与传输出现差错怎么办？于是，他又提出了音乐时间码形式化验证技术，在音乐时间码出错时，能够事先自动验证并纠错，为指挥信息系统上了“双保险”，确保奥运会开幕式、闭幕式万无一失。

北京奥运会开幕式、闭幕式，在世界期待的目光里如期拉开序幕。

在三个多小时的艺术表演中，在音乐这个幕后“导演”不慌不忙、有条

不紊的指挥下，数万名演员有序登台，灯光、音响、仪式指挥、地面舞台、空中机械、LED播放、焰火控制等数千个技术保障部门配合默契，没有出现任何差错，为世界奉献了一台奥运史上最精彩的开幕式、闭幕式。

当40亿观众享受北京奥运会开幕式、闭幕式的盛宴时，张教授以另一种心情紧盯着鸟巢。这是他一生中最难忘的时刻。他的技术团队圆满地完成了演出调度的技术保障任务。

北京奥运会开幕式、闭幕式的总导演张艺谋，感激地握着张教授的手说："张教授，你给我解了燃眉之急呀，开幕式和闭幕式如此顺利，还真多亏了你们搞的这个演出流程指挥信息系统啊。"

一位国际信息系统技术专家看过北京奥运会开幕式后，发表评论说："北京奥运会开幕式的空前成功，指挥信息系统功不可没，它说明中国信息系统研制开发技术已跻身世界先进行列。"

近十年来，国防科技大学信息系统创新团队完成了数以百计的科研项目，获得数十项各类科技进步奖，仅2010年就获得国家科技进步特等奖1项、军队科技进步一等奖9项。

当今时代，信息科学日新月异，新兴技术层出不穷，"云计算"、"信息栅格"、"智慧地球"、"物联网络"……随着这一个个新名词成为人们日常生活的"口头禅"，信息网络将无所不在，各种服务无所不能。人们的生活将如同离不开水和火一样离不开信息。因此人们预测，不久的将来，家家户户除了电表、水表、燃气表，还得再装一个"信息表"。

基于这样的信息技术发展态势，美军于2011年宣布中止投入巨大的一体化信息系统建设计划，提出了运用无所不在的网络及其无所不能的功能，建立军方服务网和服务系统的计划。

该计划一旦建成并投入运营，美军无论哪支部队哪个单兵甚至独立装备，无论在哪，只要连上网络，就可以找到急需的信息，得到各种服务。

面对新世纪新挑战，胡锦涛向全军发出了"加强我军基于信息系统的体系作战能力建设”的伟大号召。

张维明说：“我们作为信息系统技术创新国家队，迎接世界挑战责无旁贷，完成使命任务义不容辞！”

这掷地有声的话语，彰显的是底气，表达的是信心，更预示着希望。

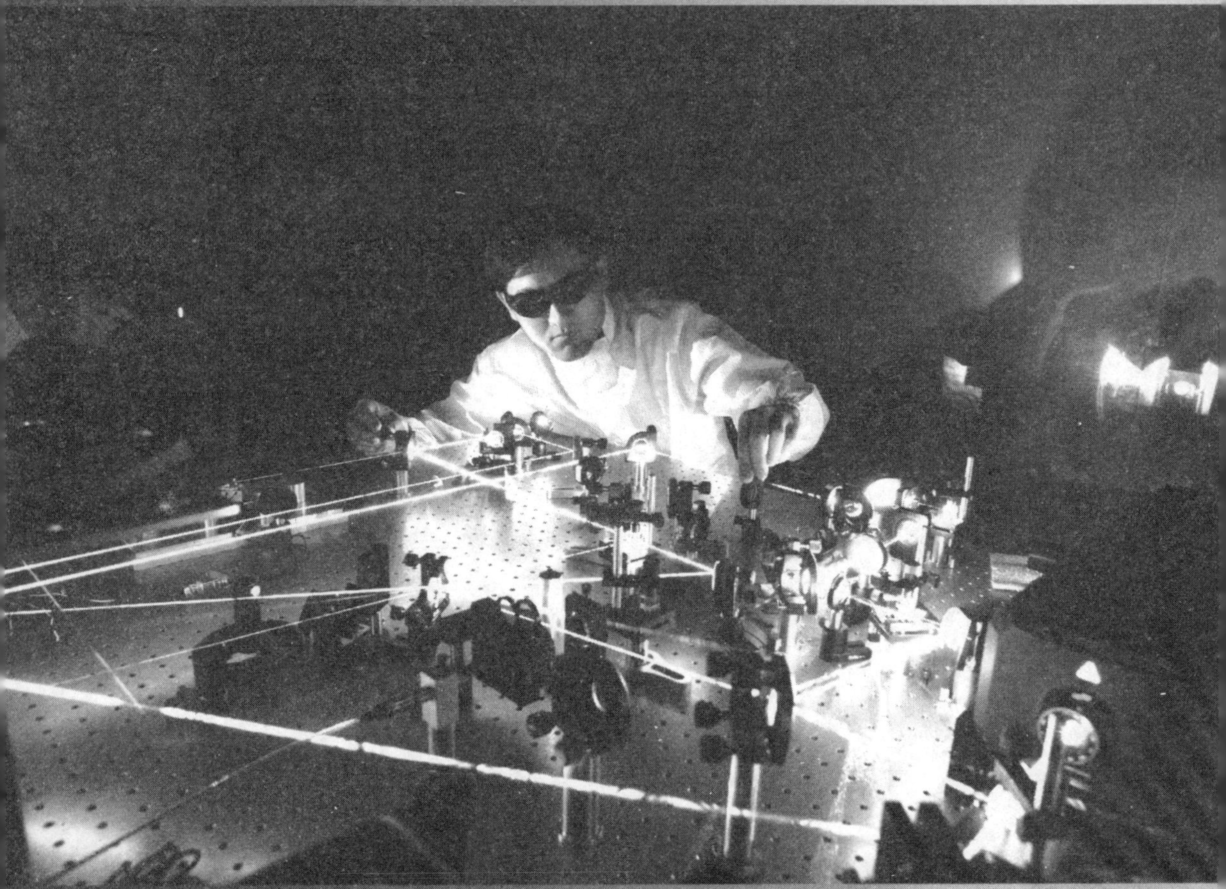

DI QI ZHANG

第七章

人类文明 链上的结点

ZHUJIAN

昨天的基础研究，今天的科学“胚胎”，明天的新兴技术。

一个数学公式，改变一个兵种的战斗力生成模式；一个数学公式，挽救一种重大型号武器装备；一个数学公式，挽回一次重大空间飞行器试验……这不是神话。它是国防科技大学数据分析技术创新团队创造的科学奇迹！

ZHUJIAN

1 孕育科学“胚胎”

国防科技大学承担的预研基金项目约占全国六分之一，名列榜首。

国防科技大学创新团队这支国家基础研究的主力军，先后攻克一系列基础研究关键技术。这一个个基础研究成果，就像一个个“胚胎”，在创新团队精心培育下，成长为一个个崭新的学科方向，成就为一个个工程型号任务，为国家建设、民族振兴撑起一片片科学的蓝天。

什么是“基础研究”?

18世纪，英国人发明了蒸汽机，把人类交通从人力、畜力车时代，带进了机械动力交通新纪元，并推动了英国工业迅速崛起，率先迈入资本主义社会。

18世纪，富兰克林发现电现象，19世纪法拉第发现电场与磁场的联系并提出了电磁感应学说，19世纪60年代麦克斯韦建立了电磁场理论的宏伟大厦——麦克斯韦方程式，统一了电力与磁力，使我们理解光的本质及它和纯粹电磁现象的统一性。所有这些突破带来了发电机、电动机和电报、电视、雷达，以及各种现代化通信手段的出现。

20世纪原子物理、分子物理、核能、激光、X光技术、半导体、超导体及超级计算机等新兴科技迅速崛起，是因为有了相对论和量子力学的不断突破。可以说，这两个基础理论，改变了人类的整个生活。

蒸汽机、电现象、电磁实验、麦克斯韦方程式、相对论、量子力学……这样一些对人类生活、科技发展带来重大影响的基础理论研究便属于基础研究的范畴。

曾有人用图示的方法描绘人类文明发展史，发现人类数千年文明进步史，就像一根长长的链条，而把一个个链环连接起来的，就是基础科学和重要人文思想。也就是说，基础研究、人文思想的每一次重大突破，都给人类生活带来深远影响，给社会文明带来一轮新的繁荣。

因此，哲学家们把重大基础研究和人文思想成果，形象地称为“人类文明链上的一个个结点”。

国防科技大学作为我军唯一直属中央军委领导的最高工程技术学府，享有自主创新国家队的盛誉，当然，也必须在基础研究领域有所作为，为强军兴国提供坚实的基础技术支撑。

国防科技大学从组建那天起，就把基础研究作为科研工作的重要内容，尤其是1999年成立新的国防科技大学后，基础研究开始走向“快车道”，于2000年制定了《关于加强学校基础研究工作的意见》，确定了9个重点基础研究领域，并在“十五”计划和2010年发展规划中，将重大基础研究和应用基础研究条件建设列入学校重点建设项目，学校承担的国家自然科学基金、预研基金等基础研究项目，年年都上新台阶：

1993年，国家自然科学基金、预研基金项目突破10项，进入了全国重点研究单位排行榜；

1995年，1人获得国家杰出青年科学基金资助，打破了零的纪录；

1999年，首次中标重点项目，首次在湖南省科研数额经费排名第一；

2000年，首次获得香港青年学者合作研究基金；

2001年，获得5项重大研究计划项目资助；

2002年，国家自然科学基金获得批准项目24项。

此后，国防科技大学基础研究项目逐年大幅增长。其中预研基金项目约占全国六分之一，位列全国第一。

“十一五”期间，学校基础研究更是突飞猛进，共承担国家自然科学基

金项目 398 项，国家“973”项目 9 项，武器装备探索研究 16 项。国家自然科学基金到位经费逐年增长：2006 年 1463 万元、2007 年 1876 万元、2008 年 2043 万元、2009 年 2686 万元、2010 年 3574 万元，共计 11642 万元。

此外，学校还承担了多项教育部跨世纪人才基金、高等学校骨干教师资助基金、霍英东青年教师基金、留学归国人员资助基金、博士后研究基金、航天支撑技术基金、工程物理研究院院外基金、湖南省自然科学基金等基金资助项目。

国防科技大学创新团队已经成为我国基础研究的国家队、主力军。其先后攻克扭轮摩擦传动试验系统、含能结构材料燃烧断裂、多变量时变参数序列辨识别、用于电光调制的极化光纤维器件、基因工程中的组合最优化等一系列基础研究关键技术①。

这一个个基础研究成果，就像一个个“胚胎”，在创新团队精心培育下，成为一个个崭新的学科方向，成为一个个工程型号任务，为国家建设、民族振兴撑起一片科学的蓝天。

---

① 近年来，学校先后取得了扭轮摩擦传动试验系统、实时系统的软件可靠性测试验证理论、雷达目标识别理论、超高性能并行计算机理论及关键技术、球齿轮设计与制造理论、含能结构材料燃烧断裂、小波理论、分布参数系统的传递函数方法、散斑条纹图处理新方法、电子与碱土金属原子相互作用理论、两足步行机器人、软件项目的风险管理理论方法等一大批高水平基础研究成果，并先后攻克了光子对抗、先进雷达、捷联惯导系统、连续碳化硅纤维、大规模并行处理技术、微处理器、自动目标识别系统、C^4ISR 系统理论、地面智能机器人、卫星遥感图像智能识别等关键技术。

2 化繁为简的“金钥匙”

科学家们形象地把数学誉为“科学的金钥匙”。国防科技大学数据分析创新团队运用数学这把“金钥匙”，瞄准国家航天技术、计算机技术、网络技术等重大领域，破解了一道道关键数学难题。

数学，是人类最早探索的科学之一。它在数学—自然科学（物理、化学等）—技术科学（电子技术、计算机技术等）等科学门类组成的“金字塔”中，既是“塔底”，也是“塔尖”：自然科学、技术科学构建离不开数学，解决自然科学、技术科学问题都需要运用数学方法。

因此，科学家们形象地把数学誉为“科学的金钥匙”：它有着化繁为简、以简破繁的神奇魅力。

国防科技大学数据分析创新团队①，运用数学这把“金钥匙”，瞄准国家航天技术、计算机技术、网络技术等重大领域，展开广泛深入的基础研究，破解了一道道关键数学难题。

茫茫太空，无边无际。为确保空间飞行器严格按预定轨道飞行，要在飞行器内部安装遥测装置，不停地测试各种数据。与此同时，还需要地面站点跟踪测试，不停地与内测数据对比，不断纠正飞行器运行偏差。这一传统的测控机制，不仅数据量巨大，计算过程复杂，精度难以控制，而且还需要在地面建立众多雷达站点，设备十分庞大，使用维护相当困难。

能不能把烦琐的空间飞行器测控机制变得简单一些呢？20 世纪 90 年代，

①其中 1 人入选国家百千万人才工程，1 人为国家“973”项目首席科学家，1 人为国务院重大专项特聘专家，1 人入选教育部新世纪优秀人才支持计划，2 人被评为全军优秀教师，2 人享受政府特殊津贴，3 人获得军队一类岗位津贴，2 人的博士学位论文入选“全国百篇优秀博士学位论文”。

王教授结合博士学位论文研究，开始探索这一难题。他通过深入分析工程物理背景，创造性地建立了系统、科学、规范、实用的“节省参数”数学模型。这是我国空间飞行器测控技术研究的又一重大基础理论成果。

王教授的这篇博士学位论文，因其学术创新价值高，被评为“全国百篇优秀博士学位论文”。

空间飞行器测控专家预言这一重大成果将给我国空间飞行器测控机制带来革命性影响。

王教授深知，任何基础研究成果，只有走向部队，运用于实践，才能形成型号装备，转化为战斗力。否则，它永远只是纸上的一行行文字、一个个公式，或是电脑里的一串串数据。

他决定带着大家去基层部队调研。但数据分析创新团队是学校基础课程教学主力军，教学任务繁重，下部队只能在寒暑假。

这年寒假放得晚，大家改完期末考试试卷，已是腊月二十五。若年后启程，除掉往返时间，在部队只能待一两天——这是旅游，不是调研。

他们决定：立刻出发。

家属们理解支持他们，提前安排了团圆饭，精心为他们打点好行装，高高兴兴地把丈夫送到机场。

他们这次调研的部队，是某飞行器飞行轨道测控站。站长一接到国防科技大学的教授们到站里调研的通知，亲自驾驶着一辆“猎豹”越野车并带上一名技术科长，早早来到机场迎候。

一握住王教授的手，站长首先表达歉意：“我们那旮旯可是个苦地儿，要委屈各位大教授了。”

“猎豹”越野车一出机场，就直往晋北大山里钻，在深沟巨壑里绕了几小时后，驶上一座高山。

站长介绍说：“飞行器的飞行路线，要求选择在人烟稀少的地区，因此测控站点基本上都设在深山老林，或是戈壁沙漠。”

“猎豹”越野车吃力地轰鸣着，沿着陡峭的盘山公路艰难而又顽强地向上爬着。

大家回头望一眼被甩在后面的道路，禁不住都“哇”了一声。挂在悬崖上的“S”形公路，仿佛一条奋力扭着身子直冲天际的巨蟒，把汽车和坐在汽车里的他们，高高顶在无依无靠的半空里。出发前，他们曾在军用地图上查过这个站点，发现它周围布着密密麻麻的等高线，大家知道它地处山区，可没想到这山如此之深、如此之高、如此之险。

不久，山上出现了积雪，车速缓慢下来。窗外传来车轮碾碎积雪的声音，“咯嘣”、“咯嘣”，清脆得让人觉得半悬空的路面会随时塌陷。

行至山腰，汽车拐进一个山洼，停在一栋小楼前。

“这是站里的冬季中转站。”

站长说：“每年冬季大雪都会封山达两三个月之久，路面结着厚冰，车子压根上不去。往前的路，就得劳驾各位大教授的双腿了。”

夜幕降临。站长、王教授一行，在中转站暂住一晚。次日，大家赶早上路，跋涉一个多小时，走进山顶上的一片“井”洼地里——测控站所在地。

登临顶峰上的雷达站，举目四望，一览无余，群峰显小。上眺，晴空万里；下瞰，雪光无际。

王教授抑不住慨叹：“这真是个飞行器测控的好地方啊。”

“是啊。”一旁的站长说，“要是离城镇近些就好了。”

教授们这才发现，视野内几乎没有城镇的影子。

回到营地，只见一群孩子在篮球场上堆雪人，打雪仗，嘻嘻哈哈，好生快乐。

站长说：“这个季节，是孩子最快乐的季节，别的时候，孩子们都没伴玩、没时间玩，也没什么玩的。”

王教授突然想起一个问题：“孩子们上学问题如何解决？”

没想这一问，竟勾出站长一声长长的叹息：“唉——”

他告诉大家，站里只有小学，老师基本是随军家属，绝大部分是临时改行，过去没学过师范专业，教学质量一直上不去。上初中的，要到30千米外的小镇去读，那里也偏僻，好教师留不住，教学质量不咋的，还要站里每天派车接送，往返两头黑，安全问题挺让家长揪心，因此也没几个孩子去。大部分孩子都是上初中就送回老家，交给老人了。

站里对王教授一行接待很热情。除夕之夜，所有站领导都撇下家人，来到招待所与他们共进年饭。尽管大雪封山，没有城里市场上丰富多彩的时令蔬菜，只有各种冻肉和“老三样”：萝卜、白菜、土豆，但伙房师傅想尽招儿烹制，弄了满满一大桌。

大年初一，教授们与官兵交流座谈、共话新春。大家结合自身岗位，争先恐后谈想法、摆难题、出主意，好不热闹。可一提到孩子上学问题，气氛又一下子沉重起来。

一位高级工程师动情地说：“我们是军人，生活苦一点，是工作的需要，是为国家作贡献，心里想得通。可孩子的教育问题，确实让人揪心。由于地处偏僻，周围没有一所像样的学校，孩子教育受到严重影响，国家恢复高考30多年了，站里的孩子没出几个大学生，我们测控人，是名副其实的献了终身献子孙。今年，我儿子也12岁了，小学快毕业了，就要上中学。我和爱人都在站里工作，双方父母都在偏僻的农村，教育环境也不好，真不知道孩子以后该上哪读书。一想到这个问题，我就整宿、整宿睡不着……”

这位有着近20年军龄的高工，说着，说着，竟热泪盈眶。

那一颗颗从老高工脸上滑落的泪珠，仿佛一记记重锤，砸在教授们的心头上。

那一晚，教授们失眠了，都翻来覆去想着同一个问题——能让这些测控官兵走出深山荒漠吗?

描绘空间飞行器飞行轨道的传统方法是采用“测距＋测速”模式来确定，这就要求不断测试飞行器距离，因此地面上必须设立众多固定测试站点。能否抛开测距，仅通过测速来确定飞行器的位置和轨道呢？如能这样，固定测控站点，就可以转变为移动站点。

不久，数据分析创新团队帮助某卫星发射基地计算卫星轨道数据时，发现其中一个距离通道的数据丢失，按传统“测距＋测速”的算法，无论如何也得不到轨道数据。大家灵机一动，运用“节省数据”理论方程，对速度数据进行运算，意外地出现了“收敛”现象。

它证明只通过测速来确定空间飞行器位置、描绘飞行轨道的技术路线正确可行！

然而，从“理论可行”到“工程可行”，还有很长的路要走，还要跨越很多沟壑。

为推算出全测速定位数学公式，数据分析创新团队的数学家们，开始了废寝忘食的攻关。

那天，朱教授和往常一样，也是加班到凌晨两点才回家。妻子被吵醒了，心疼地说：“你每天这么干，身体受得了吗？”

他说：“习惯了，没事。”

她“警告”他：“明天再这么晚，就不要回家了！”

第二天晚上，他往实验室一猫，又干到凌晨一点多。结果回家怎么也打不开门锁。

妻子生气了，把门给反锁了。

朱教授把钥匙在手心上掂了掂，说：“正好，脑细胞被激活了，睡不着。”索性回到实验室，一直干到 7 点多钟才回家。这时，妻子已和往常一样，把一碗香喷喷的面条端到他面前，责怪道：“开不了门，你就不会敲门呀？”

晚上 10 点，朱教授的妻子又开始往实验室打电话，催他下班，他说就回来，就回来，可 11 点多了，还不见人影。她便气冲冲地来到办公室找人。哪知好几位家属也来到了这里。

妻子们对男人们说：天天这么干，铁打的都会垮，何况你们这些吃五谷杂粮的。

迫于“压力”，数据创新团队成员只好和各自的妻子一起，“提前”离开了实验室。

朱教授回家睡下后，却翻来覆去睡不着。

妻子问：“怎么还不睡呀?”

他说：“生物钟还没到。”

到了午夜一点多，他还是没睡着。

妻子说：“往日这个时候，你一回家躺下就打鼾，今天怎么啦?”

他说：“我在想今天没做完的那些事。”

次日，朱教授的妻子问其他几个家属，结果她们的丈夫也一样。从此，她们再也不管他们加班的事了。

通过艰苦深入的研究，他们找到了一个关键因素：时间。假如能连续测定空间飞行器飞行速度，再运用相应的数学模式和程序计算，将时间上的连续性转换为相应的空间位置信息，不就可以确定飞行器的准确位置吗？顺着这个思路，他们提出了“全测速定位”这一全新的测控定位理论，并推算出可以实现全测速定位的核心数学公式。

这一创新理论，应用于工程实践后，给我军雷达测控部队装备带来了一场革命：测控设备的体积、成本大幅缩小，完全实现了全测速设备车载机动，过去需要众多官兵长年坚守在地处偏僻的雷达站点才能执行的测控任务，如今只需一台机动车载雷达，便可轻松完成。

听到这个消息，当年那个老站长，高兴得泪流满面：“我们测控官兵告别深山戈壁的时刻、孩子们能上好学校的日子，终于很快就要来了。”

总装备部领导称赞国防科技大学数据分析创新团队：“你们的一道公式，转变了我军一个兵种的战斗力生成模式!”

数据分析创新团队还创造了“一个算法挽救一个重大型号装备”的

奇迹。

那年，我军某重大型号实验中，测量数据出现很大误差，导致型号装备研制难以为继。

求援电话打到数据分析创新团队。团队领导立刻调整人员和课程，派遣周教授、潘讲师立刻赶赴试验基地，运用“节省参数”模型和全测速定位理论，帮助装备型号研制团队“突围”。

试验基地位于西北戈壁腹地，交通极为不便，距离最近的乡镇有100多千米，试验人员宿营地到试验场也有50多千米。昼夜温差悬殊，中午炎如酷暑，凌晨寒似严冬，还时有沙尘暴来袭。

他们很快就领教了这里气候的恶劣。

西北地区黑夜来得晚，周教授、潘讲师刚在基地的行军床上眯了一会，便被科研参谋叫醒了，说试验场区明天开始安排试验，请他们提前赶过去架设仪器，准备采集试验数据。

从基地到试验场，是一片茫茫的戈壁，没有现成的公路。越野车只能沿着过去留下的车辙缓慢前行。

走着，走着，周教授发现车前方有蓝莹莹的灯光时隐时现，便说：“这戈壁滩上，晚上还有人赶路?”

司机说：“那是狼!”

他俩一听，不禁打了个寒战。

这时，一旁的科研参谋说：“不要怕，只要车子跑着，它就伤不着我们。就是车子万一抛锚了，我们也不用怕，打个电话就有车来接应。我们车上还备有火把，把它点上，狼就不敢靠近了。”

尽管参谋语气轻松，但他俩听着还是觉得脊梁骨发凉。

一行人总算顺利赶到试验场。

跳下越野车，一股寒气扑面而来。他俩赶紧把羽绒衣往身上套。

天一放亮，试验开始了。周教授、潘讲师立刻全神贯注测试数据。试验

不断持续，气温不断升高，到了正午，戈壁滩上热浪滚滚，穿一件短褂还觉得热得慌。强烈的紫外线，像一把把钢针，从天上直撒下来，直扎得脸上火辣辣地疼。一天下来，白净的脸庞变得又黑又糙，蜕出层层白皮。

傍晚，试验结束。他们又颠簸两个多小时返回基地。他们必须连夜分析处理测试数据，拿出改进方案，指导次日试验。

夜，渐渐深了，温度计上的水银柱迅速下沉，凌晨时，穿着厚厚的羽绒衣，身上还直打哆嗦。他们把军被披到身上，还是冻感冒了，连续几天头昏脑涨、喷嚏不停。

但他们坚持每天白天采集数据，趁夜分析处理，连续几天几夜没合眼。

后来，为了节省时间，他们索性住在试验场区。这里，没水洗漱，也没有御寒的棉被。每天晚上，加班到实在撑不住了，他们就裹着大衣，在办公桌上睡一会，每天夜里不知被冻醒多少回。

那天深夜，他俩正聚精会神地对着笔记本电脑分析数据，突听帐外狂风大作，吹得帐篷左右飘摇，头顶的帆布被砸得“噼啪”作响，劲风从帐篷缝隙“呼呼”地钻进来，搅得帐内尘土飞扬。

他们立刻意识到，沙尘暴来了。首先想到的是关掉机器，把设备紧紧抱在怀里，钻到一张书桌底下。

两个小时后，风停了。他们拍去身上的尘土，重新架上仪器设备，继续分析处理数据。

经过两个多月连续奋战，他们终于把试验数据误差降低了几十倍，达到了使用要求，使该重大型号研制摆脱困境，重获“新生”。

获取数据，精确计算轨道，是空间飞行器试验的根本目标。

某试验基地进行重大空间飞行器精度试验时，测控主力设备突然出现故障，丢失了大半试验数据，无法得出飞行精度轨道。这意味着这次投入众多人力、耗费巨大财力的试验等于白做了。

试验基地，弥漫着一片沮丧的气氛。

沉闷中，有人建议："国防科技大学创新团队一道公式能挽救一个重大型号装备，咱们也向他们咨询一下吧？"

心急如焚的试验基地领导，抱着试试看的念头，把电话打到数据分析创新团队。

朱教授听了基地领导的详细情况介绍后，胸有成竹地说："你们的试验不会白做。"

朱教授以最快的速度赶到基地。基地军政领导双双来到机场迎接朱教授。

朱教授有些不好意思地说："司令、政委，你们如此热情，我实在承受不起呀。"

司令、政委说："朱教授，你可是我们基地官兵请来的'救星'呀。"

朱教授一进基地大门，便把自己关进一间小屋子，运用那些硕果仅存的数据，推算空间飞行器飞行的精确轨道。由于数据太少，推算进展非常缓慢，朱教授只能以时间换进度，每天工作十八九个小时，遇上"卡脖子"问题时，不破难题不罢休，连续奋战几昼夜。

对他的生活，基地也照顾得非常细致周到，每餐饭都派专车把他接到基地贵宾楼小食堂，餐餐都有新花样，还有领导热情陪同。

这样吃了两天。第三天吃过早饭走出餐厅时，朱教授对陪同的基地领导说："我给你们提个建议。"

领导说："朱教授有什么要求尽管说。"

朱教授说："你们不要把我当贵客了。"

领导说："您本来就是贵客。"

朱教授说："我不是来做客的，是来做事的。"

领导似有所悟："那朱教授的意思是……"

朱教授指着前面两排小平房："那是个连队吧？"

领导说："是基地警卫连。"

朱教授说："连队有食堂吗?"

领导说："有，但伙食不太好。"

朱教授说："那离我的房间近，去那吃挺方便。你们也忙，餐餐陪着我，挺麻烦。"

此后，每到开饭时间，他就去连队食堂，与官兵同坐一张桌，吃同样的饭菜，唯一的"特殊化"，就是每天晚上11点，连队通信员给他送来一碗鸡蛋面。

就这样争分夺秒、废寝忘食地干了20天，朱教授愣是用少量数据推算出飞行器精确轨道。

基地领导接过推算结果时，激动地握着他的手久久不放："朱教授，你用一道数学公式，为我们挽回一次重大试验，你是我们基地的大功臣啊!"

基地设宴庆贺。基地领导特意嘱咐在首席位置摆了一块"第一功臣"的牌子。开席时，司令、政委愣把朱教授拽上首席就座。

一道公式转变一个兵种战斗力生成模式、挽救一个重大型号装备、挽回一次重大试验……这一个个"神话"传开后，国防科技大学数据分析创新团队在空间飞行器数据分析领域声名大振。

这年除夕，海军某部装备数据也出现严重错误，直接影响着战备值班。情急之下，部队领导慕名请求数据分析创新团队技术支援。

部队的紧急需求，就是军令。

易教授、朱教授、周教授立刻告别家人，踏着家家户户欢庆团聚的炮仗声，登上当晚的航班，前往北国海湾。

那年冬天是该基地历史上气温最低且持续时间最长的一年，最低温度达到零下40多摄氏度，"一片汪洋都不见"的渤海湾，冻成了一片白茫茫。

他们一到基地，放下行囊，立刻投入工作。在冰天雪地里收集数据，在实验室里昼夜加班，分析数据，破解了一个个技术难题，以最快的速度，为该海军基地恢复了数据，并为部队扩展实验工作提供了关键技术。

为庆祝胜利，在正月十五皓月当空的晚上，易教授、朱教授、周教授一行，与海军部队在冰封的海面上，踢了一场冰上友谊足球赛。

在如此恶劣的环境下，他们能坚持下来，而且工作得这么快乐，是什么力量在支撑着他们呢?

易教授说，有一本叫《国防之光》的纪实文学他读了好几遍。书中记叙邓小平视察北京正负电子对抗机的那段话，他感触很深。

书中的这段文字是：

1988年9月12日，我国第一座高能加速器——北京正负电子对撞机首次对撞成功。这是我国继原子弹、氢弹爆炸成功，人造卫星上天后，在高科技领域的又一重大突破性成就。

八天后，邓小平亲临加速器现场视察。这是他第二次来到这里。四年前，这里还是一片荒野，邓小平同志亲自挥锹为对撞机工程奠基，揭开了建造我国第一座高能加速器的序幕。

当时，有一位欧洲朋友问小平同志："你们经济上还落后，为什么要搞这些高技术项目?"

小平同志回答说："我们要看得远一点，不能只看到眼前。"

接着，小平同志又在即席讲话中进一步回答了这位外国朋友的问题：

"过去也好，今天也好，将来也好，中国必须发展自己的高科技，在世界高科技领域占有一席之地。

"如果60年代以来，中国没有原子弹、氢弹，没有发射卫星，中国就不能叫有影响的大国，就没有现在这样的国际地位。

"这些东西反映一个民族的能力，也是一个民族、一个国家兴旺发达的标志。

"下个世纪将是高科技发展的世纪。现在世界的发展，尤其是

高科技的发展一日千里，中国不能落后。

“如果我们不努力，我们就会受别人欺负！”

“如果我们不努力，我们就会受别人欺负！”易教授说，“邓小平同志20多年前讲的这句话，我们至今仍言犹在耳。”

“如果我们不努力，我们就会受别人欺负！”正是这个振聋发聩的声音，不断激励着他们运用数学这把“金钥匙”，为国家和军队现代化建设开启了一把把技术“枷锁”。

国家重大科研任务，技术复杂，系统庞大，从事实物试验，不仅耗资巨大，而且无法满足实验条件。如何检验它们的实用效能，成为国家重大科研活动的一大难题。王教授、段副教授、谢副教授等基于这一需求，通过反复实验，构建了“新的系统等效试验设计和评估理论体系”，为我国重大科研任务试验评估提供了核心技术。运用这一数学理论体系，对重大型号装备试验的靶场数据进行推演，就可得到它们在未来战场上的实用情况。

在太空遨游的卫星，只能获取地球上模模糊糊的影像，如何判断这些影像“是什么”、“在干什么”，既是卫星图像数据处理的难点，也是关键技术。王教授、朱教授、严副教授对此进行了创造性的研究，推演出“面向实际问题的数学成像理论和技术体系”。该成果得到实际应用后，我国卫星图像分辨率提高了数倍。

当今时代，网络技术突飞猛进，各种信息数据急剧增加。如何从漫无边际的数据海洋里找到那些“想要的”、“有用的”的数据，并让自己的数据不被发现和盗取，这是一项难度极大的技术。易教授、赵讲师、侯讲师等人对这一事关国家网络技术发展前途、维系国家网络安全问题的技术展开了深入探索，从复杂网络、海量数据处理、网络信息挖掘等方面入手，归纳提出了可见、透明、具有能揭示隐藏信息的数字模型与算法及基于拓扑数据分析的海量数据压缩算法，这些算法在公安战线和国家安全领域得到广泛应用。

近年来，数据分析创新团队共获得国家、军队和省部级科技进步奖10余项，国家发明专利1项，国防专利4项。目前，他们承担着国家“973”、国家“863”、武器装备预先研究、国家自然科学基金等各类基础研究项目34项，在定位、成像、网络情报数据分析技术领域，他们发挥越来越大的作用，创造越来越多的科技“神话”。

3 高科技的“孵化器”

有人预测量子信息将给信息科学带来一场革命。陈教授稳重而又自信地说：“在起点上，我们中国在这一领域没有输给别人。在未来的冲刺中，我们更不能输给别人。”

所有新式武器，包括新概念武器的问世，大多与近现代物理学的发展紧密相连。

高能物理迅猛发展，让世界走进核武器时代；

空气动力学的兴起，催生了喷气式飞机和导弹；

激光技术一经问世，美国、俄罗斯首先应用于军事领域；

微波技术实现重大突破后，美、英、法立刻启动微波武器项目；

……

这就是物理基础研究在科技发展中的地位和作用。今日的物理基础研究成果，就是明天的工程型号装备。于是，有人形象地称它为“高科技的孵化器”。

大家都知道，核聚变能产生巨大能量。但核聚变并非随时随地都能产生，它需要一个特定的环境条件，即高能量密度物理条件。不同的高能量密度物理条件，不仅决定着核聚变能否发生，而且决定着产生能量的大小。

20世纪80年代末，国家核电站建设工程正式启动，急需高能量密度物理基础研究提供有力技术支撑。

国防科技大学物理创新团队带头人袁教授，瞄准国家这一紧迫需求，对高能量密度物理的等离子体辐射不透明度、高温稠密物质的物态性质、强激光与等离子体相互作用三个关键方向，展开了深入广泛的基础研究。

袁教授是个学术目光高远的科学家。同事们都说他是个学术“弄潮儿”，国际顶尖学术期刊《自然》和《科学》，以及物理专业期刊上的文章，他每个月至少浏览一次，及时掌握国际学术前沿动态，指导创新活动。

袁教授又是个治学非常严谨的学者。一次，一名研究生写了一篇论文请他审阅，他把措词不当、表达不清之处，一一标注出来，然后用一个多小时向学生解释为什么要修改。最后，他指着其中一幅插图问：“这幅图能修改吗?”

学生看了看那幅插图，回答：“它没有画错呀?”

他说：“但你能把它做得更明白、美观一点吗?”

学生说：“这个可以。”

“那你就把这幅图做得更美观一些，”袁教授意味深长地说，“做学问千万不能有‘差不多就行’的思想，当你觉得还可以做得更好时，就要努力去做，只有这样，你才能把学问做到别人做不到的程度，你的成果才能经得起实践的考验。”

为了科学理想，袁教授守得住清贫，耐得住寂寞。

20世纪80年代，在市场经济冲击下，科学文化界也开始躁动起来，知识分子纷纷“跳槽”、“下海”，一些基础科研单位把重点工作转向跑工程、搞创收。

20世纪80年代的中国，社会政治的天平稳定了，经济的天平又失去了平衡。科研工作者，同时站上了这架失衡天平的两个端点，既被压到了底谷，又被翘向了顶端。

1989年春，国防科技大学牛教授就经历了一次从谷底翘到顶端，然后又从顶端滑落至谷底的传奇经历。

那天，牛教授乘坐特快列车南下出差。他凝望着车窗外的一簇簇竹丛，一行行绿树。灼热、潮湿、带着大海微微腥气味的风，从敞开的车窗汹涌进来，扑击着他的胸膛。

渐渐地，远方墨绿色的地平线上升起一片片楼群，仿佛春天的竹笋，密密匝匝，遍布视野。

深圳到了，这是中国最早建立的特区，也是当时中国开放的最前沿城市。

第一次踏上这片热土的牛教授，一下车便感受到了开放城市的氛围。走在街上，满目鳞次栉比的大厦。行人步履匆匆，墙壁、房顶到处是广告，“高薪诚聘××专业高级人才”、“××公司以月薪×万急聘××专业人才”的启事不时映入牛教授的眼帘。打开电视，也是大部分时间在播放各种商业广告和招聘启事，都是什么公司聘请什么专业的博士、硕士等内容，开出的月薪是内地的数倍，甚至几十倍。仿佛这里遍地是黄金，向四方人士尤其是知识分子散发出强烈的诱惑。

随着改革开放大潮的到来，随着一个个沿海城市的对外开放，一个崭新的时代来临了。亟待发展的社会经济呼唤着科学，呼唤着知识。昔日的“臭老九”忽然间成为经济建设的主力军、先锋队，他们终于得到施展才华的环境，终于有了为社会创造财富的机会。一些人走出书斋下海经商，一些人南下打工，一些人甚至跨出国门，出洋淘金，凭借个人聪明才智，迅速发家致富。某研究所的几个年轻工程师，向单位递交了停薪留职报告，然后向银行贷款十几万元，办起了电脑公司。他们抓住国际上几次电脑更新换代的机遇，及时推出了具有中国特色的“长城”系列电脑，很快占领国内市场，公司迅速发展壮大，几年时间便冲出国门，成为跨国公司。

知识分子刚刚走出政治的漩涡，又被推进了金钱的激流。

“文革”充斥着对知识分子身心的摧残，市场经济时代则辐射着对知识分子心灵的诱惑。抵御心灵的诱惑，在某种程度上甚至比抗御身心的摧残更艰难。在这样一个浮躁的环境里，他们感受着躁动，却要心如静水。他们俯身便能获取财富，却要甘守清贫。这需要何等的品格，何等的毅力。

来到特区的第三天，一次致富的机遇便如天上掉馅饼一般，掉在牛教授的脚尖前。

那天他处理完公务后，兴冲冲地走进一家日本独资企业，去看望一位同学。当他走过铺着红地毯的走廊，出现在同学的面前时，那位老同学高兴得从微机前的转椅上蹦起来。“来得正好，你快给我看看这是什么问题?”老同学一把抓住他，不管三七二十一，先把他按到那张转椅上。

原来是一台控制生产线的主机电脑程序出现故障，他们检查了两个多月没能解决问题，已给公司的运转造成很大影响。

老同学的求助自然无法推辞。牛教授开始敲打键盘，检查程序，很快发现了错误并找到了纠正错误的办法，前后只用了 15 分钟，两个月没解决的问题迎刃而解。

“你真行，真不愧是国防科大的高才生，是搞巨型机的。”老同学拍拍他的肩膀，兴高采烈地去给部门经理报喜，然后拉着牛教授上酒店喝酒庆贺。

刚走到门口，公司公关部小姐追了上来，微笑着对老同学说：“先生，请稍等，总经理想见见您这位客人，请带客人去会客厅。”

这个消息，让为这家公司服务了六七年的老同学大感意外。外国老板，尤其是日本老板，对中国职员表面谦恭，骨子里非常傲慢。而今天，日本老板却破例要见一个中国职员的客人，看来牛教授的好运气来了。

果然，牛教授和那位老同学走进装潢考究、摆着一盆盆鲜花的会客厅，刚在古香古色的柚木沙发上落座，一个高挑细瘦、表情冷峻的中年人就不紧不慢地走进来，先和牛教授握了握手，用夹生的中国话对他说了声“谢谢”。然后坐在他对面的沙发上，叽里呱啦向他说了一串日本话。

公关小姐翻译道：“先生，您是一个让我佩服的中国人。我诚恳聘请您到我的公司来工作，担任技术部经理，月薪 6 万元人民币。如您家在外地，夫人和孩子可以到深圳落户。您可以到深圳的几个别墅区任选一套房子。唯一的要求是，你要为我公司服务 20 年以上。”

牛教授怀疑公关小姐翻译错了，或是自己听错了。月薪 6 万元，对于他

几乎是个天文数字，他在单位每月的工资还不够1000元呢。而且，还有部门经理、别墅、夫人孩子入户深圳等条件。这些，无论哪一条，对正在这里“下海淘金”的人，都是梦寐以求的。

但他微笑着，向日本老板摇了摇头。

日本老板沉思片刻，又说了一句。

公关小姐翻译：“先生觉得月薪太少，可以再加5000元。”

牛教授还是微笑着摇头。

日本老板似乎很不解地嘀咕一阵。

公关小姐：“先生，这待遇够高了。山本董事长觉得你是个难得的人才，才出如此高价的。”

牛教授不无自豪地说：“像我这种平平之辈，我们学校多的是。”

公关小姐将他的话译给日本老板后，他又叽里呱啦了一句。

公关小姐说：“请你回去告诉您的同事，我们这里时刻欢迎像您这样的人才。”

从会客厅出来后，老同学也是一脸不解：“月薪65000，你还不干啊？我干了六七年，还不够20000呢，你的胃口也太大了。”

牛教授坦诚地说：“我不是嫌钱少，我是觉得来这里守着一台小电脑，心里挺没劲。我在单位干的啥？每秒运算1亿次、10亿次的巨型计算机。以后还要干100亿次、1000亿次、10000亿次的机器，能算出火箭的轨道，能算出什么地方有石油，能预测第二年的天气情况，那挑战有多大，干起来多痛快！”

回到学校，牛教授找到袁教授，谈了自己南下深圳的经历，并笑问袁教授：“你想不想去那边干？我给你推荐！”

袁教授瞪着牛教授，反问道：“那你为什么不干？”

牛教授说：“干着没意思。”

袁教授一拳擂在他的肩窝上：“难道就你是理想主义，我们都是拜金主义？就你姓牛的牛，别的人都不牛？”

两位老同学促膝畅谈了很久，说到了社会经济的失衡、贡献与收入的倒挂、知识分子的迷惘……但他们坚信，基础研究这个重要前沿阵地，目前的沉寂是暂时的。因为国家要富强、民族要振兴，需要基础研究不断突破，推动工程研究不断上层次、国家和军队建设不断上台阶。

正是基于这种科学理想，袁教授坚守着这块“寂寞领地”不离不弃。在一间阴暗、潮湿、狭小的地下室里，每天在电脑前一坐就是十几个小时，带领创新团队在高能量密度物理研究领域艰辛探索数十年，先后在等离子体辐射不透明度、强激光与等离子体相互作用等专业方向，取得了一系列理论模型、方法和数据①，这些成果被广泛应用于“惯性约束聚变”研究任务，为我国核工业发展提供了强有力的技术支撑。

在20世纪末，量子物理学与信息科学成功“联姻”，孕育了一个崭新的学科——量子信息科学。

它一经问世，便吸引了世界各国的目光，高度关注着它的成长。现在，世界上已经出现几所大学甚至数个国家联合攻关的趋势。

量子信息之所以让人们“众星捧月”，那是因为它有着重大的应用前景：

---

①等离子体辐射不透明度方面：探明了高温稠密物质的物态性质，自主建立了研究高温稠密等离子体辐射不透明度的精细物理模型——细致谱项/能级模型，打破了美、英等国对该技术的垄断，达到了国际同期最好水平。发表了平均不透明度数据，并被美国海军实验室在分析Z箍缩实验结果时使用；在国际上首次给出了金元素高温稠密等离子体辐射不透明度的全相对论细致能级研究结果，消除了长期存在于理论和实验之间关于金等元素离子体X射线透射谱的差异；独立提出利用精密的辐射不透明度细致能级模型对等离子态状态进行直接诊断，结合我国有关实验研究进展，在高温稠密等离子体状态的精密物理诊断方面取得了突破，针对不同的试验条件，对温度的诊断精度达到2～5电子伏特。

高温稠密物质的物态性质方面：发展了适用于高温稠密物质的结构分子动力学模拟理论模型，实现了固体密度及更高密度高温物质的物态方程的精确量子力学理论模型，创造性地解决了高温稠密物质中的离子与电子的动态作用，建立了量子朗之万分子动力学模型，首次将第一原理方法推广到高能量密度物理区域，大大拓展了国际上目前对高温稠密物质的研究温度和密度范围，并为众多物理模型的准确性提供了判断基准；利用朗之万分子动力学模型首次将第一原理方法应用于高温稠密条件下的铁、氢等物质的参数研究，以及太阳内部的物态方程等。

强激光与等离子体相互作用方面：研制了具有自主知识产权的从一维到三维并行的粒子模拟软件包，在等离子体对激光的反常吸收、激光尾波加速电子、激光辐射压加速离子等方面取得了一系列创新性基础研究成果。其中的“等离子体相互作用的粒子模拟研究”成果，鉴定委员会一致认为“具有重大科学意义和应用前景”。

量子遵从“叠加原理”，可以实现高度并行计算。如将它运用于计算机技术领域，其计算速度将以“指数”级增加。因此，它成为下一代计算机重要甚至是主要的突破方向；

量子有着不可克隆的性质。如将它应用于通信，长期让人们头疼却始终难以解决的通信泄密问题将迎刃而解，通信从而变得异常安全；

把量子“你中有我、我中有你”的纠缠态特性，应用于成像技术，将可以排除云彩、烟雾等复杂环境干扰，使成像距离大幅延伸，而且分辨率提高2～3倍；

……

世界媒体纷纷用“划时代科技”、“革命性影响”等炫目的词汇形容它。

有的科学家则把它喻为一座丰富的“煤矿”，并预言：“如把这座富矿充分开掘出来，它所释放的能量将照亮人类的未来，把人类科学由电子时代推进到量子时代。”

1996年，钱学森看到国外有关量子信息研究的报道后，敏锐地意识到“这是事关国家前途、民族未来”的新兴学科，立刻给当时的国防科工委领导写信建议尽快启动量子信息技术研究！

原国防科工委将这一具有战略意义的新科技探索重任，交给了国防科技大学。学校党委决定在应用物理系成立以理论物理学家李承祖教授为学科学术带头人的量子信息研究中心。

学校领导和系领导一起向李承祖传达任务。

领导说：“李教授，任务重大，使命光荣，你要勇敢地把这副担子挑起来。”

李承祖说：“对这个任务，我可是毫无思想准备，我担心自己难以胜任啊。”

这话并非谦虚，而是实情。他以前主要从事理论物理研究，虽然量子力学造诣很深，但主要是理论研究，用行内话说“是在太空上行走”，而量子信息主要是应用研究，两者一个“天上”、一个“地上”。把他这个多年在“天上行走”的人突然降到“地上”，就像那些在天上待久了的航天员突然回到地面上，真一时不知如何行走了。他面临的又是一块人类发现不久的科学“处女地”，而且还要在荆棘丛中开辟一条科学的“康庄大道”。

李承祖感到肩上担子很重，心理压力很大。

领导说：“学校和系里尽最大努力支持你们，尽最大努力帮助你们克服困难。”

领导的两个“尽最大努力”，给李承祖吃了一颗“定心丸”。

李承祖表态：“我也一定尽最大努力干好这个事情。”

领导又给他提出两个“尽快”的要求：“你要带领大家尽快把量子信息这座富矿开采出来，尽快为国家贡献更多的高质量研究成果。”

如何开掘量子信息这座“富矿”？李承祖开始思考这个问题时，就像面对一个味道鲜美又硕大无比的蛋糕，竟一时不知如何下口了。

经过好一番深思熟虑，李承祖提出了一个“挖煤理论”：“量子信息，就像一座储量惊人的煤矿，它有贫矿区和富矿区。贫矿区埋藏较浅，很容易取得成果，但质量不高，且储量有限。富矿区虽然埋藏很深，难以掘到，但那才是真正的高质煤，而且储量丰富，因此不能留恋于在贫矿区小敲小打，要瞄准富矿区，扎扎实实掘进，尽量把通道掘得宽敞一些，把通道支架扎得牢固一些，这样才能在将来为国家挖出更多的高质煤。”

按照这一“掘矿”思路，李承祖带领创新团队走进量子信息“矿区”时，眼前果真荆棘满目、一片荒芜。由于世界各国均处于起步阶段，资料稀少，搜集非常艰难，好不容易找到的一些零星资料，也非常艰涩，十分难懂。但大家把它们视若珍宝，整日捧在手心，不厌其烦，反复琢磨领会。

艰苦摸索两年多，虽然初步熟悉了“矿区”环境，但依然没有找到能够深入“煤区”的“井口”。

1999 年暑假，李承祖带着陈博士等人，参加中国科学院理论物理研究所

举办的“量子信息”班。通过反复研讨，不仅进一步明晰了学术思路，而且成功地找到了一个研究方向——可分态判别研究。

激动不已的李承祖，带领大伙沿着这口“矿井”，开始了锲而不舍地挖掘。

他们首先在一本国外著名学术期刊上发现了该研究方向的一篇经典论文。虽然论文很深奥，开始根本看不懂。他们一字一字地翻译，再逐句逐段琢磨。四页纸的论文，三个人先后啃了近两个月，才弄懂论文中的每一个细节，找到了一个创新点。经过几个月的研究推理，他们写了两篇学术论文，先后发表在《中国物理快报》、国际著名学术期刊《美国物理评论》上。

2000 年，李承祖、陈博士终于发现了量子信息的两个主要研究方向“纠缠的提取”和“正交量子态的局域区分”。

他们对第一个方向展开重点探索，便很快在“纠缠的提取”研究中取得重大进展，先后写出两篇学术论文，在量子信息国际学术会议上宣读，引起与会者关注。国际量子信息学术权威、美国 IBM 公司 Bennett 教授连续提出好几个问题，对他们提出的研究思路表示肯定。后来，这两篇论文均发表在《美国物理评论》上。

2002 年初，他们将研究的目光投向第二个研究方向——正交量子态的局域区分。经过深入探索和缜密推理，又得出两个比较理想的结论。以此为基础撰写的论文在《美国物理评论》发表后，立刻引起国外同行的注意，国际学术专家一年内先后近 10 次引用他们的研究成果。

他们在研究上述两个方向时发现，它们并非彼此孤立地存在，而是有着诸多联系。于是，又开始寻找它们之间的内在联系，推理出两个满意的结论，也发表在《美国物理评论》和《美国量子通讯和量子计算》上。国内外专家认为，这些研究成果不仅“很有意思”，而且“很有意义”，它为“量子通讯和量子计算”的研究提供了更好的理论依据。

2003 年，陈博士对上述成果进一步凝炼总结，完成了博士学位论文《纠缠的提取和正交量子态的局域区分》。郭光灿院士、赵伊君院士等专家教授审阅后，均认为该博士学位论文“具有一系列的创新内容”，是“一篇难得的优秀博士论文”。该博士学位论文被评为“全国百篇优秀博士学位论文”。

这些成果，标志着创新团队已完成了初步的理论准备，说明他们开掘的“矿井”离“富矿区”不远了。

2003年，李承祖果断决定“掘井”工程转入第二阶段——开展实验研究，在保密通信实验上“小试牛刀”。

为尽早搭建起量子保密通信实验平台，他们请来了一位在量子保密通信实验研究方面造诣很深的奥地利因斯布鲁克大学的休拉斯（Surasak）博士来进行学术交流。创新团队非常珍惜这难得的学习机会，虚心向休拉斯博士请教，从测试光源的稳定性、光源随机控制电路的搭建与检测，到探测器噪声的屏蔽与消除、检测信号的提取与分析……凡能想到的实验中的细节，他们都要仔细请教。为向休拉斯博士请教更多问题，大家白天争分夺秒交流研讨，晚上绞尽脑汁思考实验中可能出现的细节。休拉斯博士由于临行前准备匆忙，一个演示实验的接口驱动程序没带来，不能完成该演示实验。创新团队成员连续奋战两个昼夜，赶写出接口驱动程序，确保休拉斯博士完成了演示实验。经过20多天虚心请教，大家终于掌握了国际上此类实验的基本技术资料，并独立完成实验，得到了满意的实验结果。

距离“富矿区”越来越近了，他们决定拓宽“甬道”：2006年，他们进行了量子成像实验研究，并于2007年完成了量子成像实验平台；2008年开始筹建量子计算实验平台，2010年顺利竣工。

这些实验平台的成功建设，表明他们已经把“矿井”掘到了“富矿区”。

不久的将来，一批批量子信息的“高质煤”，将通过他们开掘的“井口”，源源不断地输送出来，用无尽的光和热，温暖一片春天，照亮中华民族的复兴之路。

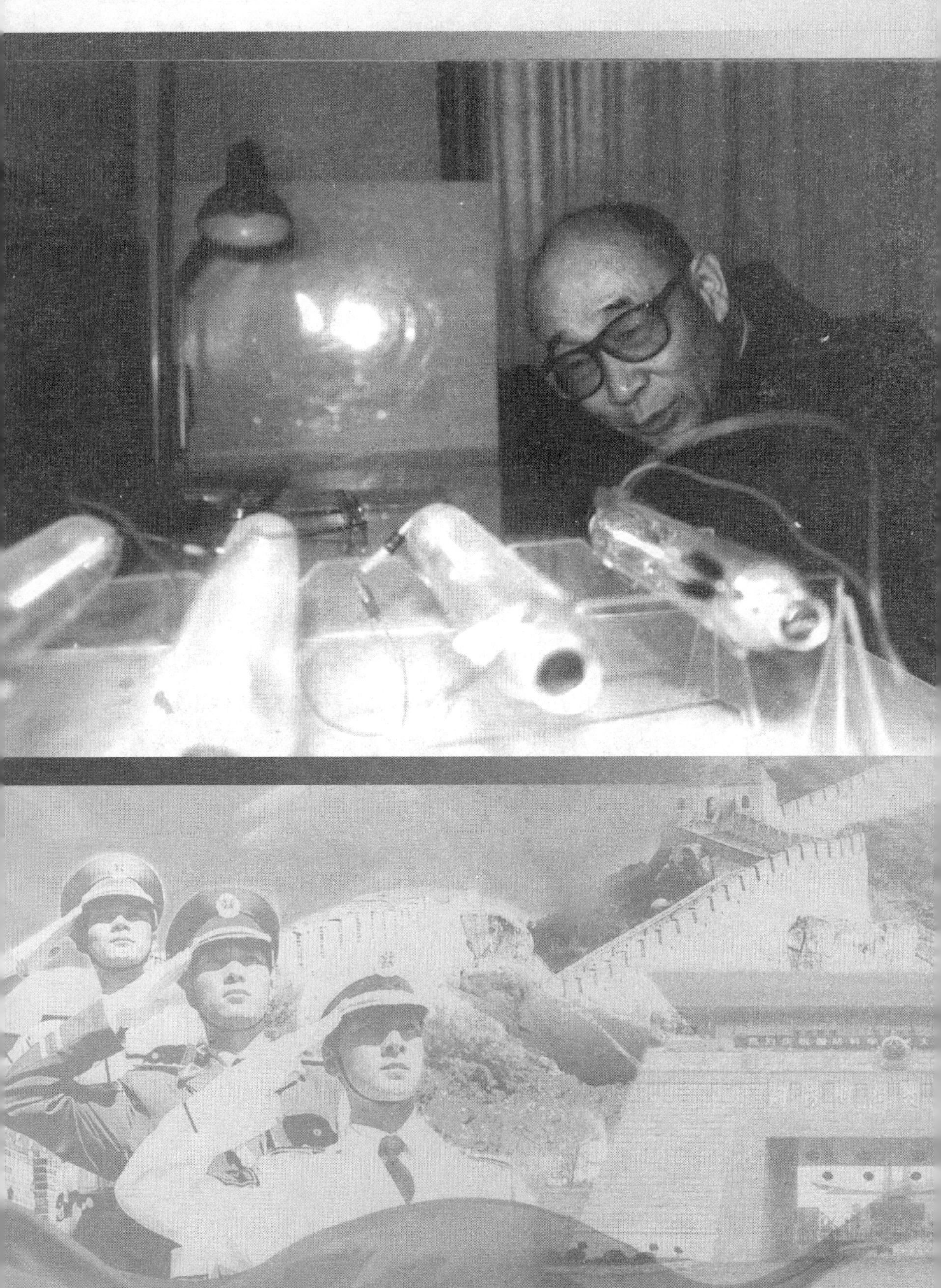

DI BA ZHANG

第八章

柔软而坚硬的光

ZHUJIAN

美国人发明了激光，引发了一场国际竞赛。

20 世纪 60 年代，中国向激光技术发起了声势浩大的进军，但十几年未能突破关键技术，被迫下马。80 年代，赵伊君带领创新团队向强激光技术发起新的冲刺！

环形激光器能让我们的飞机、舰艇保持正确的航向，能引导我们的火箭完成使命任务。高伯龙带领创新团队 30 年卧薪尝胆，研制出我国第一个环形激光器，使中国成为第三个掌握这一技术的国家。

高功率微波技术，是属于未来的技术。李传胪和钟教授在近乎一无所有的情况下，把中国高功率微波技术领进了世界先进行列。

1 光的畅想曲

20世纪40年代，赵伊君亲身经历了日本轰炸重庆的惨痛。1970年，他把创新攻坚的目光瞄准了强激光技术。21世纪初，他在何梁何利基金奖颁奖仪式上对记者说："年纪越来越大，过去跟母亲一起逃难的情景越来越清晰。"

一列长长的列车，在陕西潼关的崇山峻岭间艰难地爬行，车上装载着"哈军工"原子工程系的仪器、设备、器材和营具。

"文革"第一年，"哈军工"就集体转业了，改称哈尔滨工程学院。1970年下半年，学院主体内迁长沙，原子工程系迁往四川重庆，准备与兄弟院校有关专业合并，组建重庆工业大学。

赵伊君教授和教研室的同志负责押运器材。列车从哈尔滨出发后，走走停停，停停走走，已经在路上晃荡了十几天。沿途没有食品供应点，饿了，大家只能啃几口挂在车棚顶上的风干了的窝窝头；渴了，只能喝几口列车停靠时打上来的山泉水。

当时的中国沉浸在一片政治狂热中，科研工作基本处于瘫痪状态。科学家们受到了巨大的冲击，感到无比迷茫和痛心，也感到了从未有过的紧迫。

赵伊君和大家窝在车厢角落里，边啃着干粮，边热烈讨论着世界科技形势，酝酿探讨教研室新的科研方向。

1953年从北京大学毕业后，赵伊君成为"哈军工"的一名教师，在20世纪60年代初他参加了我国原子弹工程任务，负责光辐射测试分析，研制出最小照度到来时间测试仪等3种测试设备，并参加了第一次核试验。

赵伊君敏锐地意识到，地面核爆试验不久将退出历史舞台，他们的光辐射测试分析专业将面临萎缩，需要寻找新的突破方向。

列车开始爬坡，速度渐渐慢下来。赵伊君对大家说：“这条路，我 12 岁那年就走过。不过那时不是铁路，而是一条简易的黄土路。”

那年，赵伊君随母亲离开了他的出生地北京，前往四川重庆。他父亲赵广增是北京大学的物理助教，1935 年赴美留学，1939 年获得博士学位后回国。因北京已沦于日本侵略者之手，不愿当亡国奴的赵广增南下重庆，到中央大学任教。他母亲带着他和弟弟在北京艰难度日。这年秋天，母子三人的生活实在难以为继，不得不南下逃难，到重庆寻找他父亲。

在赵伊君的记忆里，那是一段多么艰辛、多么漫长、多么触目惊心的旅程啊。

一家人在 9 月底启程，先到老河口，穿过敌占区后绕道西行，经洛阳，过潼关，再取道陕西宝鸡南下重庆。由于战争的破坏，原本就不便利的中国交通，此时几乎陷入瘫痪。一路上，他们乘过火车，坐过人力车、驴拉车，也搭过走私棉花的大卡车。年幼的赵伊君目睹的是战火留下的疮痍景象，横行霸道的日本兵，惊魂不定的逃难者；耳闻的是日军炮火震耳欲聋的轰鸣，同胞失去亲人的悲号……

到达重庆时，已是年关了。

此时的重庆，已经成为日军集中轰炸的重点目标。一次次狂轰滥炸，使重庆伤痕累累。迎接赵伊君一家的山城，到处是断垣残壁。

母子仨不知问过多少人、转了多少弯，终于在夜幕降临时找到了中央大学。父亲对妻儿的突然到来感到喜出望外，高兴地把他们领进一间在山坡上临时搭建的棚屋——这就是父亲这个大学教授在重庆的家。

整个校园都没电，棚屋里一片漆黑。父亲摸索着划着一根火柴，点亮一盏桐油灯。丝丝寒风从墙缝挤进来，鬼魂般在棚屋里游荡，扭着豆粒般大小的灯苗，不住地左右摇晃。屋子里充溢着一种阴森诡谲的气氛。

当大学教授的父亲，给久别重逢的儿子上的第一课，便是防空知识。他

把妻儿招呼到跟前坐下说："你们听到外面山顶上传来'呜呜'的声音时，千万不要怕，那是防空警报。假如是白天，又是在外边，赶紧离开建筑物，找块空地儿趴下。如果是在家里，又是晚上，赶紧把这盏桐油灯吹熄，迅速出门，千万不要往桌子底下钻。"

然后父亲把娘儿仨领到门外十来米远的一面山墙下，指着一个大土洞说："这是周围几户人家一起挖的防空洞，钻进去飞机就炸不着了。"

一家四口刚回到家里，正准备生火做饭，山顶上就响起了防空警报，"呜呜"的怪叫声，沉闷得让山城人都喘不上气来。

父亲赶紧吹熄桐油灯。但初来乍到的母子仨一听到这声音就慌了神，都忘了出门，母亲愣愣地站在屋中央，他和弟弟双双钻到了桌底下。父亲在黑暗中摸索了半晌，才把家人一一拽进防空洞。

紧接着，山城的夜空传来了飞机的轰鸣声和惊天动地的爆炸声……

午夜，日本飞机终于逍遥而去。但轰鸣声、爆炸声却在人们耳畔久久挥之不去。

家人重逢的第一个晚上，就这样饥肠辘辘、彻夜无眠。

此后的日子，也同样不宁静。日本飞机不仅隔三差五来轰炸，而且飞得很低，几乎挨着屋顶盘旋，山顶上的人们能看到留着板刷胡的日军飞行员扔下炸弹后回头看着房屋被炸塌时脸上露出的狞笑。

除了精神上的惊恐，居住条件也非常艰苦，物质生活十分匮乏。狭窄的棚屋，摆下一张床、一张书桌、一张活动饭桌和一个灶台，就再也容不下别的家什了，兄弟俩睡觉时，只能拆掉活动饭桌，挪出一块空地打地铺。山城雾多，湿气重，春天时被子在第二天早上都能拧出水来，而冬天里睡一个晚上，身子底下还是冰凉的。那时，战事正紧，全力以赴保障前线，像中央大学这样的单位，根本得不到稳定保障，断粮是常有的事，父母很大一部分时间，就是外出找粮，能买到什么吃什么，忍饥挨饿是家常便饭。

恶劣的生存环境，使他们兄弟俩都染上了疾病，他得了神经性胃痉挛，弟弟则患上了热病。

由于病情加重，赵伊君不得不休学一年，在家养病。但勤奋好学的赵伊君经常让父亲从图书馆借书回来看。那套“万有书库”丛书，他非常喜欢，常常挑灯夜读至深夜。沙坪坝那家商务印书馆分店，是他白天常去的地方。那天，因菲尔德编著的《物理学的进化》一上书架，赵伊君就发现了它，并爱不释手。这本用通俗语言介绍爱因斯坦相对论的书，像一块磁铁紧紧吸引了赵伊君。他很想买回家慢慢研读，但他身无分文。父亲那点微薄的薪水，供一家人糊口都捉襟见肘。他只能每天上书店去看，一天读几页，回家后再细细琢磨。两个月后，他终于读完了全书。由于书中提到牛顿的名字，他又从中央大学图书馆借阅了很多牛顿的著作。随着对牛顿、爱因斯坦两位物理大师的不断了解，赵伊君深深地迷上了物理。

勤奋读书中，赵伊君奇迹般的战胜了病魔，渐渐恢复了健康。

但弟弟却没能挺过来，一天比一天消瘦，两个月后，弟弟一躺下便起不来了。

母亲用央求的目光看着父亲说：“能借到钱吗？请个郎中给孩子看看吧。”

父亲向同事借了两块大洋，请来了郎中。郎中看过弟弟的眼睛、嘴唇，又细细把过脉后，摇着头说：“孩子病成这样，中药是没办法了，只有一种药能救孩子。”

父亲忙问：“什么药？”

郎中说：“盘尼西林。”

父亲听到这四个字，重重地叹了一口气。

盘尼西林，别说贵如黄金，他们买不起，就是有钱也买不到，它是军方严控药品，谁敢擅自出售，那是杀头之罪。

不久，弟弟夭折在棚室里。母亲坐在孩子的遗体旁号啕痛哭了一天一夜，父亲不住地把一声声叹息、一滴滴泪珠砸在地上。

赵伊君傻傻地望着僵硬地躺在地上的弟弟，一次一次问自己："我们在北京过得好好的日子，为什么突然变成了这样?"

30年后，赵伊君对同事们说："一个国家，没有强大的军队、坚固的国防，老百姓就不会有安稳的日子。我们国防科技工作者，就像一名奥林匹克运动员，使命只有一个，那就是瞄准前沿，拼搏，再拼搏；冲刺，再冲刺；超越，再超越!"

经过一路酝酿，他们的目光渐渐聚焦到不久前在美国问世的激光技术。当时，美、苏、英、法等发达国家，正纷纷推出研制计划，新中国的领袖们也敏锐地意识到，这是中国一次难得的发展机遇。

赵伊君决定带领大家在激光技术领域奋力一搏。

赵伊君和同事们一到重庆，就按照火车上议定的方案，立刻展开了激光与物质相互作用、原子分子物理和物理力学研究。他们买来几大桶油漆，把一间简陋教室的白墙涂成黑色，再挂上黑色窗帘，作为实验室。然后西去成都，东奔上海，北上京城，要任务，购设备。

1975年，"哈军工"原子工程系，又奉命迁往长沙，重返"哈军工"主体——长沙工学院。

这里的条件更艰苦。"哈军工"主体南迁长沙，挤在一个野战工兵团狭窄的营区里，别说教学科研用房，就是住房都难解决。90%以上教职工都住在用三夹板在食堂、教室、简易仓库、副食加工车间、猪圈、猪饲料间里隔成的格子里和自己搭建的棚子里。

光电科学与工程学院一名退休教员，这样描绘他们家当年的生活情景：

"我们家住的那个格子，只有十一二平方米，架上两张床，就连一张饭桌都摆不下了，只好把装满衣物的几口大箱子塞进床底下，到了开饭时，就拖一口箱子出来当饭桌。没有厨房，大家都把炊具、厨具摆在中间的走廊上，做饭的时候，煤气、油烟熏得大家喘不过气来。洗澡间、厕所，也是数十户人家共用一间。傍晚，洗澡间门口排起了长龙。清晨，厕所旁也排起了长队。长沙冬冷夏热。冬天里，怕煤气中毒，大家都不敢关窗户，北风“呼呼”地往房里灌，冻得大家盖两床棉被都觉得冷。夏天，在房里更是呆不住，男女老少都到外面露营，我们家，在操场、球场、马路边都睡过。让大家最感尴尬和不便的还是三夹板隔音效果太差了，一家人吵嘴，十几户人一起听着烦躁；晚上一家孩子哭，几十个人睡不着……”

然而就是在人无居所的情况下，国防科技大学的科技工作者，依然急国家之所急，在野草丛生的荒地上架“竹棚”、盖“干打垒”，建起简易实验室。

就在这样的条件下，赵伊君和同事们在20世纪70年代末，完成了激光技术一系列基础研究，提出了从原子微观结构出发求出辐射流体计算中所需材料或介质物性参数的一系列具体物理力学方法。有关论文发表后，引起了广泛关注。

20世纪80年代初，赵伊君把目光瞄准强激光技术研究。这是一项事关国家安全的新兴技术。

1963年，毛泽东说：“激光，要组织一批人专门去研究它，要有一小批人吃了饭不干别的事，专门做这一个事。”

国家有关部门动员了十几家科研单位，组织了上千人开展这一研究。但由于技术太复杂，攻坚12年，耗资数亿元，依然未能突破关键技术，研究工作难以为继，于1976年被迫下马。

但激光技术对国防和军队现代化实在太重要了。因此，它下马三年后，邓小平同志又提出：激光技术将来可能是主流技术，要增加点力量研究，对我们防御战略有利，要花点本钱搞。

国家有关部门又组织了多次探讨，产生过一些想法，但还是因为强激光技术太复杂，难度太大，风险太大，加之几年前下马的阴影，因此大家对这一技术研究前景并不看好。

但赵伊君坚持认为，失败的事情并不等于不可能，技术太难也不等于攻

不破。现在没有攻破，并不是理论问题、原理问题，而是技术路线没找准，就像登山，不能直接从悬崖峭壁爬上去，还可以绕到山后面，找条坡度缓一些的路线，或是爬上一小段，找个地方歇歇脚，看看前面的路，总结经验，再往上爬。

他之所以暂时沉默，是因为还没找到那条“新路”。

20世纪80年代，美国成功地进行了一次激光技术试验。它让赵伊君眼前一亮：我们的强激光技术不能一口吃成一个“大胖子”，为何不先让自己强健一些，再一点一点胖起来呢？

他通过对国外有关资料的跟踪研究，提出了崭新的技术理论，为强激光研究找到了一条“新路”。

但和其他新生事物一样，它刚一出笼便引起一些人的非议：

有人认为在我国现有条件下，用这项技术搞一个玩具还可以，想搞出大名堂纯属异想天开。

有些人则在几年前相关项目的下马阴影中徘徊，对它持观望态度。

但国家有关部门领导，从它身上看到了强激光技术研究重新“复活”的希望。于1984年组建了以赵伊君为组长的课题研究总体组。

赵伊君带领课题组，经过一年精心准备，先后进行了两次验证试验。试验结果表明“新路”可通。

国防科工委听了试验情况汇报后，批准了他们的技术路线，并正式成立了课题研究专家组。

虽然研制路线从“硬强攻”改变为“软攀登”，但它的技术难度仍然很高。它涉及化学反应动力学、原子分子物理、气体动力学、燃烧动力学、自动控制、大气光学与自适应化学、固体物理、半导体物理、光学工程等众多学科，这又是一门新兴技术，没有成熟的理论和经验可资借鉴，哪个科学家能精通这么多学科？哪家单位能独立完成？

赵伊君经过深思熟虑，向有关部门建议，在全国挑选专家和技术攻关队伍，强强联合，组建自主创新“国家队”。

有关部门对赵伊君予以大力支持，从国防科技大学、中国科学院、中船重工集团等五个部门、八个研究所，抽调100多人，组成了实力雄厚的基础技术攻关队伍。

队伍有了。但资金却一直捉襟见肘。

美国相关研究，仅20世纪80年代，就投入经费数十亿美元。国内专家也认为该课题研究“非耗费几十个亿不可”。

但赵伊君得到的首批启动资金只有30万元。此后20多年的总投入，也没有超过亿元。

用别人百分之几的钱，办成和别人同样的事，这钱怎么花？

只能用最小的投入争取最大的效益。首先，在技术路线上，他们选择一条相对成熟、风险较低、追求系统综合性能最佳、投入较少的技术路线；其次，在队伍选择上，尽可能选择国内相关领域最具实力的单位，他们基础扎实，科研条件优越，攻关能力强，既能保证研究进度，又能节省研究经费；再次，在经费使用上，从系统需要及经费情况，各项单元技术分轻重缓急，配套协同发展，尽量精打细算，把有限的经费用到刀刃上。攻关初期，一个单位能完成的任务，绝不安排两个单位，避免重复投资。而有些测量设备、效应物，能借就借，不能借就租。

经费分配是赵伊君和总体组负责人刘教授最感头疼的事。每到这个时候，他们就要掰着指头，向那些一时拿不到经费或是少拿经费的单位耐心解释。

可每次他们刚开口，这些单位领导就打断他们的话：“赵教授、刘教授，你们千万别再提钱，这项目，我们赔钱也干。”

“赔钱”的事，他们还真没少干。

1992年，课题研究急需建设一个实验室，没有这个实验室，整个研究无法深入。实验室至少要投资200万元，可那些年国家投资总额也只有几十万

元。如果等计划，层层报批，不知几年才能批下来，将严重影响研究进展。在此情况下，时任中国科学院某研究所所长龚研究员，主动筹措这笔资金。可东凑西挪，最后还差 80 万元，他把牙一咬，顶着各种压力，将所里年底给职工发奖金的钱借了出来，如期把实验楼盖了起来，保证某重大试验如期进行。

中国科学院另一个研究所也是课题攻关的一支重要力量。他们承担了课题中的两大硬件之一的研制任务。攻关初期，经费向另一大硬件倾斜，给他们的经费很少，远不能满足科研需要。他们以大局为重，服从总体安排，钱不够，就从所里其他项目经费中透支，确保各项研制任务按期完成。

这支由五湖四海、各行各业联合组建的创新国家队，20 多年进行了数十次联合试验，各单位都按总体计划，保质保量完成了任务，没有一个单位拖后腿。

一个没有隶属关系，也没有协调组织，自行联合起来的科研团队，为什么能如此无私奉献、团结协作？是什么力量把大家凝聚在一起呢？

对此，很多人赞赏不已，也觉得好奇。

一名报社记者在采访该团队时，向多名分系统负责人提出了同一个问题：现在一个研究室几个人长期捆在一起干一件事情都很难，而你们几十年心甘情愿跟着团队干一件事情，你们这是为什么？

那些分系统负责人的回答，大同小异，都包含了三层意思：

一是研究课题有远大前途。课题专家组的专家，大多是“文革”前的老知识分子，他们风华正茂时，被“文革”耽误了，有劲没处使。现在终于等到了好时光，等来了这样一项很有挑战性的大课题，都想大干一番，为国家作大贡献，实现人生大价值。

二是学术带头人胸怀广阔、学术水平高、富有人格魅力。赵伊君，不仅思维敏锐、理论功底深厚宽广、科研经验丰富、组织协调能力超凡、工作作风民主、求真务实、平易近人，而且吃苦耐劳、兢兢业业，把自己全部精力奉献给了强激光技术研究。20多年来，他一直过着吉卜赛人的“流浪”生活，他的时间基本上被切成了三块：三分之一时间在长沙，三分之一时间在北京，三分之一时间在各协作单位之间奔波。在长沙和协作单位工作期间，他没有节假日，经常一下火车、飞机，就和大家谈工作。那年例行体检时，医生怀疑他某个部位有问题，要他住院观察两个月，他在医院待了不到一个星期，就托人“保”了出来，前脚刚离开医院，后脚就跨进了实验室。

三是总体工作水平高。国防科技大学光电科学与工程学院，作为课题总体单位，集中了一批德才兼备的科技人才，他们不仅善于制定技术路线、总体设计、组织协调，而且办事公道公正，每当涉及经费分配、评奖排名等敏感问题，都要和大家反复协商、论证，再做出决定，实事求是，公正公平。

一句话：“跟着这样的团队干，心里服气，心情舒坦，有干头，有奔头。”

集体力量的强大引擎，推动着创新团队的战车以不可阻挡之势，披荆斩棘，滚滚向前。1993年，赵伊君带着大家成功研制出第一套试验装置，并先后成功地进行了静态、准动态实验。

但第一个战役结束后，前方的道路又陡然变得异常艰险，整个团队被阻隔在某关键设备这道“鸿沟”之前。

中船重工集团某研究所胡研究员，义无反顾地承担起突击攻坚的重任。在课题研究启动之初，胡研究员就为了研制这一关键设备，主动放弃大连市优越的工作生活条件，带着体弱多病的妻子，来到河北工作。

胡研究员是个工作狂，每次外出开会，会议一结束便立刻往家里赶，唯恐耽误工作时间。平时，他没有星期日，也没有节假日，每天除了三餐饭，别的时间都泡在实验室。老伴几次住院，他也很少抽出时间去陪护。那年，他生病住院，被诊断为癌症晚期，在生命垂危之际，仍然念念不忘工作，直到离开人世。

凭着这种顽强拼搏的劲头、无私奉献的精神，胡研究员在国内提出一种

关键技术新理论，先后研制出三代关键技术，并于1995年拿出满足课题研制要求的新型号关键设备，获得国家科技进步二等奖。

胡研究员用一种向前倒下的姿势和自己的血肉之躯，填平了“鸿沟”，为团队冲锋开辟了通路。

1996年，赵伊君带领国家创新团队，顺利完成全动态试验，使中国成为世界上第三个完成该项试验的国家。

至此，赵伊君和他的创新团队完全实现了强激光技术研制的“战术目标”。

世纪之交，国际政治风云变幻，军事变革浪潮汹涌，国家安全形势异常严峻。

1998年8月，江泽民主席高瞻远瞩地指出：要高度重视加强国防高科技的创新，要尽快掌握维护国家主权和安全需要的新技术。

以赵伊君为首的课题研究专家组，急国家之所急，想国家之所想，果断带领创新团队向强激光技术的“战略高度”进发。

这时，有人又说话了，称赵伊君的新计划是“异想天开”，是“天方夜谭”。

十几年前，有人说这话时，赵伊君就没有站出来“澄清”，现在就更没必要“辩驳”了。他一门心思带着创新团队埋头前行。他坚信，事实是最好的澄清，实现目标是最有力的辩驳。

事实上，早在1997年，他就开始组织创新团队，对强激光技术的“战略目标”开展一系列基础研究，撰写发表了大批论文，提出了崭新的技术路线，为课题升级做好了充分的理论准备。

目标更高，道路更艰险，创新团队面临更大挑战，付出了更大的牺牲，也赢得了更大的收获。

这些年来，赵伊君与人合作完成了《角动量与原子能量》、《原子结构的计算》等学术著作，撰写发表了《激光与材料相互作用研究中的气体物理力学》、《激光与金属相互作用时涉及的原子分子物理问题》等学术论文 170 多篇，他和团队的研究成果获得了 1 项国家科技进步特等奖和多项军队科技进步一等奖、部委级科技进步一等奖。

2010 年，赵伊君喜获何梁何利基金科学与技术进步奖。

颁奖典礼上，新华社一名年轻女记者问赵伊君："您年逾八旬，依然不辞劳苦、四处奔波搞科研，是什么动力在支撑着您？"

赵伊君说："就因为我年纪大了。"

记者一听，哈哈笑道："教授真幽默。"

"这不是幽默。"赵伊君说，"这是自然规律。人老了，对眼前的事情越来越模糊，而对过去的事情却越来越清晰。尤其是小时候与母亲在逃难途中目睹的日本鬼子残杀中国难民的场面，与母亲和弟弟露宿山林的感受，到达重庆第一天日本飞机来轰炸时那震耳欲聋的轰鸣，重磅炸弹在城区爆炸的巨响，小弟弟病死在茅屋时，母亲撕心裂肺的痛哭，父亲痛彻肝肠的悲叹……这一幕幕，时时刻刻在我的脑海里萦绕。"

女记者听了，眼角溢出了泪花，激动地握着赵伊君的手说："赵爷爷，我感谢您，我们年轻人都要谢谢您。"

是啊！前事不忘，后事之师。正是这些越来越久远、越来越清晰的一幕幕往事，让伏枥老骥的赵伊君，老而弥坚，志在千里。

那年，赵伊君的一名博士研究生的学位论文，得到了答辩委员会高度评价，顺利通过答辩。这名博士在学位论文"后记"中写了一首诗——《光的畅想曲》，以表达对导师的崇敬、感激之情。

不知你源有多远　将流多长
但知道，自从有了你
宇宙才开始生机盎然
你很轻　轻得任何仪器

都掂不到你的重量
但你的力量　却能
移动高山　改变河川
你很柔软，柔软得用手
触摸不到你的存在
但你却坚硬得能够
把任何坚硬击穿
你很枯燥　枯燥得可以
把一汪汪湖泊
变成一口口涸塘　可你蘸上甘霖
却能描绘虹霓七彩的斑斓
献出温暖　把万物滋养
你博大的胸襟　容纳整个宇宙
你深邃的目光　穿透重重迷雾
越过万水千山　看到远方
真理那美丽的彼岸
看不到你的身影　却感觉到你棱角分明
听不到你急行的足音　但你的坚定执著
成为人们前行的航向
我知道　我成不了你
但我愿成为你的一面镜子
折射你的身影
把前方道路照亮

2 地窝子实验室

把炸药能转化为电磁能，听起来似乎是天方夜谭。国防科技大学高功率微波创新团队奇迹般的越过这座充满梦幻之光的高峰，把中国高功率微波技术水平带进世界先进行列。

20世纪80年代初，国外某学术期刊上发表了一幅图片，下边有半行英文说明，照片有些模糊，似笼罩着一层迷雾。

可这张模糊的照片，却让国防科技大学光电科学与工程学院李传胪教授眼前一亮，热血沸腾。他朦胧地觉得，这是一台高功率微波设备，它将来可能被广泛应用于国家经济和国防建设。不久，他从其他资料中证实了自己的直觉，世界军事强国正把它作为军备竞赛的重要筹码，拨出巨资推动研究。

每一个优秀的科学家，都是出色的预言家。他们有超前的思维，对未来的感知，和政治家一样敏锐，和思想家一样深刻，和探险家一样自信。当人们盯着眼前的山路寻寻觅觅时，他们的目光已越过迷雾，看到了遥远的未来。

李传胪被这张模糊的照片折磨得吃饭不香，睡觉不安。他知道，不把高功率微波新技术弄明白，他一辈子都不会安生了。

20世纪80年代中期，李传胪前往美国留学，亲眼目睹了美国如火如荼地实施“星球大战”计划，心灵受到了强烈震撼。

回国后李传胪立刻向系党委汇报了自己在美国的所见所闻。大家都觉得，在这次人类向军事科学高峰的大进军中，中国不能落后，大家绝不能袖手旁观，应该为国防现代化建设作出贡献。

李传胪决定在国内率先研究高功率微波技术。学校很支持他，为他调集

人马，组建队伍，并在房屋奇缺的情况下，为他腾出了一间平房作实验室。

当时，他们除了有一台电子束加速器外，别的条件都不具备，甚至连什么是高功率微波、它有什么特点、如何测量等基础问题都不了解。

他们迎难而上，没有测试设备，就去基地借，遇到理论难题，就向传统微波研究专家请教，艰苦奋斗了三年多，终于研制出一台微波源——虚阴极振荡器。

虚阴极振荡器体积很大，那间由连队食堂改造的实验室压根儿装不下。那天，李传胪在实验室里踱来踱去，一次次看着低矮的屋顶，一声声叹息砸在地上。

傍晚，下起了入冬的第一场雪，大朵的雪花飘洒下来，很快，山坡、屋顶、田野盖上厚厚的积雪，压得一棵棵树冠弯下了枝头。在一片茫茫雪原里，这间低矮的房屋显得越发矮小。

寒风和着附近的阵阵打夯声，从门缝里挤进来。李传胪打开房门，掖了掖身上的军大衣，不顾屋外的漫天风雪，跑向不远处的工地借来了镐头和铁锹。

次日，当同事们冒雪前来上班时，只见实验室地上出现了一个大土坑，李传胪站在坑里，正一铲一铲往上掀土。不用谁发话，大家把身上的衣服一脱，拾起地上的镐头铁锹，就跳进坑里干起来。

一个十几米长、四五米宽、三四米深的大坑挖好了，把虚阴极振荡器一半安装在地上、一半安装在地下，因此，大家都叫它“地窝子实验室”。

那几年全国各地奖金正发得凶，有的单位的过节费、生活费、补助费，越发越多。李传胪的研究室穷得叮当响，不仅账面上没钱，还欠了一屁股债，看着左邻右舍大把大把的票子揣进兜里，大箱大箱的东西扛回家里，而自己没拿到一分钱、一颗花生、一粒米，大家心里难免不平衡。

这年年底，李传胪不得不向兄弟单位借了点钱，也向大家意思一下。

除夕这天，他按人头每人 30 元并用红纸一一包上，然后把大家招呼到实验室。分红包前，李传胪先说了几句：“今年我们也发点钱，不多，晚上就要过年了，就当室里给大伙桌上添个菜，给孩子买挂花炮，给老人孝敬一件衣服。大伙知道，这钱是借来的，借多了，人家不干，怕我们还不上，我们也不敢多借，把钱花没了，以后科研花什么？难啊，我也时常想，拉倒吧，何必这么穷折腾。可转念一想，一个国家，没有人折腾科学不行啊。而我们这些军人不折腾，谁来折腾？”

说完，李传胪把一个个红包分到大家手里。大家都用红红的眼睛望着他，默默地、重重地摇了摇他的手。

风雨同舟，艰苦攻关，实验终于取得了阶段性成果。消息传开，前来参观者络绎不绝。

那天来的是国务院一位司局级领导。李传胪接到机关通知后，准备了一段解说词。起初，他按讲稿介绍了项目前途、价值，以及它的工作原理、杀伤机理和各级领导对项目的关心。但面对这台半卧于地下的主机，看着实验室里一件件自制的粗陋的设备，那些个酸甜苦辣的往事，创业时的种种艰辛又一股脑儿涌上李传胪的心头，于是，他又情不自禁地说起了实验团队创业的艰辛、依然窘迫的经费……

说到动情处，李传胪的眼睛湿润了。

听着，听着，司长和陪同人员的眼睛也湿润了。

不久，李传胪收到司长给的一笔特拨经费。

司长还给李传胪捎来几句话：“李教授，用它给实验室添几样设备吧。你的项目属于未来，未来绝不能输给别人！”

他们没有输给别人。

在很短的时间内，李传胪的团队就把微波输出功率提高到一个吉瓦，获得了部委级科技进步一等奖。他们还研制出了微波波段的切伦柯夫自由电子激光，这项成果也获得了部委级科技进步一等奖。这两项成果，标志着在高功率微波基础研究领域，李传胪的研究团队已跻身世界先进行列。

李传胪和创新团队取得的进展，引起了原国防科工委的极大关注，决定对“高功率微波技术研究”课题予以单独立项，由国防科技大学牵头，组织中国工程物理研究院、某电子科技大学等多家单位联合攻关。

1993年，该项目被正式纳入国家“863计划”，并对各单位的研究进行了分工，国防科技大学负责某关键系统研制。由于该系统非常重要而且技术难度大，他们经过反复调研，形成了比较独特的技术路线和研制方案。时任全国政协副主席、国防科技委主任的朱光亚院士亲切听取了李传胪和创新团队的汇报。

炸药能可以转化为电磁能吗?

这听起来仿佛是天方夜谭。但它是高功率微波研究的基础工程、核心技术，是一座无法绕过、必须翻越的充满梦幻之光的高峰。

美国等发达国家已经把它甩到身后。中国要在未来不输给别人，也必须把它踏在脚下!

在那个赤日炎炎的夏天，他们开始朝着这座雪域奇峰进发。

首次野外实验那天，创新团队成员钟教授告诉夫人，中午不回家吃饭了。夫人想，他们在野外做实验，太阳那么毒，气温那么高，体力一定消耗很大，中午又是吃盒饭，到了下午肚子一定饿得慌，便早早做好晚饭等他回家。

哪知从下午6点等到8点，一桌子热菜等成了凉菜，等得孩子直喊饿，还没见钟教授的人影。直到快9点时，钟夫人才听到了熟悉的敲门声。

她开门一看，只见一个“黑人”露出一排雪白的牙齿，冲着她“嘿嘿”直笑：“对不起，让你和孩子久等了。”要不是这熟悉的声音，她怎么也不敢相信，眼前这个“黑鬼”就是自己丈夫：白白净净的脸上，像裹了一层煤粉，身上的衣服沾满尘土，浑身上下透出一股熏人的汗酸味，整个儿像从哪个煤窑子里钻出来的。

她一边把他往洗澡间里推，一边埋怨道：“你怎么把自己弄成这样?”

他说："没办法，野外实验就这样。"

它的确是件脏累活、苦差事。一群人穿着厚厚的作训服，在荒郊野外头顶烈日安装炸药，不到半小时，浑身上下就被汗水湿透了。炸药爆炸后，大家迎着漫天烟尘，冲向炸点查看实验情况。这样的实验，他们做了一次又一次，烟尘也在他们身上裹了一层又一层，一天下来，他们这群白面书生还能不成"煤黑子"？

钟教授在水龙头底下足足冲了半小时，才把身上收拾干净。而他那套作训服，她漂洗了五六回，水还是黑的。

此后，他们每个月要做十几天这样的实验。每天都是干干净净出门，一脸乌黑、一身尘土回家。从此，钟夫人的家务活里，又多了一件头疼事：给他洗衣服，夏天衣着单薄还好说，冬天可就麻烦了，衣服裤子，从里到外，单的、双的，布的、棉的，八九件，每次都要洗个遍，没有两个小时洗不完，直把双手冻得通红，好像两个大红萝卜。

学校建了几栋新宿舍楼，分给钟教授他们家一套。半年后，别人家早就装修入住了，可他们的还是毛坯房。钟夫人便和他商量说，哪天两人一起去看看别人的样板房，合计合计装修问题。

哪知，他外出做实验时，每天一大早出门，天黑回家，把自己收拾干净，早已累得上眼皮撑不住下眼皮。而不外出做实验的日子，也是放下碗筷就往实验室里钻。半年过去了，房子还没开始装修。

妻子说："这可是你自动弃权呀，到时装修完了，可不许说不满意。"

他一听，高兴得双手给夫人作揖："夫人满意的，就是我满意的，拜托了，拜托了。"

他当起了甩手掌柜，让夫人一个人找师傅，跑设计，购材料……里里外外陀螺似的转了几个月，总算把新房装修完。

她得意地领着他去参观："你看，满意吗？"看着焕然一新的新家，他连连点头："满意！满意！我太满意了！"并向她承诺，搬家任务由他完成。

没想到了搬家那天，项目攻关突然卡壳了，钟教授作为团队带头人之一，要紧急组织大家会诊。

他又只能抱歉地对夫人说："看来这事……又要你操劳了。"

夫人白了他一眼说："打一开始，我就没指望过你！"

结果又是她一个人跟着搬家公司忙乎了一整天。次日，他们家喜迁新家的消息传开后，八九个亲朋好友前来贺喜，一块动手做了十几个佳肴，备好几瓶上等红酒，单等他这一家之主下班回家开怀畅饮。

哪知，他又忙到晚上 8 点多钟才回来。

夫人一见他，生气地背过身去，抹起了眼泪："你以为这个家是我一个人的呀！"他赶紧走过去，对着她嬉皮笑脸："老婆，现在家里有客人，你先给老公一点面子，等会客人走了，我老老实实受惩罚。"

客人们听了，齐声大笑。

她脸上也立刻阴雨转晴天。

大家立刻摆桌上菜，开瓶斟酒。酒足饭饱后，她和姐妹们进厨房收拾残局出来，见他还坐在那，端着一杯热茶，时而瞅瞅大屏幕电视，时而用脚蹭蹭锃亮的地板，时而拍拍崭新的沙发，不禁问道："你今天还没去加班呀？"

他笑道："怎么？你真以为这个家是你一个人的呀。"

但说完，抬头看了看壁钟，又放下茶杯去实验室了。

创新团队始终以这种艰难而又坚毅的步伐，一点一点朝着那个高耸入云的雪峰攀登。

七年，整整七年，他们终于把横亘在前行道路上的险峰踩在脚下。

鉴定专家委员会认为它达到"国内领先、国际先进"水平。

2000 年，李传胪已逾花甲。宣布退休命令那天，他再次走进陪伴他艰苦攻关数十年的实验室，想着曾经的那些艰辛事，看着眼前那些熟悉的桌椅板凳，抚着一台台被大家触摸得锃亮锃亮的仪器设备，就像一个即将远行的人在向亲人告别一样，心潮翻涌，依依难舍……泪水不知不觉滑出了眼眶。

但李传胪回头看见默默跟随在身后的创新团队时，他又欣慰地笑了。在艰难的科研实践中摔打、锻炼、成长起来的这支队伍，有一批以钟教授为代表的学术造诣深厚、工程经验丰富的学术带头人，也有刚博士、硕士毕业参加工作，不畏艰险、勇于创新的“初生牛犊”。

钟教授责无旁贷地肩负起带领团队继往开来的重任。为了尽快完成研制任务，大家提出了“用一年时间完成实验系统”的奋斗目标。大家通过总结经验教训，不断改进科研路线和方法，于2001年11月做出了实验系统，获得了军队科技进步二等奖。2003年实现了集成化目标，又获得了军队科技进步一等奖。2005年初步研制出工程化系统，并在外场试验中获得圆满成功，得到了总部机关和国内同行的高度评价，认为他们的研究处于国内领先、国际先进水平。

在总结创新经验时，钟教授深有体会地说：“我们团队这些年之所以能够取得可喜成绩，主要是我们始终坚持了三条：一是坚持瞄准世界科技潮流，紧跟军队现代化建设需求，着眼解决急需解决的关键技术问题，这是搞好创新研究的原动力；二是加强科研队伍建设，着力打造一支优秀的创新团队，这是科研工作不断发展进步的根本保证；三是注意营造团结、和谐、民主气氛浓厚的科研氛围，这是促进科研工作的重要条件。”

有这样一支目光高远、敢打硬仗、团结协作的优秀团队，完全有理由坚信中国的高功率微波技术绝不会输给别人！

3 秋色中的背影

环形激光器由于研制难度太大，十多家研制单位纷纷下马。高伯龙说：就因为别人都下马了，所以我们一定要坚持下去，否则中国的这一国防关键技术就会夭折。

高伯龙是1951年清华大学毕业的高才生。他曾立志要当一名理论物理学家。

1954年，根据周恩来总理的指示，全国支援军事工程学院建设，高伯龙被选调到“哈军工”。领导向他推荐的专业他都看不上，一口咬定要进物理教研室。此后，他对外面各种各样的政治浪潮不闻不问，专心致志在理论物理的天地间遨游，乃至20多岁就被人冠以“高伯龙路线”的白专帽子。

然而，在祖国的需要面前，他最终还是改变了自己的初衷。

20世纪60年代初，美国发明了世界上第一台红宝石激光器和第一支氦氖红光激光器，引发了世界光学领域的一场革命。把激光应用于航天航空领域，进行导航和精确制导的设想，更引起了包括我国在内的世界各国科学家的普遍关注，并纷纷开始进行“环形激光器”的研制工作。但是，专家们没有想到，这项研究竟然如此之难，其中的关键技术——基础工艺成为世界性的难题。

1971年，在钱学森教授的建议下，当时的长沙工学院成立激光研究室。不久，高伯龙被调了进来，担任实际负责人。

对于研究方向的改换，高伯龙自己是这样解释的：“搞激光，对希望从事理论物理研究的我来说，也许是个损失，也是我事业上一次艰难的选择。但环形激光器是衡量一个国家光学技术发展水平的重要标志之一，不干就可能给国家留下空白；要干，就要干好这个世界难题。”

从此，他的目光盯住了世界光学领域的最前沿。1975 年，一位美籍华人来中国访问时带回一份美国研制某种环形激光器的简报，虽是不足千字的短文，高伯龙却如获至宝。他以自己深厚的理论功底，非凡的数学物理分析能力，对那段短文进行了深入的推论，不仅形成了自己严密的理论设想，还发现了对方不少设计理论上的缺陷。

这年秋天，中国环形激光器技术会议在长沙举行。近百名专家聚集在一起，苦苦思索，怎样才使中国的环形激光器研制走出困境。

有人提议：“请高伯龙来讲讲吧。”

于是，因重病在身而未能到会的高伯龙，在医生的保护下，来到了会场，作了半天报告。他指出：国内的工艺水平特别是光学镀膜水平，与国外发达国家特别是美国相比，差距甚大，而美国对这项技术都感到困难重重，我国的研制难度有多大，可想而知。因此，十年内很难突破关键技术，要有打持久战的思想，当前要从理论上想办法，要加强基础工艺研究。会上，他还向大家推荐了一种新型环形激光器研制方案，引起了与会人员极大兴趣。会后，全体与会人员又到学校与他座谈了半天。

1976 年，中国环形激光器技术会议再次在北京召开。会期 6 天，有 4 天是听高伯龙作学术报告。他从国外的发展经验讲到了国内的实际情况，阐述了自己结合中国国情而构筑的完整严谨的研制理论。会后，他对学术报告加以整理，出版了我国第一本有关环形激光器的著作，对环形激光器以后的研制工作，起了重要的指导作用。

从此，高伯龙开始了对环形激光器理论艰难曲折而又锲而不舍的探索和实践。

环形激光器作为一个世界性难题，其研制工作在我国曾几经沉浮。20 世纪 60 年代开始，全国曾有 10 多家单位投入力量开始研制。

1978 年，高伯龙带领团队研制完成了第一代实验样机。但高伯龙清醒地

认识到，从实验样机走向实用，还需进行工程化处理，这一步不仅不容易，甚至更难。因为激光器的反射膜片质量要求非常高，这个问题解决不了，产品的性能就上不去，而我国的工艺水平又比较落后，要突破这道难关，谈何容易？

果然，环形激光器的工程化，就卡在镀膜问题上。

第一家单位，在这一难题面前放弃了。它如同多米诺骨牌阵倒下的第一张骨牌，第二张、第三张、第四张……也跟着倒下了，最后只剩下国防科技大学这张骨牌摇摇欲坠地立在那里。

望着一片片报废的膜片，一些人产生了悲观情绪，向高伯龙说：“工艺上不去，我们干也白干，还是早早收场算了。”

高伯龙想到了将面临的巨大困难，也想到自己那风雨飘摇的少年生活。

他是在内忧外患的抗战时期艰难长大的。1944 年冬，桂林失陷，加之家道中落的高伯龙，跟随家人外出逃难，一路饥寒交迫、艰难跋涉。那些日子里，每天都能看见逃难的乡亲饿死路旁，每天都能听到人们因失去亲人而抱头痛哭。他和家人逃到贵州后，看见当地抗日青年军招收新兵，年仅 16 岁、个头还没有枪高的高伯龙，怀着对日寇的深仇大恨，报名应征，当了一名上等兵。

高伯龙动情地对大家说：“国内目前就只剩下国防科技大学一家单位研制环形激光器了，如果不搞下去，它就会彻底夭折，国家环形激光器研制技术将与国外越拉越远。环形激光器不仅能让我们的飞机、舰船确保正确的航向，还能引导火箭完成使命任务，我们无论如何也要坚持下去。”

再说，他又岂是个轻易向困难低头的人？高伯龙默默立下誓言：不管遇到多大困难，一定要干出中国的环形激光器。

为了突破工艺技术这道难关，高伯龙不得不放弃多年的理论研究，专攻基础工艺。经过数年艰辛探索，他们成功地研制出我国第一台激光高精度全程测量设备 DF 透反仪，改进了环形激光器实验样机，解决了大量理论和技术工艺问题，为进一步研制、生产环形激光器奠定了坚实的基础。

在此基础上，高伯龙根据我国工艺技术水平，提出了某型号环形激光器研制方案。该型号环形激光器，在国内是首创，在国外也没有先例，没有任何资料可以借鉴，全凭自己去探索。高伯龙采取先理论探索，再全力攻工艺技术的方法，组织科研人员在镀膜理论、改造镀膜机、监控、检测等方面，展开全面攻关，取得了多方面的进展。但在反射镀膜技术上，却迟迟难以突破。研制团队只好先做些让步，降低镀膜要求。这样一来，工程化取得了进展，但一些重要性能却达不到要求。

研制工作再度陷入困境。这次挫折，给高伯龙留下的教训是深刻的：搞科研一味退让是不行的，必须迎难而上，才能最后克服困难，取得成功。

1993年年底，有关部门要求国防科技大学几个月内按合同上交工程样机。

高伯龙毫不含糊地立下“军令状”：保证按期交出工程样机。

他深知按期完成任务，困难很多，而最大的“拦路虎”就是镀膜技术。但他又坚信，凭着这些年来积累的经验，再继续探索，定能取得最后的成功。

那天，他的一位博士毕业了，来向他征求工作意见。

高伯龙不假思索地回答：“镀膜！”

这位博士一愣，立刻明白了导师的良苦用心。这是导师对他的信任，也是一次难得的机遇啊。

这位博士没有辜负导师的期望。他根据高伯龙的理论分析，利用自己深厚的材料科学知识功底，反复琢磨，反复实验，五个多月，奋战了两个大回合，终于摸索出了一套崭新的镀膜方案，镀出的膜片顺利通过了试验。

为了检验膜片水平，高伯龙决定利用该镀膜技术，先做一支全内腔绿色激光管，结果用了一周时间便完成了，而且在试验时一次性发光，使中国成为继美国、德国之后第三个掌握此技术的国家。

至此阻碍某型号环形激光器的一切难题均迎刃而解。研制工作很快取得突破性进展，1994 年 11 日，我国第一个环形激光器，顺利通过国家鉴定。

工程样机通过国家鉴定的那天晚上，高伯龙难得轻松地和丁高级工程师从实验室回家，走在校园宁静的路上，他突然发现路边多了一栋新楼房，他不解地问："这里什么时候盖了栋新楼?"

丁高级工程师哈哈笑道："你才发现呀？这栋楼一年前就盖起来了。"

这些年，为了环形激光器，高伯龙还真是忙糊涂了。有人说，实验室是高伯龙的第二个家。这话一点不假。为了早日造出环形激光器，20 多年来，高伯龙的大部分时间都泡在实验室里。有人做过粗略统计，在研制工作最艰难时期，他每天在实验室的时间都在 15 个小时以上，而且几乎每一个春节，都是在实验室里度过。

我国与欧美一些国家，几乎同步进行环形激光器研究。欧美国家都投入了巨资，仅美国就花费了 2 亿美元。我国因为条件有限，投入的财力只有别人的百分之几。

就是在这样悬殊的条件下，东西两个半球的科学家展开了一场极不平等的高科技角逐。

高伯龙经常对同事说："虽然我们没钱，但我们不能缺志气，不能缺了艰苦奋斗的精神。"

环形激光器课题组成立之初，实验室是一间旧食堂改建的，堆积着各种简陋、普通的仪器设备。由于激光器检测要求严格，实验室要封闭，还要保持一定的空气洁静度。每年夏天来临时，"火炉"长沙酷热难当，实验室成了一口大"蒸笼"。年近六旬的高伯龙，经常光着膀子，穿着短裤，在实验室里加班加点，因此每年夏天，他的身上都长满了痱子。

刚研制环形激光器时，需要一张工作台。高伯龙听说大理石膨胀率较低，可以用它做工作台。为了节约开支，他推着平板车到长沙火车站施工场地，向工人师傅"借"大理石。拉了一次又一次。一天下大雨，道路泥泞不堪，工人师傅们怎么也没想到，高伯龙竟然风雨无阻去拉石头。工人师傅们被眼前这位大教授深深感动，一起帮他装车，又送出很远、很远……

一天深夜，高伯龙从实验室回到家里，老伴看他两腿肿得连袜子都脱不下来，心疼得眼泪在眼眶里打转："都这么大年纪了，这是何苦啊。"

高伯龙淡然一笑说："现在不抓紧，以后想干恐怕也干不成了。"

为了环形激光器，高伯龙 20 多年来，几乎没有按时吃过一顿饭，并且常常是一天只吃两顿。

他的老伴说："跟他结婚几十年，我就是天天在家为他热饭，热了又凉，凉了又热。"

高伯龙长年患有哮喘病，疲劳时经常发作。为了控制病情，不影响研究工作，他长期超剂量服用定喘药物和一些激素。常人服用一片"非那根"会昏睡三天，他却一天服用 6 片，竟然服了 15 年。

许多人不明白，高龄的高伯龙，为什么能没日没夜地坚持工作，其实他是用超剂量药物支撑着疾病缠身的躯体。

有一年，高伯龙到外地疗养，保健医生听说他长期大剂量服用平喘药物和激素，大吃一惊，因为这些药物服用过量，会有生命危险，劝他少服一些。后来在检查中发现，他的胆囊和心脏都有问题，决定将他送到北京进行手术治疗，高伯龙此刻才感觉到病情严重。这时正是环形激光器研制最关键的时刻，他担心自己这一去再也回不来，心里很是悲伤。临行前，他给室里的技术骨干一一交代工作，十分恳切地对大家说："我这一去不知会怎样，但你们一定要坚持下去，国家给我们投了那么多钱，一定要有个交代。"

高伯龙战胜了病魔，回到了他魂牵梦绕的激光实验室，在激光这个神秘的领域摘取了一个又一个科学的明珠，赢得了国家和人民的褒奖。他先后荣立两次二等功，一次三等功，一次获得全国高校科技工作先进个人称号，数次评为国家"863"计划先进个人，1996 年获首届军队专业技术重大贡献奖、被评为"湖南科技之星"，1997 年被评为全国优秀科技工作者，并当选中国

工程院院士。

如今，高伯龙已是耄耋之年，但他坚持每天上实验室做实验，进行科学研究。

每天上班号吹响时，师生们经常看到高伯龙身着迷彩服，佝偻着身子，沿着校园大道一步一步走向光电实验室，虽然步履蹒跚，步速缓慢，却依然那般沉稳执著。

看着这个佝偻着身子坚定前行的背影，大家会由衷地放慢脚步，在心里亲切地唤一声："高教授，您好！"并默默地向他致以庄严的注目礼。

后记

饭后，正和家人享受着抗战题材电视剧《节振国》的精彩剧情，突然接到王斌编辑电话，让给此书写个后记。后记写些什么呢？已无心欣赏电视，便独自在校园里徜徉。

已是晚上十点，校园行人稀少。夜色似一片从天上徐徐飘下的面纱，挂在树梢上，盖在草坪上，隔断了白日里的喧哗和浮躁。平坦的校园大道上，洒满斑驳的星光月影，浓密的樟树叶间不时有夜莺在清唱，带着些许寒意的轻风，用灵巧的手指拨动着树叶的琴弦，弹出阵阵悦耳的和声。夜幕下的校园，如一位深闺绣女，宁静安详，温婉动人。

她之所以宁静，也许是因为拒绝了白日里各种艳丽的诱惑；她之所以温馨，也许是因为接受了大自然的宽厚和质朴……这么想着，不知不觉爬到了学校办公大楼的楼顶上。

吁一口长气，抬头望一眼夜空，圆月高悬，银光如泻，星辰满天。那群星簇拥的是“银河”，那隔河相望的是“牛郎织女”，那若隐若现的是“文曲”，那亘古不移的是“北斗”……要是没有她们，难以想象，人们头顶上这片夜空，是多么黑暗、单调和寂寞，是她们用缕缕微光、矢志不渝的坚守、薪火相传的神话，描绘了夜空的多姿多彩、鲜活灿烂。

“但愿人长久，千里共婵娟!”心里轻轻祝福着，慢慢放下目光。校园夜景尽收眼底、一目了然。科技大楼、高性能计算重点实验室大楼、电子科技实验室大楼、光电技术实验室大楼、C^4ISR重点实验室大楼、ATR重点实验室、航天技术实验室大楼、新材料技术重点实验室大楼、自动控制技术实验室大楼……这一栋栋鳞次栉比的大楼里，无一不灯火通明。闪烁的灯光，仿佛一只只明亮的眼睛，默默探视着窗外漆黑的夜色，在宁静的校园里汇成了一条地上“银河”。

举目远眺，天上“银河”、地上“银河”浑然一片，簇拥的星光，或远或近，或明或暗，一片纷繁璀璨。黑暗的夜色，因为它们而微微透明；单调的夜空，因为它们而色彩斑斓；寂寞的长夜，因为它们而饱含诗情……默默遥望这幅壮阔的美景，心中油然涌起一阵莫名的感动。于是，回家写下了这段文字，权作后记。